鴨川ホルモー

Kamogawa Horumo

万城目学

Makime Manabu

角川文庫

目次

北
西
東
南
岩倉
京都産業大学
上賀茂神社
賀茂川
高野川
鴨川デルタ
下鴨神社
北野天満宮
立命館大学
京都御所
今出川通
大
西大路通
鴨川
京都大学
吉田神社
丸太町通
烏丸通
三条通
居酒屋べろべろばあ
河原町通
四条通
八坂神社
四条烏丸交差点
京都駅
伏見稲荷大社
龍谷大学
「鴨川ホルモー」洛中Map

鴨川ホルモー

万城目 学

角川文庫
15579

鴨川ホルモー

はじめに

みなさんは「ホルモー」という言葉をご存じか。

そう、ホルモー。

いえいえ、ホルモンではなくホルモー。「ン」はいらない。そこはぜひ「ー」と伸ばして、素直な感じで発音してもらいたい。

きっと、みなさんはそんな言葉、ご存じないことと思う。ひょっとしたら、万に一つ、耳にしたことがある、それに似た雄《お》叫《たけ》びを実際に聞いたことがある、という方もおられるかもしれない。しかし、意味まではご存じないはずだ。もっとも、それは仕方のないことだ。なぜなら、この「ホルモー」という言葉の意味、さらにはその言葉の向こう側に存在する深遠なる世界を知るためには、何よりもまず〝ある段階〟に達する必要があり、いったん〝ある段階〟に達したのちには、とてもじゃないが、他人には口外できなくなってしまうからだ。いや、正確には口外する気もなくなる、と言うべきか。

こうして「ホルモー」という言葉は、少なくとも先の大戦以降数十年の間、さらにはそれ以前——大正、明治、江戸、安土桃山、室町、鎌倉、平安の時代において——知る者だけが知り、伝える者だけが伝え、かつての王城の地、ここ京都で、脈々と受け継がれてきた。出雲《いずも》あたりでは、今でも一族の語り部によって、記紀にも記されていない、もう一つの国づくりの伝承が、代々密《ひそ》かに引き継がれているという。「ホルモー」もまた少なからず長き歴史を、誰にも知られることなく生き抜いてきた。実に密やかに、かつひっそりと。

だが一方で、その言葉の持つ宿命的閉鎖性ゆえの弊害も、多々あったと言えるだろう。「ホルモー」という言葉をご存じか？　などと訊《たず》ねておいて、実は我々の仲間うちでこの言葉の正確な意味を知る者は誰一人としていない。たとえ昔に戻って、柳田國男《やなぎたくにお》先生や折《おり》口信夫《くちしのぶ》先生に訊ねることができたとしても、わかりはすまい。なぜなら、俺が薄々感じるに、これは我々の世界の言葉ではないのだから。かつてはその意味も、限られた人間のうちで語られていたのかもしれない。だが長い年月を経て、どこかで断絶したのか、それともそもそも理解できる範囲の言葉ではなかったのか。

では、「ホルモー」とは一体、何なのか？

「ホルモー」とは、とどのつまりが——一種の競技の名前なのだ。

「ホルモー」は、いわゆる対戦型の競技だ。相手と競い、勝敗を決めるのが目的だ。競技人数は二十人、敵と味方でそれぞれ十人ずつ。原則として、最後の一人が試合の場からいなくなるまで競技は続き、どちらかが全滅した時点で勝敗がつく。もっとも、最後の一人になるまで勝負が続くことはまれで、実際には、どちらかの代表者が降参を宣言した時点で終了する。

では、なぜ「ホルモー」なのか？

言葉の本来の意味もわからない、ルーツも定かではないのなら、「ホルモー」なんて奇妙奇天烈な言葉を守る必要などなく、「おけいはん」でも「京都大原三千院《おおはらさんぜんいん》」でも「姉三六角蛸錦《あねさんろっかくたこにしき》」でも、好き勝手に名前をつけたらいいじゃないか？　ということになるかもしれない。だが、それは違う。断じて違うのだ。

競技から脱落して、競技者が「ホルモー」続行不可能となったとき、その理由は突如、明らかになる。勝負に敗退した競技者は、大きく息を吸い、鼻の穴を破廉恥なまでに膨らませて、あたりに一切憚《はばか》ることなく、肺のなかの空気をすべて吐き出し、叫ばなければならない。

「ホルモオオォォォーッッ」

と、声の限りを尽くして。

「ホルモー」の行われる場所に限定はない。広い人気のない場所で行われることもあれば、河原町《かわらまち》の中心で行われることもある。四条《しじょう》河原の真ん中で、脱落した女の子が、ここではとても書き記せない、おぞましい表情とともに「ホルモオオォォォーッッ」と叫ぶ姿を目にするのは、敵の場合であっても本当に胸が痛む。だが、どんなに恥ずかしいシチュエーションであっても、当人はどうしても叫ばずにはいられない。みなさんのなかに、京都の市井《しせい》で「ホルモー」らしき意味不明の叫び声を聞いた方がおられたなら、それはきっと、一人の戦士が力尽きるとき、否応《いやおう》なく発動された断末魔の叫びだったのだ。我々はそのとき、どうしたって声の限りに「ホルモー」と叫ぶほかない。なぜなら、それが我々が連中と交わした〝契約〟だからだ。もっとも、すべては知らぬ間に交わされていたのだけれども。

今となって俺は断言できる。もしも「ホルモー」にて相対することになった敵味方二十人が、敗者に容赦なく訪れる、あのおそろしい瞬間を、以前に一度でも目にしていたのなら、決して「ホルモー」の世界になど足を踏み入れなかっただろう、と。だが、巧妙に張り巡らされた罠《わな》（そうだ、あれは罠だった！）に引き寄せられ、我々は結局あの連中と〝契約〟を済ませてしまったのだ。

そう、事の起こりは、京都三大祭りの一つ、葵祭《あおいまつり》のときに遡《さかのぼ》る。まだ大学生になってひと月が経ったばかりの俺と高村《たかむら》、のちに行動をともにすることになる残りのメンバー全員が、エキストラとして葵祭に参加していた。そして祭りの終了後、京大青竜会《きょうだいせいりゅうかい》という広域指定暴力団のような響きを持つ名前のサークルから、ずいぶん遅めとも言える新入生歓迎コンパのビラを手渡された。

一週間後、俺と高村は葵祭で受け取ったビラを手に、のこのこと三条木屋町《さんじょうきやまち》居酒屋「べろべろばあ」に向かっていた。そして、すべてはこの「べろべろばあ」から始まったのだ。

8

その一　京大青竜会

与えられたエキストラの仕事とは、牛車《ぎっしゃ》を引くというものだった。

もっとも、車は牛が勝手に引いてくれるわけで、俺は白い狩衣《かりぎぬ》に葵をかざした烏帽子《えぼし》をかぶり、ぎゅうぎゅう車輪を軋《きし》ませのんびり進む車の傍らを、ただ歩きさえすればよかったのだけれど。とはいえ、河原町通の両側をカメラ片手にぎっしり並んだ観客の前を、自然体で歩くのもなかなか難しく、牛車の側面に飾られた藤の花を風流と感じる余裕もないまま、俺は始終面映《おもは》ゆい気分で、御所の建礼門《けんれいもん》前から下鴨《しもがも》神社までの道筋を歩いた。

京都三大祭りのうちの一つ葵祭。古くは賀茂祭《かもまつり》とも呼ばれ、上賀茂《かみがも》、下鴨両神社の例祭のことを指す。

平安の昔、「祭り」とは葵祭のことを言ったそうだ。例年五月十五日、葵祭〝路頭《ろとう》の儀〟と称する行事が執り行われる。京都御所建礼門前から下鴨神社を経て、上賀茂神社までの道筋を、華やかな平安衣裳《いしょう》を纏《まと》った総勢五百名余が、およそ一キロの長さにわたって行列を作り、都大路《みやこおおじ》をぞろぞろ練り歩くのだ。

半日にわたる巡行を無事終え、上賀茂神社で一日のアルバイト報酬を受け取った。さあ丸太町《まるたまち》の下宿に帰ろうとしたところで、俺は社務所の前で一人の男とすれ違った。

　男と目が合った瞬間、妙な気分になった。向こうも同じ感覚を味わっているらしく、ひょっとこのような間抜けな顔をしてこちらを眺めている。

「ああ——」

　二人の口から同時にため息が漏れた。

　何てことはない。同じく牛車の車方をしていた男だった。突然、千年前の装いから衣替えしたせいで、咄嗟《とっさ》にはわからなかったのだ。

　別に、この男をそのままやり過ごしてもよかった。いや、いつもの俺なら、必ずそうしていたはずだ。しかし、「おつかれさま」とどちらからともなく声をかけ合ったのち、俺はなぜか男と肩を並べ、歩き始めていた。それどころか、互いに同じ大学の新入生ということを知り、自己紹介までしてしまった。魔がさしたと言うよりほかない。いや、この場合、神がさしたと言うべきか。

　男は「高村《たかむら》」と名乗った。色の白い、大人しそうな雰囲気の男だった。短髪であることに加え、華奢《きゃしゃ》な体格のせいで、ずいぶんと顔が小さく映った。

「ふうん、安倍《あべ》は総合人間学部なんだ。で、何するところ？　それって？」

　大人しそうな顔立ちとは裏腹に、言葉を交わして間もないうちから、ずいぶん馴《な》れ馴れしい態度を取ってくる男だった。「下宿はどこ？」「家賃はいくら？」「語学は何？」うっかり返事をすると、次から次へと質問を繰り出された。面倒な奴と口をきいてしまった、と俺は早くも後悔をし始めていた。

参道の両脇を埋めていた観客は今やすっかりまばらで、まさに祭りの後といった様子。そろそろ薄暗くなり始めた境内を、二人してとぼとぼ歩いた。

「安倍はもう、何かサークルに入った？」

「いや、何も入っていない」

「え？　どうして？」

「興味がない」

「え？　何で興味がないの？」

俺は高村の顔をぐっと睨《にら》みつけた。いちいち聞いてくるな、ということを伝えたかったのだが、高村は俺の気持ちなど一向に斟酌《しんしゃく》する様子もなく、「入学式でも山ほど勧誘のビラをもらったし、どこか一つくらい気になるところがあるでしょ」と、意識的か無意識的か、執拗《しつよう》に食らいついてくる。

俺が気のない返事に終始していると、今度はべらべらと自分のことを話し始めた。聞くところによると、この男、帰国子女枠で入学したのだという。小学生のときに両親に連れられ国外に出て以来、十年ぶりに家族ともども日本に戻ってきたらしい。どこから帰ってきたのかという問いに、高村は日本人には絶対に真似できない発音でこう答えた。

「ろ、すぁあんじぇるす」

カラスの鳴き声を聞きながら、沈んだ色合いに染まり始めた一の鳥居をくぐった。

「すいません。京大の方ですか？」

そのとき、鳥居の柱の陰から、ぬっと一組の男女が姿を現し、急に声をかけてきた。

「ええ、そうですけど……」

高村が不審そうな声で返事をした。

「あの、私たち今、サークルの新入生の勧誘をしているんですけど、来週の土曜日に三条で新歓コンパがあるんです。もしも時間が空いているなら、遊びに来てみませんか？　あっ、別にサークルに入るつもりがなくても、全然かまいませんから」

その女性は手に持っていたカードケースから、青色のビラを取り出すと、俺と高村に一枚ずつ手渡した。


一緒にＥＮＪＯＹしませんか？　京大青竜会

そう書き出された文章の上には、へなへなと細長い竜の絵が描かれ、その身体がビラの外枠を縁取るように、ぐるりと一周していた。

普通のサークルじゃ飽き足らないと考えているア・ナ・タ！　京大青竜会に入ってみませんか？　私たちは、大学生活をよりおもしろくするため、日々様々なことにチャレンジし続ける、まったく新しいタイプのサークルです。他大学との交流もあるので、たくさんの人たちとも友達になれるョ！

文章の下には、「新歓コンパのお知らせ」と称して、三条木屋町の居酒屋の名が記され、その横に女の子の顔の絵と「みんな、集まれ〜」という吹き出しが書きこまれていた。

およそひと月半、幾多の勧誘ビラを見てきたが、そうはお目にかかれぬ質の低さだった。「ア・ナ・タ」にしろ、「なれるョ！」にしろ、すべてが十年古い印象を受けた。極めつけは京大青竜会という名前だった。一体、どういうネーミング・センスなのか。本気で勧誘する気があるのかどうか、俺はこのビラを作った人間の想像力というものを疑った。だいたい具体的に何をするサークルなのか、このビラにはひと言だって書かれていない。

「何するところです、ここ。宗教サークルとかだったら嫌ですよ。この〝日々様々なことにチャレンジし続ける、まったく新しいタイプのサークル〟ってとこなんて、あやしいなあ」

俺があれやこれや自問自答を開始しようとする前に、俺ですらぎょっとするほどの率直さで、高村がズバリ核心をつく質問を繰り出した。

俺はどきどきした気持ちで、目の前に立つ男女の返答を待ったが、

「あー、やっぱりそう思うかあ。ほらね、だから、僕はもうちょっと工夫したほうがいいって言ったんだよ。絶対にあやしいよ、これ」

「何言ってるの、この前スガだって、これでいいって言ってたじゃない」

と、高村の発言に何ら気分を害した様子もなく、二人は呑気《のんき》に言い争いを始めた。

「悪いね、こんな変なビラ渡しちゃって。でも、宗教サークルとかじゃないから、安心して来週の土曜日に来てみてよ。別に興味がなくても、ほんの少し、のぞくくらいの気持ちでいいから」

スガと呼ばれた男が、照れ臭そうに笑みを向けた。このやりとりすらも入念に偽装されたもので、真実はそれでも宗教サークルなのかもしれないが、スガ氏のどこか間の抜けたところのある顔をうかがうに、そういった他人の内面の平安を執拗にこいねがう偏執的なサークルの人間にしては、少々緊張感が欠けている気がした。

「どうしてこんな大学から離れたところで、わざわざ勧誘するんです？　効率悪くないですか？」と高村は未《いま》だ疑い深そうな声で訊《たず》ねた。

「それはそうなんだけど……いつも、この葵祭の日に、ここから勧誘することにしてるの。何ていうのかな、そう、伝統なの」

女性のほうが、少し困ったような笑みを浮かべて答えた。俺はどうにもこの二人の印象が定まらず、先ほどから妙にむず痒《がゆ》い気分に陥っていた。

別にこの二人に、おかしい様子が見受けられるわけではない。だが、彼らが渡してきたビラの内容は、明らかにどこかおかしい。かといってこの二人は、そのビラのおかしい点について弁明したり、具体的修正を加えようとは決してしない。結局はこのままでへっちゃらの様子である。ということは、やはり順番としておかしいのは、このビラを配る二人のほうということになるのか――。

「ぜひコンパに参加してよ。何か聞きたいことがあったら、連絡くれたらいいし。このビラの下のところに、ほら、僕の携帯の番号書いてあるから」

スガ氏はぽんと俺の肩に手を置くと、「あ、また来たみたい」と声を上げた女性を追って、去っていった。俺は振り返って、スガ氏のくせの強い、ウエービィーな髪質が目立つ後頭部を見送った。

「あやしいなあ」

同じく後ろ姿を見送っていた、高村がつぶやいた。俺はビラに視線を戻した。へなへなうねる竜の身体に沿って、「菅原《すがわら》」という名が携帯の電話番号とともに記されていた。

上賀茂神社から丸太町の下宿までは、そこそこの距離があったが、タクシーに乗る贅沢《ぜいたく》など許されるはずもなく、仕方なく賀茂川べりを歩いて帰った。隣に高村を引き連れて歩いたのは、さらに仕方のないこととして。

道々、俺はある疑問について考え続けていた。それは、どうして、あの京大青竜会の二人は、俺と高村を京大生であると判断したのか、ということだった。休憩時間などにまわりの連中が話をしているのを聞いたところ、今日のエキストラには、同志社《どうししゃ》大学や立命館《りつめいかん》大学、京都産業《きょうとさんぎょう》大学など、それこそ京都じゅうの大学生が参加している様子だった。あのとき上賀茂神社の参道には、俺と同じようなアルバイトの帰りと思《おぼ》しき学生がいくらでも歩いていた。だが、あの二人は他の連中には目もくれず、ピンポイントで呼び止めてきた。ついでにもう一つ、疑問に感じたことがある。それは、なぜ俺を新入生と考えたのか、ということだ。二浪の末合格した俺。四月三日に誕生日を迎え、新入生にもかかわらず、早くも二十一歳になった俺。スムーズに物事が運んでいたら、今頃三回生の我が身なのに、あの二人は俺のことを新入生とハナから決めてかかって疑いもしなかった。別に今日のアルバイトは新入生に限定して募集をしているわけではないのに、どうして？

しかし、隣をせかせか歩く高村の、少しずつ夜の気配を帯び始めた、薄暗い横顔をのぞいたとき、俺はにわかに合点した。

——こいつだ。こいつを見て、あの二人は俺たちを京大生と判断したに違いない。

短髪にもかかわらず、側頭部にぱっくりと割れ目のように刻まれた寝癖。ズボンの内側にしっかりしまいこまれたシャツ。ジーンズなのに、おっさんのような黒の革ベルト。別に思索に耽《ふけ》っているわけではなく、ただの猫背。別に急ぎの用があるわけではなく、ただの外股《そとまた》。——メガネこそかけていないが、それ以外はまさに、京大生が世間の服飾の流行にまったくついていけない自らの性質を自虐的に表現した、イカキョー（〝いかにも京大生〟の略）そのものではないか。

俺は渋面を作り、生活指導の体育教師のような視線で高村の全身を見回していたが、そういう自分も、あまり偉そうなことは言えない格好をしていることに気がついた。

無闇に哀しい気持ちになって、俺は高村から目をそらした。きっと、俺にはわからない、まったくありがたくない理由があって、京大青竜会の二人は、自分たちのことを同じ大学の新入生と判断したのだと適当に結論づけておいた。

賀茂川はやがて、北東から流れてくる高野川《たかのがわ》と合流して、鴨川《かもがわ》と名称を変える。その二つの川の合流地点に存在する、三角形のぽっかり空いた、だだっ広い石畳に覆われた地形。誰が呼んだか鴨川デルタ。中世には戦場になることもしばしばだったという。賀茂川沿いにデルタを先端まで進み、暗い川の流れに浮かぶ飛び石を渡っていると、高村が「安倍は、さっきのコンパに行くの？」と訊ねてきた。「わからない」亀の形をした飛び石の頭を踏みつけながら、俺は返事をした。実際は、参加するか否か、とっくの昔に決めていたのだけれど。

出町柳《でまちやなぎ》の駅前で、高村と別れた。「またな」くらいは互いに声をかけ合ったのかもしれない。だが、もちろん俺にそんな気はさらさらなく、丸太町の下宿に到着したときには、高村のことなどすっかり忘れ去っていた。

そんな高村と、やがて「ホルモー」を戦い抜く羽目になろうとは、何という皮肉なめぐり合わせだっただろうか。俺と高村が上賀茂神社で出会ってしまった理由は、今となってはまさに神のみぞ知るといったところである。いや、実際に全国に八百万《やおよろず》おられると言われる神々のうち、上賀茂神社に祀《まつ》られておわす賀茂別雷命《かもわけいかずちのみこと》ぐらいは、きっとご存じだったはずだ。

びんぼう、ひまなし。

まさに、俺の四月を表現するためにあるような言葉だった。

これほど大学に入ってから金がいるものとは思いもしなかった。二年間浪人生活を続けていたこともあり、親からの仕送りは極力もらうまいと決めていた。だが、一人暮らしに必要なものを揃え、教材を買い集めると、あっという間にすっからかんになってしまった。ひと月目から親に無心を頼むような無様は避けたく、俺は食費を最大限切り詰めて、何とか四月を乗り切ることを決意した。そんな俺が、新歓コンパに活路を求めたのは、謂《い》わば当然の成り行きだった。

俺は入学式より大学各所で渡された、百枚を超えるかと思われるサークルの勧誘ビラを、新歓コンパが行われる日付順にソートし直し、夜な夜なそれらのコンパに参加した。大学周辺の百万遍《ひゃくまんべん》でテニスサークル、河原町で散策サークル、木屋町でミュージカル映画同好会、三条京阪《けいはん》でアウトドアサークル、木屋町で演劇サークル、祇園《ぎおん》でイベントサークル、河原町でスイス舞踊同好会——京都の夜の街を俺は縦横無尽に自転車で駆け巡り、ひたすらその日一日の空腹を癒《いや》した。コンパのない日には、一日単位のアルバイトを入れ、せっせと小遣い稼ぎに励んだ。葵祭のエキストラのアルバイトも、その一環だった。

高村には「わからない」などと言っておいたが、俺はビラを見た瞬間から京大青竜会の新歓コンパに行くと決めていた。何を目的に活動しているのか、改めてビラを読み返しても、さっぱりわからないサークルだったが、そんなことはどうでもいい。そもそもサークルなどという、不必要に大勢群れ合って、中途半端なレベルでしか何かをしようとしない集団に、俺は何の興味も抱いていなかった。いや、むしろ、過半のサークルが持つ生ぬるい馴《な》れ合いの雰囲気を嫌悪していたと言ってもいい。もっとも、俺がサークルを受け入れられないのも、仕方のないことなのかも知れない。二浪してすでに二十一歳の俺は、ときにはコンパを主催している二回生よりも年上なのだから。つまり、俺はサークルを無邪気に楽しむことができる時期を、とうに逸してしまっていたのだ。

　コンパの当日、居酒屋の玄関をくぐった瞬間も、当然、俺はいつもと同じ心積もりでいた。いつものように適当に会話に参加して、上回生に勘定を払ってもらい、出鱈目《でたらめ》の電話番号を教えて、二次会には参加せず、さっさと姿を消す――飯を食って帰る、俺がすべきことは、その一点なのだから。

　だが、そんな俺の予定は一人の女性の登場によっていとも簡単に、それこそ木《こ》っ端《ぱ》微塵《みじん》にうち砕かれてしまった。三条木屋町居酒屋「べろべろばあ」の二階座敷に通され、壁際の空いている席に腰を下ろし、ふいと顔を上げた瞬間――俺は目の前に座る早良京子《さわらきょうこ》なる女性に、一目惚《ぼ》れをしてしまったのである。

　最初に目に入ったのは、彼女の「鼻」だった。

先刻、一目惚れと記したが、さらに厳密に表現するならば、早良京子の「鼻」に一目惚れしてしまった。

それほど、早良京子の鼻は、完璧《かんぺき》ともいえる造形をしていた。ほんの少し鉤鼻《かぎ》で、鼻梁《びりょう》はすっと通っていて、実に涼やかかつ穏やかなラインを描いている。決して大きいわけではなく、それでいて凛《りん》として清冽《せいれつ》、まったくもって品のいいシルエットを映し出していた。

女性の顔を判断するにあたって、なぜそれほど鼻の形が重要なのか——正直言って、自分でもよくわからない。だが実際、過去、俺が恋い焦がれてきた女性はすべて、一人の例外なく、同じ系統の鼻の持ち主だった。我ながらおかしなことだと思う。しかし、自分でもどうしようもないほど、ある一定の鼻の形に惹《ひ》かれてしまう。もちろん、俺だって鼻だけですべてを決めるわけじゃない。あくまで全体とのバランスも見て判断しているつもりだ。現に、早良京子は鼻の他にも、知的そうなスッと引かれた眉《まゆ》や、少し眠たげで黒目がちな瞳《ひとみ》や、やわらかそうなくちびるや、つい指でつつきたくなるようなすべすべとした肌や、とにかく全体的に見ても非常に整った顔つきをしていた。間違いなく早良京子は美人の部類に入る顔立ちだった。だが、俺にとっては、その鼻への特殊加点のおかげで、早良京子は〝普通の〟美人ではなく、〝とてつもない〟美人として映ったのだ。

もし、あのとき、座敷に現れた高村が俺に声をかけなかったなら、俺はそのまま早良京子の鼻を見つめ続け、挙げ句、俺の視線に耐えられなくなった彼女の鼻頭は、量子崩壊でも引き起こしていたかもしれない。高村の声でようやく我に返った俺は、高村に手招きして、自分の隣の席を指し示した。とてもじゃないが、この先、冷静な気持ちで早良京子と話すことなどできそうになかった。遠目にも派手な寝癖をつけていようと、今日もやはりシャツをズボンのなかに収めていようと、とりあえず見知った高村と話をして、気持ちを落ち着けることが先決だった。

まったく情けないことだが、俺はこの場に座ってから、まだひと言も彼女と言葉を交わしていなかった。昔からそうだった。意識しない女性とならいくらでも話はできる。いったん意識してしまうともう駄目だ。その女性の前で、俺はとことん貝になってしまう。

「結局、来たんだ。この前の様子じゃ、絶対に来ないだろうな、と思っていたのに」

高村は隣の座布団に腰を下ろすと、やけに人懐っこい笑みを投げかけてきた。高村はおしぼりのビニールをぽんと音を立てて破ると、

「あ、僕、高村と言います。学部は経済です」

いとも自然に対面の早良京子に話しかけた。

「早良京子です。教育学部に行っています」

そのとき、俺は初めて早良京子の声を聞いた。軽やかで、透き通った声だった。俺は意を決し、昂《たか》ぶる気持ちを必死で抑え、短く自己紹介をした。

「なんだ」

早良京子は急に甲高い声を上げげた。

「ずっと、先輩の方なのかなって思ってた。だってさっきからひと言も口をきかないで、

むすっとしてるから……何か私、気に入らないことでもしたのかな、って心配してたのに──なんだ、同じ新入生だったのね」

口元に軽く指を添え、早良京子はくすくす笑った。きれいに並んだ白い歯の隅に、小さな八重歯がのぞいた。

「すいませんね。この人、どうもいつもこんな調子みたいで。つまり、何です？　シャイってことかな」

俺の内なる嵐の存在になどちっとも気づかぬ様子で、高村はからからと笑うと、早良京子の視線など何ら気にすることなく、豪快におしぼりで顔を拭《ふ》き始めた。どうやら高村のぼんくら眼には、彼女の鼻の素晴らしさは何ら映し出されていないらしい。

「早良さんはどこでこのサークルのこと知ったの？」

おしぼりを几帳面《きちょうめん》に畳んでから机の上に戻し、高村は訊《たず》ねた。

「上賀茂神社でビラをもらったの」

「あ、ひょっとして葵祭のとき？」

「そう、あなたたちも？」

高村が率先して話を聞いたところ、早良京子も葵祭に行列のエキストラとして参加し、上賀茂神社での帰り道に声をかけられたのだと言う。

「じゃあ、ここにいる他のみんなもそうなのかな」

早良京子は腰を浮かせて、部屋を見回した。俺は真横を向いた彼女の鼻の形をしかと見極めてから、同じようにあたりを見回した。座敷に用意された二十人ほどの席は、すでに埋まろうとしていた。俺は早良京子の背後に、上賀茂神社でビラを渡してきた女性の姿を認めた。もう一人のスガ氏はどこにいるのだろう、と視線をさまよわせていると、

「ここ、いいかな」

と聞き覚えのある声がして、見上げると当のスガ氏が立っていた。早良京子が「あ、どうぞ」と答えると、「どうも、どうも」としきりに頭を下げながら、早良京子の隣、つまり高村の正面の席に腰を下ろした。だが、席についたのも束《つか》の間《ま》、「会長、そろそろ、揃ったんじゃない？」という声がどこからともなく聞こえてきて、スガ氏は「じゃ、始めようかな」と、腰を落ち着ける間もなく再び立ち上がった。腰を浮かせたとき、見上げる俺と初めて目が合うと、スガ氏は唐突にウィンクをしてきた。

「それではみなさん、乾杯の準備お願いしまーす」

準備が整うと、スガ氏は「乾杯の前に」と前置きして、あいさつを兼ねた自己紹介を始めた。

そこで俺は、この人物が京都大学青竜会第四百九十九代会長（このときはまだ四百九十九代目であることは伏せられていたが）、菅原真《まこと》であることを知ったのだ。

まったく、楽しい夜だった。こんなに楽しいと感じた新歓コンパは初めてだった。

世界はすべて、早良京子の鼻を中心として回っていた。酔いに任せて俺が訥々《とつとつ》と語った、さだまさしの深遠なる歌の世界について、彼女は常にやわらかな笑みを絶やさず、耳を傾

けてくれた。二年間の浪人生活で、俺のメンタル面を誰よりも支えてくれたまさしのことを、人に打ち明けるのは初めての経験だった。早良京子と言葉を交わしながら、俺は彼女の鼻がぐんぐんと心の内壁を打ち破って侵入してくるのを、甘酸っぱい痛みとともに感じていた。かたや高村は、酒に弱い体質なのか、鄙猥《ひわい》なほど真っ赤に頬を燃やし、あたり構わず満面の笑みを撒《ま》き散らしていた。やがて「スキャットしまっす」と立ち上がったと思うと、てぃららとぅろろと得体の知れない言葉を連発し、満座の喝采《かっさい》を受けていた。きっと彼にとっても、楽しい夜だったのだろう。

＊

京都大学青竜会第四百九十九代会長菅原真——って、長すぎるだろ、これ。

一体、この四百九十九という数字がどこから来たものなのか、後日、スガ氏に訊ねたことがある。「ただの出鱈目だよ」とスガ氏は笑って答えながらも、根拠らしきものがないわけではない、とつけ加えた。すべての〝始まり〟を作ったとされる人物が没してから、ちょうど千年が経とうとしているらしく、そこに二年に一度代替りをする習慣を無理矢理当てはめたのではないか、と。

「君と同じ名前の人だよ」

千年前に死んだ人物とは誰かと訊ねると、スガ氏はにやにや笑いながら、俺の顔を指差した。

「じゃあ、日本人ですね」

「だろうね」

「ひょっとして安倍晴明《あべのせいめい》ですか」

俺が声を上げると、スガ氏はむふふと口元を緩め、ウィンクを寄越してきた。

煮ても焼いても食えない、そんな表現が似合うスガ氏は、実は理学部の三回生だった。

ちなみに三条木屋町居酒屋「べろべろばあ」での新歓コンパに参加していた他の上回生たちも皆、三回生だった。京大青竜会には、二回生の人間が一人も存在しなかった。すべては〝二年に一度の代替り〟という、京大青竜会に伝わる奇妙な習慣のためである。

ちなみに俺が、この〝二年に一度の代替り〟についての話を知ったのは、新歓コンパから数日が経ってからのことだった。

「菅原さんが、あいさつの後に説明していただろ。何、聞いてたの？」

電話口の向こうで、高村は非難めいた声を上げた。高村の指摘どおり、確かにあの夜、俺はスガ氏や他の上回生の話すことなど、何一つとして聞いていなかった。俺には京大青竜会よりも他に、興味を奪われる対象があったのだ。

よって以下の説明はすべて、高村からの受け売りである。

たいていのサークルは、毎年代替りをする。京大青竜会の一回生も、二回生になると同時に上回生から運営のバトンを渡される。ここまでは、他のサークルと同じだ。だが、普通のサークルと異なるのは、二回生になっても、京大青竜会は新たなサークル員、つまり一回生を勧誘しないのだ。その代わり、三回生になって初めて新入生を勧誘する。こうして二年に一度しか新しい血を受け入れない結果、自然と〝二年に一度の代替り〟が成り立つ——。

「何だそりゃ……妙なことをするサークルだな」

「だから最初に変だろ？って訊《き》いたのに……何のことかわからない、とか言うから」

「連中は普段、何をしているんだろう」

「菅原さんに訊いたけど、大文字山《だいもんじやま》に登ったり、琵琶湖《びわこ》にキャンプに行ったり、結構アウトドアっぽいことをするみたい」

ふうん、俺は訊ねてはみたものの、関心なく鼻で返事をした。ふと視線の先に、こたつ机の上に散乱する、サークルの勧誘ビラのなかに紛れた青色の紙を見つけた。引っ張り出すと、それはやはり上賀茂神社で手渡された京大青竜会のビラだった。


普通のサークルじゃ飽き足らないと考えているア・ナ・タ！　京大青竜会に入ってみませんか？　私たちは、大学生活をよりおもしろくするため、日々様々なことにチャレンジし続ける、まったく新しいタイプのサークルです。他大学との交流もあるので、たくさんの人たちとも友達になれるヨ！

相変わらずひどい文章だったが、改めて読み返して、俺は何だか腑《ふ》に落ちないものを感じた。それは、高村がスガ氏から聞かされたような、当たり障りのない活動をしているのならば、もう少し具体的な文面にするのではないか、ということだった。つまり、こうして活動内容をぼかして書くからには（単に文章構成力が極端に低いだけ、ということも考えられたが）、それなりの理由があるはずで、その活動内容が大文字山に登山だ琵琶湖でキャンプだなどといった平凡で牧歌的なものだと、このぼやけた文面とのバランスが取れない。俺はこの違和感をさっそく高村に伝えてみた。

「じゃあ、安倍は今でもやっぱり宗教サークルだと思うんだ」

「いや、そうじゃない」

「じゃあ、自己啓発サークルか何かの類《たぐ》いだって言うわけ？」

「いや……」

俺は有効な答えを返すことができなかった。俺だって、ただ単に感じたことを訊いてみただけで、それ以上の関心があるわけじゃない。それよりも、俺が意外に思ったのは、俺の何気ない問いかけに対し、明らかに突っかかる口振りで返してきた高村の態度だった。

「何だお前、あそこを気に入ってるのか」

電話口の向こうで、逡巡《しゅんじゅん》するような一瞬の沈黙が流れたあと、「うん」と高村は短く返事をした。

「だから一緒に例会に行かないか、とか急に電話してきたわけか」

「違う。今度の例会に行く？　って訊いただけで、例会に行かないか、なんて積極的に誘った覚えはない」

「おいおい、そんなに恥ずかしがるな」

「恥ずかしがってなんかいない。恥ずかしいのはそっちだろ」

「どういう意味だ？　どうして、俺が恥ずかしい？」

しばしの沈黙のあと、高村はぽつりとつぶやいた。

「さだまさし」

携帯電話を握りながら、俺はサッと顔が紅潮するのを感じた。どうして、高村が俺の心のトップ・シークレットを知っているのか——俺は一瞬のうちに周章狼狽《ろうばい》パニックの状態に陥った。

「ど、どうして——」

「早良さんから聞いたよ。この前ずっと、早良さんにさだまさしの話をしてたらしいじゃない。初対面のレディの前で、さだまさしはマズいんじゃない？　それじゃあ、レディにモテないよ」

やけに達者な発音で「レディ」と口にする、その賢《さか》しらな声に、俺は高村のにやついた顔を、はっきりと思い浮かべることができた。俺は恥辱のあまり、今すぐ清水《きよみず》の舞台まで駆け上り、我が身を放擲《ほうてき》したい気分に陥った。だが一方で、早良京子の名前に脳が素早く反応し、心臓が早鐘のように打ち始めていた。しかし、どうして高村が早良京子と連絡を取っているのか？

「ああ、新歓コンパの帰りに、携帯のアドレスを交換したから」

ことなげに高村は種明かしをすると、「今日は実家からご両親が遊びにきている」などと、早良京子のプライベートな情報を披露し始めた。俺は思わず高村に嫉妬《しっと》の炎を大量噴射しそうになるのを、必死で制した。

「実は僕、先週のコンパのときに、ここって結構いい雰囲気のサークルだなあ、って思ったんだよね。確かに京大青竜会って名前は、どうかと思うけど……。安倍はどう思った？結構、安倍も楽しそうに見えたんだけど」

途中から俺は、高村の話なんぞ聞いていやしなかった。ただ一心に早良京子と早良京子の鼻を思い浮かべていた。俺はあの夜、早良京子の電話番号も、携帯メールのアドレスも訊かずに、彼女とさっさと別れてしまった。聞きたくもないのに聞かされたのは、高村の電話番号だけだった。たかが女性一人の携帯のアドレスを訊く勇気もない、怯懦《きょうだ》で無能な自分を激しく罵《のの》りながら、俺は鴨川べりを包む暗闇の向こうへ、一人退散したのだ。

「そういえば、早良さんも、何だか楽しそうだし一度くらいのぞいてみようかな、って言ってたっけ」

そのとき蘇《よみがえ》ったかのように、高村の声が耳のなかに飛びこんできた。

「えっ？」

「だから、早良さんもいい雰囲気だと思ったみたいだよ。どう？　来週水曜日の一回目の例会に、行ってみない？」

俺は素早くこたつ机に置かれた三角カレンダーに目を走らせた。来週の水曜日にアルバイトの予定は入っておらず、〝新歓コンパ、河原町、モノポリー同好会〟という文字が書きこまれているだけだった。

「仕方がない——一緒に行ってやろう」

再び早良京子に会えると知って、先ほどから心拍数が指数関数的に上昇していることなどおくびにも出さず、俺は了承の意を伝えた。

「おお、サンキュー安倍」

「その代わり、まさしのことは誰にも言うな。俺の大事な心の師なんだ」

まさしと言われても、咄嗟《とっさ》にはわからなかったのか、しばしの空白のあと「そのことなんだけど……」と急にしめっぽい声を高村は発した。

「さだまさしって——誰？」

「はあ？　何だって？」

およそこの世にあり得るはずのない質問に、俺は絶句した。

「……実はあまり知らないんだよね。みんなに訊いても笑うばかりだから、何となく格好いいものではない、とは思ったんだけど」

「な、何言ってる、まさしは最高だ。だいたいお前、何でまさしを知らないんだ？　国民的歌手だぞ。あ〜あ〜ああああ〜、だぞ。お前、本当に日本人か？」

俺は思わず携帯電話を握り締め、声を荒らげた。

「……そうなんだ。僕、みんなが知っていることを、全然知らないんだ。ああ……こういうときに、僕はどうしようもなく大きな隔たりを感じるんだ。ああ、さびしいなあ。せつないなあ――」

やけに深刻な声を出す高村に、「お、おい、元気を出せ。今度、CDを貸してやるから」と俺は慌てて慰めの言葉をかけた。何とか機嫌を直した高村は、「まさしのことは誰にも口外しない」と固く誓い、電話を切った。

こたつ机から三角カレンダーを奪うように手に取った。ボールペンで〝モノポリー同好会〟を消し、高鳴る鼓動を抑えながら、〝京大青竜会〟とマス目いっぱいに書きこんだ。

その二　宵山協定

確かに俺は気がついていた。

京大青竜会の何かがおかしいことを、上賀茂神社でスガ氏よりビラを渡されたときから、すでに気がついていたのだ。

だが、俺の澄んでいたはずの眼は、スガ氏によって次々打ち出される野外レクリエーション企画と、何よりも早良京子《さわらきょうこ》の存在によって、すっかり曇らされてしまった。太平楽に毎日を過ごす俺の背後に、ひたひたと、そして確実に「ホルモー」の影が近づいていたことに一切気づかぬまま、俺はあの宵山《よいやま》の夜を迎えてしまったのだ。

だが、あの夜の出来事に話を移す前に、いま少し語らなければならないことがある。我々が「ホルモー」の存在を突如知らされた、祇園祭宵山の出来事を語る前に、いま少し。我々、京大青竜会五百代目のメンバーについてのことと、あと一つ——俺と早良京子についてのことだ。

気がついたときには、我々、京大青竜会五百代目のメンバーは、いつの間にか十人になっていた。この「いつの間にか」というところに、俺は京大青竜会の恐ろしさを感じずにはいられない。

すべては予定調和の出来事だった。俺や高村《たかむら》、早良京子、そして芦屋《あしや》に松永《まつなが》、紀野《きの》、三好《みよし》兄弟、坂上《さかがみ》、楠木《くすのき》ふみの計十名が、京大青竜会の新しいメンバーになることは、スガ氏よりビラを手渡されたときから、すでに定められた結末だったのだ。

我々は皆、揃いも揃って、五月十五日の葵祭〝路頭の儀〟の行列にエキストラとして参加していた。そして、誰もが祭りの帰り道に、上賀茂神社でスガ氏からあの青色のビラを手渡されていた。あのとき俺は、どうしてスガ氏は俺を京大の新入生と認識できたのか、と疑問を抱いた。俺にはわからぬ理由があって判断したのだろう、と適当に結論づけておいたが、スガ氏の行動に疑問を持ったことも含め、ある意味で俺はまったく間違ってはいなかったのだ。つまり、スガ氏には見えていたのである。俺や高村には見えなかったものが、スガ氏には見えていたのだ。スガ氏はただ目に見えるものにしたがって、ビラを渡しさえすればよかったのだ。

大文字山ハイキング、嵐山《あらしやま》バーベキュー、比叡山《ひえいざん》ドライブ、琵琶湖キャンプ――五月下旬から七月上旬にかけて行われた京大青竜会主催の野外レクリエーション活動の数々、これらのすべては、スガ氏が計画した我々を手なずけるための策略であり、宵山の夜までにメンバーを固定するためのカモフラージュだった。もともと〝適性〟があった我々だ（京大青竜会内では「〝匂い〟を持つ」という専門用語が用いられている）。スガ氏にしてみれば、ビラを渡しさえすれば、あとは矢継ぎ早に企画を打ち出し、我々をサークルに根づかせさえすればよかったのだ。

もっとも、最初から先述の十名が勢揃いしていたわけじゃない。十名のなかには三条木屋町居酒屋「べろべろばあ」での新歓コンパに参加しなかった者もいるし、逆にあのコンパに参加していたが、最終的には残らなかった者もいる。スガ氏が果たして何人の〝匂い〟を持つ新入生にビラを配ったのかはわからないが、ただビラを配りさえすれば、あとは催眠術のようにほいほいメンバーが寄ってきたのではない。例会に参加したが、フィーリングが合わず、以後寄らなくなった者ももちろんいるわけで、普通のサークルと同じ、去る者残る者の機微が、ちゃんと存在していたのだ。

しかし、いつの間にか、まわりを見回すと、我々は十人になっていた。

スガ氏の代も全員で十人だった。その上の代もやはり十人だったという。きっとどこまで遡《さかのぼ》ってみても、「ホルモー」が行われていた限り、同じ十人だったに違いない。一人の剰余もなくきっかり十人が、いつの代でも、いつの間にか揃っていたはずなのだ。

このことに思いを巡らせるとき、俺はどうしても人知を超えたものの存在をちらほら思い浮かべずにはいられない。何もそんな大げさな話じゃない。たとえば、軒先に吊《つ》るされた、てるてる坊主を見つけて、全国に八百万《やおよろず》おわすとされるこの国の神の一人くらいが、少しだけ明日の天気をいじっちゃおうかな、と思い立つ——そんな類《たぐ》いの話を、だ。

とにかく、集まるべくして集まった十名。その集まり方も、実に気ままなものだった。まず、三条木屋町居酒屋「べろべろばあ」の新歓コンパから残ったメンバーは、俺に高村、早良京子、芦屋、楠木ふみの五名。五月最終週の大文字山ハイキングから加わったのが双子の三好兄弟。六月第一週に行われた嵐山バーベキューから加わったのが松永。第三週の比叡山ドライブから加わったのが紀野。七月に入り、琵琶湖キャンプに、最後の一人としてやってきたのが坂上だった。

世のサークルの存在意義そのものを否定しかねない勢いだった俺が、なぜ初夏の登山に、渓流での火おこし、ドライブウェイでの車酔いに、琵琶湖遊覧船上での船酔い、といった本来するはずのない我慢をして、京大青竜会主催のイベントに参加したのか。言うまでもない。そこに早良京子がいたからである。

一体、何が気に入ったのか、高村と同様、早良京子も新歓コンパ以来、毎週水曜日の例会や、週末の野外レクリエーション活動に、積極的に参加していた。だから俺も、高村に誘われて渋々ついていくという体裁を取りながら、週末の行事の他、ほぼすべての例会に顔を出した。もっとも例会といっても、ただ学生食堂や大学周辺の洋食屋でぺちゃくちゃとおしゃべりをするだけの、単なる夕食懇親会である。もともとそういう場が苦手なはずの俺も、毎週、同じメンバーと顔を合わせていくうち、わずかずつながら、スガ氏をはじめ上回生と会話を交わし、新入生とも打ち解けるようになっていた。ただ、相変わらず早良京子とは上手に話すことができなかったし、芦屋という法学部の男とはそもそもソリが合わないらしく、ほとんど口も利かなかった。二人いる一回生の女性のうち、もう一人の楠木ふみに至っては、向こうが極端に無口であることも重なって、一度も言葉を交わすことがなかった。

七月に入って最初の例会で、週末に行われる一泊二日の琵琶湖キャンプに向けての、新入生の作業分担が発表された。そこで俺は、楠木ふみとともに、スガ氏から食料買い出し担当を任命された。

例会終了後、よりによって芦屋と早良京子が飲物担当ペアを組んだことを、少なからず憂鬱《ゆううつ》に感じながら、俺は店の前で自転車のチェーン鍵《かぎ》を外している楠木ふみに、携帯の電話番号を教えてくれないかと声をかけた。鍵を外す手を止め、楠木ふみはなぜそんなことを訊《き》くのか、と言わんばかりの不可解そうな表情で俺を見上げた。

「買い出しに行くときに、連絡する必要があるだろ」

苛々《いらいら》した気持ちを抑え、俺が正当な理由を述べると、彼女は「ああ」と小さく声を上げ、聞き取りにくい声で電話番号を口にした。

「何なんだ、あの楠木ってのは」

三十分後、例会の帰りに丸太町の俺の下宿に立ち寄った高村に、俺は大いに不満の意を織り交ぜ、訴えた。

「どうかしたの？」

「買い出しのために、電話番号を訊いただけなのに、まるで俺に気があるかのような空気を作られた」

「考えすぎだよ」

さして関心ない様子でからからと笑い、高村はベッドの端に腰を下ろした。どういう訳かその場所は、近頃ほぼ三日に一度のペースで遊びに来る、高村の定位置になりつつあった。

ベッドの手前のこたつ机には、実家から送られてきたばかりのヨックモックの缶が置かれていた。いち早くその存在に気づいた高村は、「おおっ、シガレットだ。僕、これ大好きなんだよね」と甲高い声を上げた。物欲しそうな視線で俺を見上げる高村に、アゴで了承の意を伝えてやると、「じゃ、一本だけ」と、高村はそそくさと缶から細長い袋を取り出した。

「そう言えば、楠木さんて何だか大木《おおき》凡人《ぼんど》みたいだよね。僕は密《ひそ》かに心のなかで、凡ちゃんと呼んでいる」

俺は楠木ふみの容貌《ようぼう》を思い浮かべ、高村のたとえにこの上なく絶妙なものを感じずにはいられなかったが、一方で、まだティーンの女の子に中年男の名を冠するのは、あまりに非紳士的な行為である気もした。

「さすがに凡ちゃんは、ひどいんじゃないか。凡ちゃんみたいに太ってはいないぞ」

「ココ、このあたりが似てる」

袋から取り出したシガレットで、高村は己の顔の上半分あたりに円を描いた。

「本人には内緒だよ」

「当たり前だ。それにしても、お前よく大木凡人なんて知ってたな」

「最近知ったんだ。あの顔は一度見たら忘れられない」

高村はシガレットを本物の葉巻のように、鼻の下をくぐらせて匂いを嗅《か》ぐと、口元へと持っていった。

「ちょっと待て。何だその食べ方は」

「何が？」

「やめろ。見ていて苛々する」

「いやだ。やめない」

シガレットをご存じない方に一応説明しておくが、シガレットとは薄いクッキー生地をくるくるとロールした、葉巻型の舶来菓子だ。普通はタバコを吸うように、先を口につけて「縦」からぽりぽりとやるものだが、あろうことか高村は、犬が骨をくわえるかのようにシガレットを「横」に持ち、前歯でちまちまと巻かれた生地を少しずつ剥《は》がして食べ始めたのだ。まるで猿が芸をしているかのような、その見苦しい様に、俺は思わず目を背けた。

一事が万事、この男はこうだった。常に何かが決定的にズレていた。服装に至ってはいよいよ絶望的だった。きょうび日本のどこに、ドジャースNOMOのTシャツを堂々と着ている十八歳がいるか。もちろん裾《すそ》はズボンのなか、ベルトは相変わらず革の黒。〝リズム感ゼロの黒人〟と同じ種類の悲哀を、〝おしゃれ感ゼロの帰国子女〟というフレーズは醸し出していた。

まさしのベスト盤とシガレット三本を渡し、さっさと高村を部屋から追い出した。まさしの奥深さに興味を抱いてくれる人間が現れたことはうれしいが、それが高村だということがどうにもやるせなく、物悲しかった。もしもこれが早良京子だったなら——今夜の例会でうつむき加減にパスタをする、彼女の美しい鼻の傾きを思い浮かべながら、俺はため息とともにドアを閉めた。

キャンプ出発の前日、待ち合わせをした大学の時計台の下に、楠木ふみは一分のずれもなく、指定した時間ちょうどに自転車を引いて現れた。

彼女の顔を間近に捉《とら》えた途端、俺は高村の言葉を思い出し、つい口元が弛《ゆる》みそうになるのを必死で堪《こら》えた。眉《まゆ》毛をすっかり覆うほどに分厚く切り揃えられた前髪に、いまどきどこで売ってるのかと問いただしたくなるような、ふちが太く、面の広いメガネ——まさに「凡ちゃん」と言い表すに相応《ふさわ》しい取り合わせとともに、彼女は俺の前で自転車を停止させた。俺が会釈をすると、こくりと会釈を返した。それっきり、二人の間に気まずい沈黙が流れた。よくよく考えてみると、これまであいさつすらまともに交わしたことのない間柄にもかかわらず、スガ氏のひと声で無理矢理一緒に買物をする羽目になったのだ。こうして会話がすんなりと出てこないのも、仕方のないところだった。

ふと、彼女の鼻に視線が向いた。これまで、その個性的な髪型やメガネばかりに目を奪われ、鼻までは注意が向かなかったのだ。一メートルの至近から見つめたその鼻は、意外とかわいらしい形をしていた。一方で、少々丸みを帯びすぎて、華麗さ、伸びやかさに欠ける気もした。やはり、早良京子の鼻立ち（俺の造語である。こんな日本語はない）には到底およばない。

「どこに買い出しに行く？」

はっとして鼻から視線を上げると、大きなレンズの奥から訝《いぶか》しげな視線が送られていた。俺は取り繕うように、腕時計を確認し、「俺の下宿の近くのスーパーに行こう」とそそくさと自転車にまたがった。

人間、口数が多い、少ないという差は、あくまでも相対的なものということを、楠木ふみと並んで下宿近くの大型スーパーの食品売場を歩きながら、俺は改めて認識した。俺も決して人前では口数が多いほうではないが、楠木ふみの前では恐ろしく饒舌《じょうぜつ》な人間と位置づけられるはずだった。それほど楠木ふみは買物の間、徹底して無口で、何のためにこの場にいるのかわからないほど、消極的態度に終始した。それでも、俺がカゴに適当に放りこんだカレー用の男爵を、煮崩れを心配したのか黙ってメークイーンに取り替えていたところを見ると、決して無関心というわけでもなかったのか。

たっぷり買いこんだ荷物はすべて、俺の下宿に運びこんだ。明日の朝、上回生の一人が、車で取りにくる手はずだった。

「ジュースでも飲んでいったら？」

すべての荷物を運び入れたのち、重い買物袋を両手に抱えたせいで、玄関先で肩で息をしている楠木ふみに、俺はねぎらいの意味をこめて声をかけた。楠木ふみは玄関に突っ立ったまま、しばらくどうしようか迷っている様子だったが、俺がこたつ机に二つ並べたコップに、オレンジジュースを注ぎ始めたのを見て、「おじゃまします」とくぐもった声とともに靴を脱いだ。

「楠木は何学部だったっけ？」

俺はベッドのふちに腰かけ、こたつ机の前で律儀に正座をしている楠木ふみを見下ろし訊《たず》ねた。

「理学部」

「じゃ、スガさんと同じじゃない」

グラスを口につけ、楠木ふみはこくりとうなずいた。

「どうして楠木は京大青竜会に入ったんだ？」

厚ぼったい彼女の前髪を見つめながら、俺は先ほどからずっと気になっていたことを訊ねてみた。その異常なまでの無口ぶりを前に、俺には何が楽しくて楠木ふみが京大青竜会に入ったのか、まったくといっていいほど、その理由を思い浮かべることができなかったのだ。

「安倍《あべ》は？」

しばしの沈黙のあと、楠木ふみは答えるのかと思いきや、逆に質問してきた。別に俺も、彼女のことを呼び捨てにしているからお互い様なのだが、楠木ふみがごく自然に俺の名を呼び捨てで呼んだことに、戸惑いに近い、新鮮な驚きを感じた。

「俺？　俺はその……高村が行こう行こう、ってしつこく誘うもんだから、まあ、何となくってとこかな」

自分から訊《き》いておきながら、おそろしく素っ気ない、ほぼ無反応に近い態度で、楠木ふみは俺の偽りに満ちた答えを聞き流した。

「で、楠木はどうして？」

湧き上がる反感をぐっと抑え、俺はもう一度訊ねた。だが、楠木ふみはグラスに手を添え、部屋のなかをそれとなく見回したまま、一向に答える様子がない。時代錯誤な分厚い前髪からのぞく大きなレンズを見つめながら、俺は辛抱強く返答を待った。

「ごちそうさま」

楠木ふみはグラスを前方に押し出すと、すっと立ち上がった。トイレにでも行きたいのかなと「あ、右手にあるから」と告げた俺の声に一切反応することなく、楠木ふみは玄関でサンダルを履くと、無言のままドアを開け、そのまま外に出て行ってしまった。

俺は啞然《あぜん》として、ぱたんと乾いた音を立てて閉じられたドアを見つめた。

もちろん、楠木ふみは二度と戻ってこなかった。ドアの向こうに消えたマッシュルームのように膨らんだ後頭部の残像を思い浮かべながら、俺は打ちのめされた気分になって呆《ぼう》然《ぜん》とつぶやいた。

何なんだ、凡ちゃん。

クーラーを買うべきか否か。

＊

さんざん迷っているうちに、さっさと夏のほうが先に乗りこんできた。

深夜の十一時に部屋を出ても、なまぬるい空気が盆地の街を圧していた。

俺は近頃、深夜になると鴨川の川べりでしばらく涼んでから、部屋に戻って寝ることが習慣になっていた。実際には川べりの気温も、部屋と大差なかっただろうが、川の流れる音を聞きながら、ベンチで寝転がっていると、ふと暑さを忘れる瞬間が訪れるのだ。

祇園祭の宵山を、三日後に控えた夜だった。いつものように、丸太町橋から川べりに下り、ベンチに寝転がって目を閉じた。そのまま、これから延々と続くであろう真夏日の毎日を、本当に実家から送られてきたあの古い扇風機一台で乗り切ることができるのか、自問自答を繰り返した。否。実際には、扇風機一台でもって、噂に聞く「古都の夏」という名の灼熱《しやくねつ》地獄を乗り切る覚悟を、己に求めた。できることなら、俺だって扇風機などさっさと見切りをつけ、豪放磊落《らいらく》にエアコン購入に踏み切りたい。だが、いかんせん金がない。

アルバイトのほうは、スガ氏から非常に割のいい家庭教師の口を紹介してもらい、以前ほど無理をせず、そこそこの収入を得ることができるようになった。しかし、エアコン購入となると、話は別だ。「冷」を取るか「食」を取るか、滑稽《こつけい》なれど切実な問題が、そこには大きく横たわっていた。

　川の瀬音に混じって、ざっざっと下流の三条方面から草を踏む音が聞こえ、俺のそばを通り抜けたのち、少し離れた場所でピタリと止まった。その音を耳で追いながら、俺は、ああ隣のベンチに誰かが腰を下ろしたのだな、と推測をつけた。めずらしくいい風が身体を撫《な》でて、俺はうとりうとりと睡魔に意識を奪われようとしていた。

　ふと、妙な音が聞こえた。川の音にまぎれ、何かがかすれるような、引っかかるような音。俺は耳を澄ました。しかし、意識すればするほど、探している音が、川の音に混ざって消えてしまったような、同時にいつまでも聞こえているような、妙な感覚に陥ってしまう。

　俺は少しだけ身体を起こした。どうもその音は隣のベンチから聞こえてくるようだった。五メートルほど離れた隣のベンチには、白っぽいシャツを着た、おそらく女性らしきシルエットがぼんやりと浮かんでいた。その女性をそれとなく目の隅で捉えながら、俺はその女性が泣いていることに気がついた。先ほどからの音は、この女性のすすり泣く声だったらしい。

　こんな夜更けに、何がそんなに悲しいのですか——と、声の一つでもかけてやりたかったが、そんなことできるはずもない。それでも、うつむいたまま肩を震わす女性に、どうか顔を上げて、涙を拭《ふ》いてください、と頼まれもしない無言のエールを送ってみた。すると、俺のエールが届いたのか、女性はハンカチらしきものを持った左手で目のあたりを拭《ぬぐ》い、ふっと顔を上げた。

　あら――？

　その瞬間、俺は妙な感覚に襲われた。闇に霞《かす》んでぼんやりとしか見えないその相手に、見知ったものを感じたのだ。俺はよくよく目を凝らした。ちょうど女性の横顔が、背後にかかる丸太町橋の、オレンジ色の光を放つ街灯と重なったとき、俺は電流を当てられたかのように上半身を跳ね起こした。

　女性の横顔にくっきりとシルエットを描いた、その鼻。間違いなかった。それはまさしく、俺がこの世でいちばん美しいと思っている、早良京子の鼻だった。

「早良さん――」

　気づいたとき、俺は思わず声を上げていた。

　ギョッとした様子で、隣のベンチのシルエットが身体を震わせた。息を詰めて俺のことをうかがっている気配が、ありありと伝わってきた後、

「安倍――くん？」

　という、か細くも、聞き馴染《なじ》んだ声が聞こえてきた。

「ああ、そう……安倍です」

　俺はベンチから立ち上がると、意味もなく両手を上げて見せた。

「こんなところで……何してるの？」

　手にしたハンカチで慌てて頬を拭い、少し揺れた、疑わしそうな声で、早良京子は訊ね

た。橋の街灯を背にしているせいで、その顔をはっきりとうかがうことはできない。

「俺はその……涼んでいたんだよね」

「涼んでた？」

「そう……俺の下宿ってすぐそこなんだ。だから、たまにこうしてふらりと来て、ベンチで寝っ転がったりする」

早良京子は無言のまま、じっと俺を見つめていた。いや、見つめているように見えた。

「早良さんは？」

俺は遠慮がちに訊ねた。何よりも訊きたい、どうして泣いていたの？　という問いをグッと呑《の》みこんで。

「別に――四条で遊んで、家に帰る途中」

あんなしくしく泣いておいて〝別に〟はないだろうと思ったが、俺はあえてそれ以上を訊ねなかった。正確には、とても訊ねることなんてできなかった。

「早良さんの下宿ってどこだっけ？」

「修学院《しゅうがくいん》」

「結構遠い」

「うん」

「ひょっとして歩いて帰るつもり？」

「そうだけど」

「だって……歩きだと一時間はかかるでしょう。ちょっと危ないんじゃない？」

「ありがとう。でも、大丈夫だから」

早良京子は立ち上がると、手につかんだままだったハンカチを、肩から斜めがけにしたポーチにしまった。「じゃあ」早良京子は小さく会釈をすると、くるりと背中を向け、丸太町橋の方向に歩き始めた。

「ちょっと待って！」

虚空に手を差し伸べ、俺は思わず声を上げた。

「あの……俺んち、本当にすぐそこだから、よければ寄っていったら？　何なら自転車貸すし。歩いて帰るのは、やっぱり危ないよ……」

まあ、何と大胆なことを口走ってしまっているのかしら俺？　と心の端で思いつつも、暗い夜道に一人消えていこうとする早良京子に、真剣に声をかけずにはいられなかった。

だが、俺の声に振り向きもせず、立ち去っていく早良京子の背中を眺めるうち、俺は己の軽率でトンチキな発言に、心底滅入《めい》ってしまうほどの恥ずかしさを覚えた。「よければ寄っていったら」だって？　寄るわけないだろ、阿呆阿呆阿呆。

刹那《せつな》、激しい自暴自棄の衝動が湧き起こり、きっと明日には寺町《てらまち》の電器屋にてフィルター自動清掃機能つき高級エアコンを購入してやろう、グローバル・コミュニケーションのため英会話学校に入学し、複雑な掛け算も一瞬で解いてしまう、合衆国ベンジャミン教授推奨の通販商品「マスマジックス」を申しこみ、その他じゃんじゃん金を使って生活を追いこみ、菩提樹《ぼだいじゅ》下で悟りをひらく前のお釈迦《しゃか》さまみたいな骨と皮だけの男になってやろう――と荒々しく決意したのだった。

「あの……」

ふと声が聞こえて、俺は暗い衝動をいったん停止させ、面を上げた。

いつの間にか、目の前に、早良京子が立っていた。

「やっぱり、ちょっと寄っていっていい……かな」

少し決まりの悪そうな細い声で、早良京子は言った。

お釈迦さまみたいな男になる予定は、即座に無期限延期が決定された。

「で、でも、ちょっと暑いよ」

しきりに言い訳の言葉を連発しつつ、俺は早良京子を連れて丸太町橋への階段を上った。ぽっぽと沸騰する頭に、今にもどうにかなりそうになりながら。


こんなことがあっていいのか。

すーすーと静かに部屋に響く早良京子の寝息を聞きながら、薄暗い天井を見上げ、俺は何度目か知れぬ無言のつぶやきを胸に浮かべた。

こんな具合に書くと、すわ早良京子は俺の剝《む》き出しの腕に抱かれ、ベッドの足元には脱ぎ散らかされた衣類、二人の身体を覆うシーツはわざとらしく互いの胸元ぎりぎりで止まっていて、なんて淫《みだ》らな早とちりをされる方もおられるかもしれない。

だが、もちろん、真実はそんな情事のあとの風景とはかけ離れたところにあり、ベッドの上で完全に寝入っている早良京子、こたつ机を挟んで、地べたでなかなか寝入ることができない俺、からんからんと音を立て首を振る扇風機、相変わらず蒸し暑い俺の部屋――と何とも分裂した情景が、この六畳の空間に展開されていた。それでも、早良京子が俺の部屋で眠っているという事実は、掛け値なしに驚天動地の出来事であり、鴨川に涼みに部屋を出たときには、絶対に想像すらできぬことであって、こうして部屋の明かりを消して二時間ばかりが経っても、俺が眠りにつけないのも仕方のないところだった。

そもそも、本当に少しだけ部屋に寄るつもりだったであろう早良京子が、どうして、俺のベッドの上で眠っているのか――実のところ俺にもわからない。鴨川から、きっかり三分で部屋にたどりつき、しばらくたどたどしい会話を交わしたあと、俺がトイレに立って小用を済ませ戻ってくると、すでに早良京子はベッドに倒れこむようにして眠っていた。思うに、よほど眠くて仕方なかったのだろう。川の音に抗《あらが》うほど、しくしくと泣いていたのだ。すっかりくたびれてしまっていた証拠に、俺が「早良さん、早良さん」と声をかけても、彼女は「もう、いいから」「だから、いいって」などと意味不明の答えを返してくるばかりで、刻一刻と深い眠りに陥っていたことは、そのうち一切の返答を拒否するようになったところからもうかがえた。肩のあたりをつかんで強引に起こすことも考えたが、目を覚ました彼女に、俺は何をさせようというのか。こんなにも寝入っている女性を叩《たた》き起こし、自転車を貸し付け、修学院まで午前零時の川端通《かわばたどおり》を駆けさせるというのは、あまりにも非現実的かつ非紳士的な対応というものだった。

結局、俺は薄っぺらいタオルケットを彼女にかけ、床で眠ることにした。

「おやすみなさい」

天地神明に宣言するが如くつぶやき、俺はこたつ机の真上に吊《つ》り下げられた、照明のスイッチの紐《ひも》に手をかけた。ふと見下ろした先に、枕に頰を載せ、ぐっすりと眠る早良京子の横顔が映し出されていた。その見事な傾斜を描いた鼻を視線が捉《とら》えた瞬間、どきんと心臓が音を立てて脈打った。

——いかん。

未《いま》だはっきりと輪郭を現さずとも、むくむくと心の奥底で急速に膨らみつつある邪悪な影の気配に、俺の善なる心が早くも警告を発していた。

——ねえねえ、少しだけ、その鼻に触ってみたら？

どこからか、ぼそりとつぶやく声が聞こえた。

俺はスイッチ紐を握り締めたまま、固唾《かたず》を吞んだ。こんなチャンス、それこそ二度とないということを、俺は十分すぎるほど理解していた。あれほど日頃、恋い焦がれているものが、およそ考えられない無防備な状態で目の前に横たわっている。

——待て、待て待て！

警鐘はかんかんと鳴り響き、男の矜持《きょうじ》を死守するよう訴える声はいよいよ盛んに繰り返す。だが、スイッチ紐を握る手は微動だにせず、それどころか空いているもう片方の手が、じわりじわりと動き始めていた。

善とコモンセンスに支えられた、〝白い俺〟が必死で叫んでいた。

——ダメだ。鼻はダメだ！

——鼻はダメだ！　それなら、よっぽど、臀《でん》部や胸部の膨らみを触りたいと思うほうが、健全で微笑ましい。鼻だけなんて、そんなの、そんなの……まるっきり変態じゃないか。

早良京子の鼻頭まで、あとほんの数センチというところで、俺はピタリと手の動きを止めた。そうだ。このままでは、俺は正真正銘の変態になってしまう。世の変態と通常人を大きく隔てる境界とは何か。それは行動に移すか否か、という一点にある——そのことに寸前で気がついた俺は、ぽちりぽちりぽちりぽちりと部屋が真っ暗になるまで、乱暴に三度スイッチ紐を引っ張ったのだった。

とはいえ、いったん沸点近くまで昂《たか》ぶった心は、そう容易《たやす》くは鎮まらない。穏やかな早良京子の寝息を聞きながら、俺は悶《もん》々として、じっと天井を見つめ続けた。一度だけ身体を起こし、早良京子の様子を確かめた。天井を向いてすやすやと眠る早良京子の形のいい横顔が、ベッドの向こう側のカーテンに黒い影を映し出していた。その優麗な鼻立ちとともに。

結局、俺が眠りについたのは明け方近くになってからだった。目が覚めたとき、すでに早良京子の姿はなかった。どこか取り残されたような寂しさを感じながら、俺はタオルケットがきれいに畳まれたベッドの上に転がった。顔を埋めた枕から、いつもとは違ういい匂いがした。早良京子の匂いだった。

＊

いよいよ「ホルモー」について語られるときがきた。

七月十六日、祇園祭の宵山。俺が初めて「ホルモー」の存在を知った日として、生涯記憶に刻まれる新月の夜だった。もっとも、そのときはまだ、俺は「ホルモー」の何たるかを、何も理解していなかったが。

午後六時半、下宿まで迎えにきた高村とともに部屋を出て、鴨川の川べりを一路四条へと進んだ。

いつにもまして、甘ったるい湿った空気が京都の夜を覆っていた。川べりをただ歩いているだけにもかかわらず、街全体が祭りに浮かれている雰囲気がひしひしと感じられた。普段は三条～四条間でしか見受けられない河原に座りこむカップルの姿が、今夜は丸太町付近にまで拡大延長して展開されていた。およそ一・五キロにわたって、延々と数珠《じゅず》つなぎに連なるカップルたちの背後を、俺と高村は口数少なく歩いた。肩を寄せ合うカップル、ひざ枕をしているカップル、おでこにキスをしているカップル、唇にキスをしているカップル、舌をからめ合うカップル、胸元をまさぐり合うカップル——己ら二人だけの睦《むつ》み合いに熱中する男女の痴態ぶりはとどまることを知らず、俺と高村はいわれなき敗北感を胸いっぱいに溢《あふ》れさせ、四条に向かった。

大勢の人がたむろする四条河原にはすでに、三好兄弟、紀野、坂上、楠木ふみ、松永が到着していた。

「なんだ。呼び出しておいて、上回生は誰も来ていないじゃないの」

高村は訝《いぶか》しげにあたりを見回した。俺は腕の時計を確かめた。集合時刻の午後七時まであと五分の猶予があった。そもそも、なぜ、このように人でごった返す宵山の四条河原に、こうして皆が出向いているかというと、「祇園祭宵山午後七時、四条河原においでやす」という気味の悪いメールが、スガ氏から送りつけられてきたからだ。

「おう、芦屋こっちこっち」

俺の隣で、松永が手を上げた。やがて人波の向こうから芦屋が現れ、松永には「おう、お待たせ」と気安く手を上げて応《こた》え、俺には「お」と一瞥《いちべつ》しただけで、さっさと人の輪に入っていった。そのあからさまな対応の差に、俺は大いにムッとくるも、芦屋のすぐ後ろに、早良京子の姿を認めた途端、そんなチンケな感情は即座に霧消してしまった。早良京子は俺の姿に気がつくと、恥ずかしげに笑みを浮かべ、「この前は、ありがとね」と小さな、俺にだけ聞こえる声でささやいた。

川の向こう岸から、歓声とともに市販の打ち上げ花火が発射され、緩やかなアーチを描いて、川面《かわも》に吸いこまれた。俺と早良京子の間にも、ほのかな、あたたかい心のアーチが描かれたような気がして、俺のハートは、この洒落《しゃれ》にならぬ蒸し暑さも何のそのと、さらにほっこり上気した。

「何だあれ？　あれってひょっとして菅原さん？」

そのとき、松永が素頓狂《すっとんきょう》な声を上げた。目の前にぬっと差し出された、松永の指の先を思わずたどった。

何じゃ、あれは――。

その姿を認めたとき、俺も松永とまったく同じ感想をつぶやいていた。

俺の目に飛びこんできたのは、八坂《やさか》神社方面に向かう大勢の人々の流れに抗い、四条大橋の欄干沿いに一列になって進む〝青い〟姿の連中だった。その先頭にいるのは、間違いなくスガ氏だった。その後ろに、上回生が一列に連なっている。欄干に胸あたりまで隠れているせいで、詳しくはわからぬが、皆一様に青色の衣裳《いしょう》を身に着けている様子だった。

すでに一回生の誰もが、橋の上の奇妙な〝青い〟一列縦隊に気がついていた。高村が呑《のん》気《き》に「おーい、菅原さーん」と手を振ると、スガ氏も橋の下の我々の存在に気づき手を振った。

橋のたもとより河原へ続く階段を下りてきた一行を見てようやく、俺は彼らが青い浴衣《ゆかた》を着ていることに気がついた。生地には何の模様もなく、帯まで一切が青の浴衣。上回生のなかに二人いる女性も、同じ色の浴衣を着ている。

祭りに関係している町衆とでも勘違いしたか、スガ氏を先頭にこちらに向かってくる浴衣姿の十人に気がつくと、誰もが慌てて道を譲った。人が溢れる四条河原に突如、細い一本道が現れ、まさに花道を進むが如く、からんからんと盛大に下駄の音を鳴らし、スガ氏らは悠々と我々の前にたどり着いた。

上回生たちを背後に従え、スガ氏は我々と対峙《たいじ》するように立ち止まった。スガ氏らが纏《まと》う、藍染《あいぞめ》らしき深みのある青の浴衣は、橋からの街灯の光が届かぬこの河原では、漆黒を帯び、えも言われぬ凄味《すごみ》を醸し出していた。

スガ氏は一回生の名前をぶつぶつとつぶやきながら我々の頭数を数え、十人全員がいることを確認すると、「コホン」と咳《せき》払いをした。突如、浴衣を着て現れた上回生たちに対する当惑と、これから何が起きるのかという期待に、我々は黙りこくって、スガ氏の言葉を待った。いつもと同じスガ氏の雰囲気と、いつもとは明らかに違う、先ほどからひと言もしゃべらない他の上回生の雰囲気との、不気味なコントラストに、誰もが言い知れぬ圧迫感を感じていた。

「諸君」

後ろ手に組み、我々をゆっくりと見回すと、重々しくスガ氏は切り出した。

「本日午後七時をもって——宵山協定の解除を宣言する」

意味がわからずぽかんとした我々の心の隙間を縫うように、対岸から発射されたロケット花火が、ひゅううぃと夜空を駆けた。

「誰が呼んだか宵山協定」

歌うようにつぶやいて、スガ氏はおもむろに宵山協定なるものの説明を始めた。その後に続いた京大青竜会とホルモーについての話、スガ氏が第四百九十九代の会長であるという話、我々が記念すべき第五百代だという話——まるで冗談のような内容をスガ氏は淡々と語り、我々はそれらすべてを冗談として黙々と聞いた。

我々は別にスガ氏の話を認めたくなかったわけじゃない。ただ、とても現実世界の話とは、思えなかったのだ。

＊

ここで唐突であるが、ある一冊の小冊子を紹介させていただきたい。

紙の色はすっかり色褪《あ》せ、表紙のあらゆる場所に補強のセロテープが貼られ、それらもすでに劣化変色し、この小冊子が幾人もの手を経てきたであろうことを如実に伝えてくれる、実に年代物のシロモノである。

表題には達者な筆書きで「〈ホルモー〉ニ関スル覚書」と縦に記されている。そのなかの〝総則〟〝細則〟に続く、〝禁止事項〟に関するページ、その第三条に掲げられた条文を、ここに記しておきたい。

第三条　祇園祭宵山マデ、新入生ヘノ〈ホルモー〉ニ関スル一切ノ情報ノ伝達ヲ禁止ス。

これが通称〝宵山協定〟と呼ばれるものの正確な原文である。

この条文の規定により、祇園祭宵山の日まで、新入生に関して認められる活動は〝ホルモーに必要な十人を集める〟その一点に限定される。十名が揃う時期にかかわらず、スタート・ラインを統一する——この条文のねらいが〝公平な競争〟の実現にあることは言うまでもない。賢明なるみなさんのなかには、早くも疑問を抱かれた方もおられるだろう。〝宵山協定〟や〝公正な競争〟などと言うが、一体、誰と誰との協定、競争なのであるか——と。

答えは、同じく「〈ホルモー〉ニ関スル覚書」の表紙の裏ページに記されている。そこにはページの真ん中に、たった一文だけ、短く、こう書かれている。

東ノ青竜、南ノ朱雀《すざく》、西ノ白虎《びゃっこ》、北ノ玄武《げんぶ》——と。

喧騒《けんそう》をいよいよ極める四条河原をあとにした我々京大青竜会総勢二十名が向かった先は、四条烏丸《からすま》交差点だった。

京都府警調べによると、この日、祇園祭宵山に繰り出した見物客は、実に四十六万人を数えたという。四条大橋のたもとより、歩行者天国となった四条通の東西を見渡すと、視界の続く限り、人の頭が大河の如くゆらゆら揺れていた。時刻は午後七時半、混雑を極める人の流れにまぎれ、我々はスガ氏を先頭に四条通を西に進んだ。霞《かすみ》がかかったように果てしなく続く人の波に、そろそろ船酔いめいた気分を感じ始めていた頃、四条通の先に、ぽっかりと浮かぶ今宵の主役が現れた。

正面に提灯《ちょうちん》をわんさかと吊《つ》り下げ、屋根に長大な長刀《なぎなた》を立てた山鉾《やまぼこ》が、発光クラゲのようにぼんやり光りながら、都大路を行き交う人々を見下ろしていた。

京都三大祭りの一つ、祇園祭。ことの始まりは、貞観《じょうがん》の昔に遡《さかのぼ》るという。その頃、都に疫病が流行《はや》り、その退散を祈って人々は長さ二丈の鉾を合わせて六十六本立てた。なぜ、そんなにもたくさんの鉾を立てようと思いついたのかはわからない。だが、その奇妙な思いつきは人々によって受け継がれ、時代が過ぎるにつれ、手で捧《ささ》げていた鉾には台と車がつき、現在の雅《みやび》やかな格好へ相成ったそうだ。

コンチキチン――。

祇園囃子《ばやし》に、スガ氏らの奏でるからんからんという下駄の音は実によく似合う。提灯の淡い光に浮かぶ、青い浴衣の後ろ姿もなかなか悪くない。ただ、十人が揃いも揃って、浴衣の背中に白い縁取りの竜を掲げているところは、田舎の不良くさくていただけない。

上回生のあとを追って、我々一回生十人も、祭り情緒溢れる四条通をよちよち進んだ。

四条河原で、突如ホルモーの存在を打ち明けられた我々だが、その様子はというと、まるで物見遊山の体だった。つまり、誰一人として、河原でのスガ氏の話を、まともに捉《とら》えていなかったのである。よって、祇園囃子に浮かれ気分を高めた我々が、「つねにはでません、こんばんかぎり」とかわいらしげに歌う童たちから、厄除《よ》けちまきやお守りを購入したり、露店でかき氷・焼鳥・冷やしパインを購入したり、長刀鉾の見事な胴掛けをバックに写真撮影に興じたりして、京都に来て初めての祇園祭を無邪気に楽しんだのは、実に仕方のないことだった。

そんな我々ゆえ、四条烏丸の交差点を目前にして、先頭のスガ氏が急に立ち止まり、

「これより、〝四条烏丸交差点の会〟を終えるまで、一切の私語を禁ず」

と厳かな声で告げたとき、急に現実に引き戻されたような、それまではしゃぎぶりをやんわり咎《とが》められたような居心地の悪さを、誰もが感じたのだった。我々は一様にしゅんと静まり返ると同時に、河原でのスガ氏の話が、未《いま》だに継続していることに、改めて気づかされたのだ。

スガ氏はふところから古めかしい懐中時計を取り出し、時刻をちらりと確かめた。釣られて腕の時計を見ると、時刻はちょうど午後八時を指そうとしていた。

「東の青竜、南の朱雀、西の白虎、北の玄武」

ヘンテコな節とともにつぶやいて、スガ氏は交差点に向かってふらりと歩き始めた。その奇妙な雰囲気にすっかり呑《の》みこまれた我々も、黙ってあとに従った。それはホルモーの魔境へ我々が足を踏み入れた、記念すべき第一歩だった。

夢のなかにいるような気分だった。

＊

作り話だと思っていたことが、突然目の前に現実のこととして現れる。鞍馬山《くらまやま》で天狗《てんぐ》に出会う、大江山《おおえやま》で酒呑童子《しゅてんどうじ》に出会う、今出川通《いまでがわどおり》で百鬼夜行《ひゃっきやこう》に出会う、そんな気分だったろうか。

四条烏丸交差点は、東西南北の各通りから、人がなだれこみ、とんでもない混雑ぶりを見せていた。交差点の先には、山鉾が重なり合って、巨大な将棋の駒のように、四条通にそびえ立っている。屋根から吊り下げられた何十もの提灯はまるで、しだれ柳か、干し柿か、みたらし団子のようだった。我々一回生は、この瞬間においても、スガ氏ら上回生が、何らかの理由（サークルに伝わる伝統的ないたずらの類《たぐ》いとか）で、自分たちをたばかっているのだと考えていた。

だが、すっかり冗談と思っていたことの一部が――目の前に現実の出来事として起こってしまったら？

四条河原でスガ氏は、ホルモーについての説明を終えたのち、こう語った。

長い年月の間、この京都の街を舞台に、ホルモーは競われ続けてきた。そのホルモーを競い合う、我々京大青竜会を含む四つの集団が、今宵、四条烏丸交差点にて一堂に会する。

名付けて〝四条烏丸交差点の会〟――。

重ねて言うが、我々は別に、スガ氏の話を認めたくなかったわけじゃない。ただ、とても現実世界の話とは、思えなかったのだ。

しかし、東側より進入した四条烏丸交差点でふと正面に目を向けたとき、河原でのスガ氏の話どおり、実際にこちらに向かってやってくる一団の姿が飛びこんできたのである。このままだと、正面からやってくる連中と衝突することは自明の理にもかかわらず、スガ氏をはじめ上回生は一切の言葉を発することなく突き進んでいった。

どうして俺が、正面から、すなわち交差点の西口からやってくる一団を、スガ氏が言っていた連中とすぐに認識できたのか？　理由はいたって簡単、連中も同じ格好をしていたからだ。そう、連中も揃いに揃って浴衣《ゆかた》姿だった。ただ、スガ氏らと決定的に違うのは、彼らが全員、白の浴衣に身を包んでいたことだ。

交差点の中心に近づくにつれ、俺はさらにとんでもない事実に気がついた。

交差点に進入しているのは、我々と正面の連中だけではなかった。我々の左右からも同じような連中が、交差点の中心を目指し、人込みを押し退けて突き進んでいたのだ。彼らもまた、揃って一色の浴衣を着ていた。我々の右側、すなわち交差点の北口から進む連中は、誰もが真っ黒の浴衣を着ていた。我々の左側、すなわち交差点の南口からやってくる連中は皆、鮮やかな赤の浴衣を着ていた。

「東の青竜、南の朱雀、西の白虎、北の玄武」

スガ氏の言葉が、ふっと蘇《よみがえ》った。

四条烏丸交差点の中心に向かって、四者は引き寄せられるように突き進んだ。このままでは、交差点の中心で互いに衝突した結果、乱闘騒ぎが起きるのは必定《ひつじょう》だった。

だが、衝突の寸前で、四者はぴたりとその歩みを止めた。勢い余って俺は、竜が描かれた上回生の背中にぶつかってしまい、とても恐い顔で睨《にら》み返された。

四条烏丸交差点のちょうど中心を囲むように、四色の浴衣が相対した。誰もが無言のまま、微動だにしない。傍目《はため》にもそれは、異様な眺めだっただろう。道行く誰もが我々を遠巻きにして進み、子供が指差そうものなら親は「しっ」とその指を慌てて隠し、人の溢《あふ》れかえった交差点の中央に、突如エアポケットのようにぽっかりと無人の輪が発生した。

おそるおそる、決して目線を合わせないよう、俺は左右の連中を観察した。

見たところ赤・白・黒、一色の浴衣につき、その人数はおよそ十、どれも大学生らしき、それも三回生程度の顔つきをしていた。男が圧倒的に多いが、なかには女性の姿も見受けられる。皆、一様に唇を引き締め、まさに一触即発の雰囲気が、四者の間には漂っていた。

だが、奇妙だったのは、赤・白・黒それぞれの浴衣を着た連中のどの後ろにも、必ず、不審げな瞳《ひとみ》をきょろきょろと見回す、浴衣の連中より若い顔つきの者が、十名ほど控えていたことだった。

まるで俺たちのようじゃないか——ふと、何かがわかりかけた気がしたとき、スガ氏の声が、喧騒のなかの静寂を突き破った。

「戌《いぬ》の刻（午後八時）である――。これより〝四条烏丸交差点の会〟を開催する」

上回生たちの頭の向こうに、高らかと掲げられたスガ氏の手が見えた。先ほどの古めかしい懐中時計が、ネオンの光を受け、鈍く輝いていた。

右手の黒い浴衣を着た連中の先頭の男が、突如、野太い声を発した。

「京都産業大学玄武組――これに十名」

続いて、正面の白い浴衣の先頭の男が、張りのある声を放った。

「立命館大学白虎隊――これに十名」

続いて、左手の朱色の浴衣の先頭の女性が、凛《りん》とした声を上げた。

「龍谷《りゆうこく》大学フェニックス――これに十名」

最後にスガ氏が他の三人に比べ、少々迫力に欠ける声で
「京都大学青竜会――これに十名」

と、短く発した。

スガ氏が口上を終えると同時に、一斉に浴衣姿の連中、総勢約四十名が礼をした。俺も慌ててそれに倣《なら》う。

全員が顔を上げたところで、再びスガ氏の声が響いた。

「これにて〝四条烏丸交差点の会〟を終了する」

その三　吉田代替りの儀

「どう思う？」

「どうって？」

「わかってるくせに」

「わからないね」

もちろん俺は、高村《たかむら》が何を言いたいのか、すっかり承知していたけれど、あえて素気ない返事をした。

みんみんみんと油蟬がけたたましく鳴き立てる、前期最後の体育の授業後だった。タオルを頭に巻きつけ、高村はさもうまそうにぐびぐびジュースをあおった。

俺の所属する総合人間学部はその学部人数の少なさゆえ、体育に関して経済学部との合同授業が行われていた。その結果、俺はこうして毎週、高村とグラウンドで顔を合わせる羽目になった。

前期最後の授業は、祇園祭宵山の二日後のことだった。したがって「どう思う？」という、高村の質問が指し示す対象は一点しかない。つまり、四条河原から四条烏丸交差点にかけての出来事、その後に続いた三条木屋町居酒屋「べろべろばあ」での大宴会について、である。

グラウンドから、ランニングを始めた女子ラクロス部のレディたちの、軽やかな掛け声が聞こえてきた。木陰より、ひらひらと舞う彼女らのユニフォームのミニスカートを虚《うつ》ろに眺めながら、俺は改めて、あの宵山の出来事は一体何だったのか、と思い返すのだった。

四条烏丸交差点にて、スガ氏が〝四条烏丸交差点の会〟の終了を宣言した直後のことだった。

それまで張り詰めていた一触即発の雰囲気ががらりと一変し、「いやいや、おつかれさまでした」だの、「二年前のこと思い出したよ」だの、「どう？　新歓は大変だった？」などといった親しげな言葉があちこち飛び交い、四条烏丸交差点内には突如、戸惑うほどの親睦《しんぼく》ムードが現出したのだ。

その後、四色の浴衣を纏《まと》った連中は、てんでんばらばらに入り乱れ、ある者は肩を組んで談笑し、ある者は山鉾《やまぼこ》を背景に互いの写真を撮り合い、和気靄々《あいあい》として四条通を東へ進み、新歓コンパで一度訪れた三条木屋町居酒屋「べろべろばあ」へとなだれこんだ。わけもわからず上回生に急《せ》かされるまま店に入った我々が店の二階で見たものは、仕切りのふすまをすべて取り払い、貸切状態となった広大な座敷だった。すでにセッティングが完了された席に戸惑いながら腰を下ろすと、すぐさま飲み物が運ばれ、時刻はちょうど午後九時きっかり、スガ氏の乾杯の音頭とともに、総勢八十名から成る大宴会がスタートしたのだ。

乾杯のあとさっそく、我々一回生十名は、新たな京大青竜会のメンバーとして、スガ氏から一人ずつ満座に向け紹介された。続いて、京都産業大学玄武組、立命館大学白虎隊、龍谷大学フェニックスからも、それぞれの代表らしき人物が、同じく十名の新人一回生を紹介し、その都度、ここは落語研究会かと見紛《みまが》うばかりに四色並んだ浴衣連中から、拍手と喝采《かっさい》の声が上がったのだった。

各大学計四十名の一回生の紹介が終わると、再びスガ氏が立ち上がり、

「えー、我々は普段、互いにホルモーを戦い合うライバルでありますが、ホルモー以外の場ではこうして胸襟を開き、語り合う、よき友であり仲間なのであります。えー、どうか、一回生のみなさんも、正々堂々、フェアプレー精神を忘れずに、互いに切磋《せっさ》琢磨《たくま》して、ホルモーを極め合ってください」

と校長講話のような話をして、その場を締めくくった。もちろん、座敷の浴衣組からは、またもやんやの大喝采。

後から聞くに、四条烏丸交差点からこの三条木屋町居酒屋「べろべろばあ」に至る、一連のスガ氏の率先した立ち居振る舞いは、くじの結果によるものだったらしい。宵山協定解除の日、新たなホルモーを担う十名が確定したことを、四者が宣言し合う儀式、通称〝四条烏丸交差点の会〟を取り仕切り、その後の宴会のセッティングをすることが、くじ

を引いた幹事の役目だったのだ。

互いに知己らしき上回生がいよいよ盛り上がっていくのとは正反対に、我々はいよいよ居心地悪く、静々と杯を傾けるばかりだった。あたりの様子をうかがっても、他大学の一回生連中も、我々と同じく困惑と不審の表情で、浴衣《ゆかた》組のはしゃぎぶりを眺めていた。思うに、彼らも何もわかっていなかったのだ。我々と同じく、とことん、何も。


「そんな熱い目線を送っていると訴えられるよ」

高村の声に俺は我に返り、女子ラクロス部のレディたちから慌てて視線を外した。

「安倍《あべ》は、菅原《すがわら》さんが河原で話していたこと、どう思った？」

「ホルモーがどうだかって話か？」

「そう、ホルモー」

「信じられるわけないだろう。あんな無茶苦茶な話」

「どのへんが？」

「どのへんって……」

俺は呆《あき》れた思いで、高村の顔を見つめた。間抜けな言動の多い男ではあるが、決して頭は悪くないと思っていた。だが、それもこれも、俺の勝手な買いかぶりだったか。

「そんなの、全部に決まってるだろう。鬼だか、式神《しきがみ》だかを使って、互いに争う？……ありえんだろう。それ以外、どうコメントすればいいか、俺にはわからないね。じゃあ、逆に訊《き》くが、お前はあの話のどこらへんをほじって、信憑性《しんぴょう》を見出《みいだ》したんだ？」

あの夜、喧騒《けんそう》まみれる四条河原にて、「宵山協定のため、これまで教えることができませんでしたが」と前置きして、スガ氏はおもむろにホルモーについての説明を始めた。曰《いわ》く、ホルモーとは十人と十人で対戦を行う集団競技のようなものである。曰く、対戦に際しては、幾多の式神や鬼を用いる。曰く、なかなか言葉では内容を伝えにくいが、戦国時代の合戦図屏風《びょうぶ》などに描かれている、わらわらとしたイメージを思い浮かべてくれればよい、等々。

「あんな話、どう考えたって正気の沙汰《さた》じゃない。あれを信じるくらいなら、俺は南米謎の吸血動物チュパカブラの存在さえ熱く信じる」

高村は俺の刺《とげ》のある言葉には応《こた》えず、立ち上がると近くに停めてあった自転車のカゴから、橙《だいだい》色のリュックサックを持って戻ってきた。

「実は図書館で調べてきた」

「何を？　古い本を調べたら、ホルモーのことでも載ってたか」

「そんなもの載っているわけないだろ。そのくらいは僕だってわかる」

馬鹿にしないでくれ、と言わんばかりに頬を膨らませ、高村はチラリと俺を睨《にら》んだ。

「名前だよ。名前」

「名前？」

「京大青竜会、京産大玄武組、立命館白虎隊、龍谷大フェニックス――ウチの名前も含め、どれもちゃんと理由があるんだ」

「理由？　あのセンスの悪いネーミングにわざわざ理由？」

「そう、理由」

高村はリュックのなかから、一冊の本を取り出した。

「これは陰陽道《おんみようどう》に関する本なんだけど」

「だろうな、タイトルに書いてある」

「大学図書館にあった、律令制《りつりよう》における陰陽寮の官僚機能を研究した、れっきとした学術書だから。念のため」

何を念押されたのか、俺にはよくわからなかったが、とりあえずうなずいておいた。

「ここをちょっと見て」

付箋《ふせん》を貼った箇所を広げ、高村はそのぶ厚い本を渡してきた。ページをのぞくと、右端の「陰陽五行説《ごぎようせつ》」という小見出しがまず目に入った。

「この図なんだけど」

高村が指差す先には、単純な円と線で図形が描かれていた。円のなかには、ビリヤードの玉のように漢字が一文字ずつ入っている。円の数は全部で五つ。〝土〟という一字が入った円を中心にして、あとの四つはコンパスの方角のように上下左右に、上から時計回りに〝水〟〝木〟〝火〟〝金〟の順に配置されていた。

「これはいにしえ、中国からもたらされた陰陽五行説を図にして表したものなんだ。万物を陰と陽で表す陰陽説と、この世の森羅万象を木火土金水の五つの作用によって説明する、五行説を習合したものが陰陽五行説なんだ」

てきぱきとした口振りで、高村は説明を始めた。何やら小難しそうで、運動した後には少々食い合わせが悪そうな話だったが、仕方なく俺はその説明を聞いた。

「この木火土金水の五行には、さまざまな要素が付加される。例えば、五方《ごほう》。五つの方角という意味だけど、この場合、この図のとおり〝水〟が北、〝木〟が東、〝火〟が南、〝金〟が西、〝土〟が中央を指すことになる。さらに五色《ごしき》。この場合は〝水〟が黒、〝木〟が青、〝火〟が赤、〝金〟が白、〝土〟が黄ということになる。他にも季節やら、星やら、内臓やら、性格やら、ありとあらゆるものが木火土金水の五つに配分されるんだ——どうだい？」

どうだい、などと唐突に返されたところで、俺には高村が占いの勉強でも始めるつもりなのか、といういたって平凡な感想しか浮かんでこない。

「僕が占いでもやるつもりかと思ってるだろ」

「見事だ、高村」

俺は潔く己の平凡を認めた。

「僕が言いたいのはこういうことなんだ」

高村は足元から鉛筆ほどの小枝を拾い上げると、砂っぽい地面に何やらせっせと絵を描き始めた。否。どうやらそれは地図らしかった。

「これは京都市の地図」

「これが鴨川。東側のここが京大」

「北のここは京産大。上賀茂神社はすぐ南のこのへんで」

「これは今出川通で、しばらく西に行ったこのあたりが立命館大」

「少し南になるけど、ここが龍谷大」

川や通りの名を読み上げながら、高村はそれらを地面に書きこみ、最後に各大学の場所に落ちていた木の葉を置いた。

「どう？　だいたい御所あたりを中心にして、北に京産大、東に京大、南に龍谷大、西に立命館大という配置になっているだろ？」

高村は京都御所付近に飲み干したアルミ缶を置き、四方の木の葉を指差した。

「少々、東に寄りすぎている気もするけど、まあ、そうかな」

「これにさっきの五行をあてはめる。すると、北の京産大は〝水〟だから、五色では黒になる。東の京大は〝木〟で、五色では青。同じように、南の龍谷大は〝火〟で赤。西の立命館大は〝金〟で白になる。どう？　四条烏丸交差点でのことを、思い出さない？」

「ああ――」

俺はようやく高村が言わんとすることを理解した。俺の脳裏に、二日前の四条烏丸交差点の風景が、鮮やかに蘇《よみがえ》った。交差点の北口から現れた黒の浴衣の京産大、西口から現れた白の浴衣の立命館大、南口から現れた赤の浴衣の龍谷大、そして東から交差点に向かった我々、青の浴衣の京大青竜会――。登場の方角、浴衣の色、どれもが、高村が〝五行〟をもとにあてはめたとおりだった。

「ど、どういうことなんだ？」

「理由はわからない。でも、これでぜんぶ説明できてしまうんだ」

「じ、じゃあ、名前も……？」

「それもちゃんとある」

少なからず動揺する俺をなだめるように、落ち着いた声で高村はうなずいた。

「青竜、朱雀、玄武、白虎。これを四神《しじん》と呼ぶ。黄竜《こうりゅう》を入れて五神とも言うらしいけど」

「それなら、知ってる。キトラ古墳の内壁に描かれていたやつだろ」

「そう、それ。四神図も、それぞれ描くべき方角がちゃんと決まってるんだ。それが〝東の青竜、南の朱雀、西の白虎、北の玄武〟」

「あのとき――スガ氏が変な声で歌っていたやつか」

高村はこくりとうなずき、再び枝を手にすると、各大学の位置を意味する木の葉を一枚ずつ、順番につついていった。

「方角に合わせて四神を配置すると、北の京産大玄武組、西の立命館白虎隊、南の龍谷大フェニックス……朱雀ってフェニックスのことなんだね。そして最後に、東の――」

「京大青竜会」

二人の声が気味が悪いくらいぴたり一致した。

何やら胸のあたりで、ざわざわと落ち着かぬものが蠢《うごめ》き始めていた。

気がつけば、それまでさんざん喧《やかま》しくしていた油蟬が、ぴたりと合唱をやめていた。ステッキを手にパス&ゴーの練習を始めた、女子ラクロス部のレディたちの声が、ずいぶんと近くに聞こえた。

「冗談にしては、凝りすぎていると思わないかい？」

「でも――」なぜか守勢に立たされているような現在の状況に、苛々《いらいら》したものを感じながら、俺は無闇に言葉を探した。「たとえ、お前が言ったような理屈で名前をつけていたとしても、それはそれ。ただそれだけのことだ。スガ氏のホルモーの話とは別だ」

「じゃあ、何のために、どの大学も、わざわざあんな浴衣《ゆかた》を着て、四条烏丸に来た？ホルモーというものがあって、さらにホルモーを互いに競う四つの集団がいる、と菅原さんは河原で言った。それが、菅原さん一人の勝手なハッタリならわかる。でも、四条烏丸交差点には本当に三つの大学の人たちが来ていた。わざわざ色違いの浴衣まで着て。色だけじゃない。背中には、玄武と白虎と朱雀まで、しっかり描かれていた。何のためにそんな凝った衣裳《いしよう》を用意する必要がある？　まあ、百歩譲って、他の大学の人たちが、菅原さんのお願いを聞いて、僕たちを驚かすためだけに、あの時間に四条烏丸に現れたとしようよ。でも、その後の宴会は？　他の大学の人たちも当たり前のようにホルモーのことを話していた。僕たちと同じように、新しいホルモーをするメンバーだとか言って、新入生まで紹介していた。明らかに、自作自演にしちゃあ……変だろう？」

「確かに──確かにホルモーというものは存在するんだろうよ。それは俺も渋々ながら認めよう。だが、ホルモーについての内容を、スガ氏の説明そのままに信じるってのは、どうかしているぞ。鬼や式神を使って、戦争ごっこだぞ？」

この指摘にはさすがに、高村も言い返すことができないようだった。

「まあ……それは──そうだね」

高村は眉間《みけん》に皺《しわ》を寄せしばらく考えこんでいたが、

「ちょっと、これも見てよ」

と、俺の太ももの上から本を取り上げ、別のページを広げると、再び戻してきた。目を落とすと、そこにはカラー写真で「安倍晴明像」というタイトルの絵が大きく写っていた。

「これは、かの有名な陰陽師安倍晴明ではないか」

「あ、やっぱり、有名な人なんだね」

「そうか、LAっ子が安倍晴明なんて知るわけないものな。お前も結構、あれこれ大変だな」

「いや、その都度、ちゃんと調べようという気になるから、それは別に構わない」

そのポジティブ姿勢に、俺が少なからず感銘を受けている間に、早くも高村はレクチャーを再開した。

「陰陽師とはそもそもが、陰陽寮の役職名だったんだ。安倍晴明も陰陽寮の一役人で、実際に安倍晴明の名が史書に現れるのは、晴明が四十歳になってからのことで、結構下積みが長かったみたい。ここ、この右下に変なのがいるだろ」

絵の中央には、一人の烏帽子《えぼし》をかぶったヒゲ親父が、昔の絵巻物にありがちなゆるゆるとした衣裳を身に着けて、脚の短い台の上に胡坐《あぐら》をかいて座っていた。これが史上最強の陰陽師として名高い、安倍晴明公らしい。正直言って、あまりハンサムではない。その晴明公の右下に、確かに高村の言うとおり、変なのがいた。

「何だこの小さいおっさんは」

「それが式神らしいよ」

「これが式神か……。陰陽師が紙きれにふっと息をかけたら、むくむくと現れるやつだろう」

「そう。主人の命令にしたがって、相手を呪ったり、相手に情報を伝えたり、主人を守ったり、変幻自在の働きをしたとか」

「ううむ……それにしても、気の毒なくらいにブサイクな顔だな」

俺はページに顔を近づけて、しげしげと式神を観察した。松明《たいまつ》を掲げ、両膝《ひざ》をつき、晴明公の手前に控えるその顔は、いかにも妖怪《ようかい》めいたおっさん造り。背丈はおそらく、大人の腰あたりまでしかないだろう。

「これを使ってホルモーをする、と言うんだろ？　どう考えても冗談だろう。こんなの連れて歩いてみろ、そこらじゅう大騒ぎだ。京都府警機動隊がすっ飛んでくる」

「でも、これは普通の人には見えないんだ。鬼の語源を知ってる？〝鬼〟は〝隠〟が訛《なま》ったもので、隠れて姿を現さないものという意味から来ているんだって。ちなみに、昔は〝神〟という字も、オニと読むことがあったらしい。要は昔は、神様も鬼も、目には見えない何か特別なものとして、一緒に考えられてたってことだね。だから、ホルモーだって、普段は見えない何かを使ってするものなのかな——なんて、ふと考えたりもしてみた」

やたら思慮深げな顔で自説を展開する高村だったが、俺の白けた視線に気がつくと、

「やだなあ、そんな顔しないでよ。考えてみただけだって」と、愛想笑いでごまかしながら、そそくさと本をリュックにしまいこんだ。

「今度の例会でスガ氏に訊《き》いてみたらいい。何言ってんの、そんなの冗談に決まってるっしょー、とか、やっこさん、平気な顔して言いそうな気がする」

「ああ、何だか、それ、ありそうだなあ」

リュックのファスナーを引きながら、高村はむふふと笑い声を上げたが、

「でも、菅原さんがまるで本気だったら？」

と、急に声を落として、俺の顔をのぞきこんだ。

「だから、お前——」

そろそろ腹が立ってくるのを感じながら、ふと俺は、四条烏丸交差点で、正面から浴衣を着た集団が現れたときの、あの何とも言えない、驚きと不安が入り交じった感覚を思い起した。「今宵、ホルモーをともに競う四つの集団が、四条烏丸交差点にて集う」ことを、スガ氏が四条河原で宣言したとき、これまたスガ氏もスケールの大きな冗談を思いついた

もんだ、と俺はハナからその話を信じようとしなかった。ところが、四条烏丸交差点には、スガ氏の言うとおり、他の大学の面々が大真面目な顔をして現れた。あのとき感じた、えも言われぬ不安。それは、こうしてホルモーを行うという四つの集団が本当に実在するのなら、スガ氏の言うホルモーそのものも、ひょっとしたら存在するのではないのか、という怖れにも似た感覚だった。

鬼や式神を使って争い事をするというホルモー。

それを競い合う四つの大学。

「――そんなもの、あるわきゃない」

俺は強くかぶりを振った。

だが、得体の知れぬざわめきが、胸のあたりでいつまでも轟《とどろ》いたままだった。

＊

夏休み前の最後の例会は、上回生のおごりという呼びかけで、新歓コンパ以来の居酒屋で開催された。百万遍のちゃんこ屋に、例会としては珍しく、上回生十名一回生十名の京大青竜会全メンバー二十名が勢揃いした。その場でスガ氏は、当然のことながら、一回生から嵐の如き激しい質問の矢を浴びた。

最初に口火を切ったのは芦屋《あしや》だった。

芦屋は百八十センチ近い長身に、色黒の肌、短く刈りそろえた髪、広い肩幅、いかにもスポーツマンといった外見の、法学部の男だった。常に自分が事態を把握もしくはコントロールしていないと気が済まぬ、典型的な仕切り屋気質だった。だが、その爽《さわ》やかな顔立ちとは異なり、その性格の根本は俺が洞察するに、僻《ひが》みっぽく、ねちっこかった。俺は決して明るくはないが、外に開けた気風を維持しているつもりだ。なかなか気づいてくれる人はいないが、そのつもりだ。だが、芦屋はそれとは正反対の男だった。見かけは明るいが、その実、すっかり閉じているのだ。だが、人はなかなかそのことに気づいてくれない。結果、芦屋は明るく、爽やかな男、という見た目どおりのイメージで通っている。本音を言っていそうで実際はひと言も言っていない、すなわちずる賢い男、という俺の持つイメージと、市井に流布されたイメージとの間には、現在、大きな隔たりがある。俺はそのことが歯痒《はがゆ》くて仕方がない。

これ以上書くと、まるで俺が芦屋の見た目への嫉妬《しっと》から、イメージの改竄《かいざん》を図ろうとしているかのようなのでやめておく。最後に、芦屋が一回生の男のなかでも、ピカ一の男前だったことを渋々ながら、つけ加えよう。そう。俺はいつだってフェアな男なのだ。

芦屋の質問はもちろんホルモーについてのことだった。だが、その質問の仕方も、奴らしく実にねちっこいものだった。さっさと「そんなもんあり得んでしょー」と言えばいいのに、鬼や式神といったものは、あくまで想像上の生き物で、それでも民俗学の観点からは当時の人々の習慣、死生観、夜の闇への根源的な恐怖が作用して生まれた一つの文化と捉《とら》えられぬこともないが云々《うんぬん》、と理屈っぽく質問を繰り出した。

まったく、どこまでもくどくどしいやり方で、俺の性に到底合わないものだったが、論破とは元来そういうものなのかもしれない。結局のところ、スガ氏を降参させること、つまり常識に則《のっと》ったホルモーの本当の内容を吐かすことが目的なのだ。理詰めの質問に反論するには、それなりの論理的回答が必要となる。これだけ丁寧かつ理詰めで、鬼やら式神やらの非現実性を説明された日にゃ、さすがのスガ氏も手も足も出ないだろう、と俺は最後には法学部らしい芦屋の論及に、密《ひそ》かに舌を巻いた。

ところが、京大青竜会第四百九十九代会長菅原真は、こんな質問にはビクともしなかった。

「あるものは、あるのである」

泰然自若として、スガ氏は言い切った。

思わず手にしたグラスを落としそうになるスガ氏の返答だったが、当のスガ氏はまるで澄ましたものだった。

鼻であしらわれた格好の芦屋は、顔を真っ赤にして、さらなる追及の声を浴びせかけたが、

「まあまあ、そんな焦らないで。そのうち芦屋もわかるようになるから」

と、スガ氏はどう見てもお茶を濁しているとしか思えない返事を、何ら濁りのないつるんとした表情で告げた。

忿懣《ふんまん》やるかたない表情で黙った芦屋の様子を眺めるのは、それはそれでなかなか気分がよかったが、ホルモーに関する話がその程度で済むはずがない。芦屋に続き、一回生たちが次々に厳しく鋭い質問をぶつけたが、スガ氏はときに難渋な顔を作り、ときに呵々《かか》と笑い、ときにうむうむとうなずくも、一向に自説を撤回せず、質問を頭から突っぱね続けた。

こうして議論は平行線のまま、スガ氏の頑《かたく》なな非現実的主張が、場を強引に押し切るかに見えた。実際、酒もまわり、あちこちで今後の夏休みの予定といった、まったく違う話にも花が咲き始め、我々のホルモーへの追及意欲は減退する一方だったのだ。

こうしてスガ氏の目論《もくろ》みはまんまと達成されようとしていた。言うまでもないが、祇園祭宵山を終え、疑問の塊のようになっている我々をひとまずクール・ダウンするために設けられたのが、この日の例会だった。アルコールの魔力を用いて、我々の質問の矛先を鈍らせる。我々の疑問をうやむやのままにして夏休みに突入し、後期授業が始まってから、なしくずし的にホルモー訓練に入る。これらスガ氏の奸計《かんけい》は、見事に成功しつつあったのだ。

しかし、そんな用意周到、奸智《かんち》に長《た》けたスガ氏らの策略を、たった一人のか細い声が突如、突き崩した。

「見せてください」

その静かな声は、座敷の片隅から、何の前触れもなく発せられた。

もしも俺が、同じトーンで同じ言葉を口にしていたとしても、おそらく誰一人、振り向いてもくれなかっただろう。ところが、その声を発した人物が、楠木《くすのき》ふみであったため、それまで座敷を覆っていた喧騒《けんそう》が、波が引いたように静まった。

「見せてください」

一語一語丁寧に、嚙《か》み締めるように、楠木ふみは言葉を発した。誰もが驚いた顔で彼女を見つめた。あらゆるときも徹底して寡黙、酒の席であっても常に慣性航行中の原子力潜水艦並みの静けさを誇る楠木ふみが、大衆の面前で発言するなんて、空前絶後の出来事だったからである。

「そんなにあると言うのなら、見せてください。鬼と式神、この場で見せてください」

日本酒のグラスを右手に、楠木ふみは揺れるような、けれどもはっきりとした口調で質問した。誰もが彼女を見つめているせいか、それとも右手の日本酒のせいか、彼女の頰は火のように赤く染まっていた。

「見せられないんですか？　鬼と式神。本当にいるんだったら、さっさとここに連れてきてください」

それはスガ氏にとって完全な奇襲だったろう。その証拠に、それまで「不動如山」の旗を背中に翻していたかのような、悠然としたスガ氏の態度が、微妙に崩れ始めたかに見えたのである。

「やっぱり、見せられないんですね。嘘つき。私、こんな嘘つきサークル辞めます。辞めさせてもらいます」

さらに追い打ちをかける、楠木ふみの断固たる意志が表明されたときには、すでにスガ氏の動揺は明らかだった。左右の上回生らと目配せを盛んに交わし、目配せだけでは足りなくなったのか耳打ちを始め、さらにはこちらに背中を向けて、数人とひそひそ話を始めてしまった。

「わかった。わかりました、楠木さん。どうか辞めるなんてこと、言わないでください」

先ほどまでの強面《こわもて》ぶりはどこへやら、スガ氏は実に情けない声色とともに立ち上がると、楠木ふみに向かってゆらゆらと手を差し伸べた。

「言います。まだ言わないつもりだったけど、仕方ない。話します」

「じゃあ、鬼と式神、ここに連れてきてください」

楠木ふみが間髪入れず要求した。

「それは無理……なんだよね」

途端、シャッポを脱いだような台詞《せりふ》を口にしておきながら、何ら変わっていないスガ氏の態度に、一回生の間から一斉に激しいブーイングが飛んだ。

「まあ、聞いて。落ち着いて聞いて下さいな。僕の話をなかなか信じることができない、という諸君の気持ちもよくわかります。できることなら、諸君にも見せてやりたい。でも、今は無理なんだ」

「どうしてです？」

芦屋が肩を怒らせ、訊《たず》ねた。

「みんなにはまだ見えないのです。僕たちも諸君と同じ頃には、見えなかった。確かに無理をすれば、僕たちも見ることができたのかもしれない。けれど、僕たちの先輩は見せてくれなかった。まあそれは、どうしても仕方のないことで、同時に必要なことだった、と今となってはわかる。つまり、ある程度の準備が必要なんです。どう言えばいいのかな……要は、諸君は奴らの主人になるわけなんだよね。ああ、奴らってのは式神の連中ね。だから、まずは奴らの言葉、僕らは鬼語って呼んでいるんだけど、それを覚えてもらわないといけないのです――」

スガ氏はいったん言葉を切って、後輩たちの顔を見回した。もちろん、誰もが疑いの眼《まな》差《ざ》し、つまり、鬼語などという新たな出鱈目《でたらめ》でもって、古い出鱈目を糊塗《こと》しようとしているのではないか、という警戒の目で、スガ氏を見上げていた。

「ホルモーってのは、諸君が奴らに指示を飛ばして、奴らを動かすことによって初めて成り立つのです。でも、無条件で奴らが諸君の言うことを聞いてくれるわけじゃない。奴らを動かすためにはまず、奴らが諸君のことを主人だと認めなくちゃいけない。そのためにも、奴らの言葉、鬼語を覚えることが必要になるのです」

「その鬼語には……例えばどんな言葉があるのですか？」

律儀に手を挙げて、高村が質問をした。

高村の顔を見つめ、しばらく躊躇《ちゅうちょ》した様子を見せていたスガ氏だったが、

「ぐああいっぎうえぇ」

と突然、喉《のど》の奥から卵でも産み出しそうな勢いで、とんでもない声を発した。

「はあ？」

度胆《どぎも》を抜かれた表情で、高村が間抜けな声を上げた。

「今のが〝進め〟って意味。どれもこんなのばっかりだから、恥ずかしくてこんな大勢の前ではあまり口にしたくないんだけどね」

心底恥ずかしそうな表情で頭を掻《か》いたスガ氏だったが、一回生が口々に「じゃあ、この言葉は？」と他の例示を求めると、その都度、懇切丁寧に、朝の洗面台で嘔吐《えず》くおっさんのような声を出して、我々の要望に応じてくれた。

すると、仕切り屋芦屋が、これにはぜひ検証が必要だ、と騒ぎ出し、三者同時実験を声高に提唱した。曰《いわ》く、スガ氏一人の言だと、即興の疑いを拭《ぬぐ》い去ることができない、そこであと二人、上回生に出てきてもらって、三者の言葉が一致するかどうか試す必要がある、と。芦屋の提案は大いに一回生の賛同を得て、本当に鬼語なんてものが存在するのか、さっそく検証を行うことになった。芦屋が生き生きと場を取り仕切る様を、俺は鼻白んだ気分で眺めていたが、その提案が非常に意味ある内容であることは、残念ながら認めざるを得なかった。

「じゃあ、止まれ、という言葉でいいですか？」

芦屋の言葉に、立ち上がった三人はこくりとうなずいた。スガ氏の説明によると、鬼語といっても、知っている言葉は、動作に関する簡単なものに限定されるらしい。

「三、二、一のあとに一斉に言葉を発してください。いいですか、いきますよ。三、二、一——」

「ふぎゅいっぱぐぁ」

間抜けな三重奏が、見事に座敷に響き渡った。

「まあ、こんなところですよ」

どんなところが、まあなのか、さっぱりわからなかったが、スガ氏は実にさっぱりとした表情で座敷を見渡した。

「言葉を覚えたあかつきには、諸君も奴らの姿を見られるようになることを、固く約束します。習得の進度にもよるけど、まあ、二月か三月のあたりには間違いなく」

スガ氏は指を折り、「あと七カ月か……。でも、休みや試験なんかで中断があるから、実際の習得期間は四ヵ月くらいかな」とつぶやいた後、「だから、どうか辞めないでくださいね」と楠木ふみに向き直った。

もちろん、百％納得したはずもなかっただろうが、楠木ふみが硬い表情ながらうなずくのを見て、スガ氏は、

「他に何かありますか」

と、余裕を取り戻した表情で場を見回した。我々一回生は、誰もが言うべき言葉を探しているかのように、複雑な表情で黙りこんだ。それはスガ氏の勝利を意味していた。我々は論破に失敗したのである。

納得はしていない、だが反論する意欲もなくなった、という中途半端な気持ちを胸に、我々はちゃんこ屋を出た。果たしてこのような気持ちのまま、夏休み明け、再び全員が顔を揃えることはあるのか。俺は周囲を見回したが、皆、心なしか覇気のない、決まりの悪そうな顔をしていた。早良京子《さわらきょうこ》の鼻も、いつもよりうつむき加減で、華やかさに欠けているような気がする。俺としては、スガ氏の話の真偽ももちろん重要だったが、こうして早良京子と毎週、顔を合わせることが何よりも大切だった。高村からの又聞きによると、早良京子は夏休み、カナダでホーム・ステイをする予定だという。どのような事情であれ、同じ部屋で一夜を過ごした仲だというのに、俺と早良京子の関係は、未《いま》だ気ままな会話すら乏しいお寒い状況だった。この亜寒帯的関係を、少しでも温かなものに発展させるためにも、俺は夏休み明け、再び早良京子と再会できることを、心から祈らずにはいられなかった。

ちゃんこ屋の正面に何十台も並ぶ、黒いシルエットの列に自分の愛車を探していると、視界の下からぬっと黒い円形の影が現れた。視線を落とすと、楠木ふみの丸い頭頂部がもぞもぞと蠢《うごめ》いていた。同じく自転車を探しているらしい、その意外と小柄な背中を見下ろしながら、俺はふと彼女こそがスガ氏から多くの情報を引き出した、最大の功労者だったことを思い出した。

実は一緒に琵琶湖キャンプの買物に出かけた日より、俺は一度も彼女と言葉を交わしていなかった。あの日以降、俺は彼女に気圧《けお》されるようなものを感じ、目を合わせることすら敬遠していたのだ。だが、不思議と今なら、楠木ふみと上手に話ができるような気がした。俺はちゃんこ屋のネオンを見事に反射させている凡ちゃん頭に向かって、ねえ楠木と声をかけた。

やけに驚いた様子で、楠木ふみは振り返った。しかし、声の主が俺と気づいた途端、いつかのような訝《いぶか》しげな表情とともに、遠慮ない視線を送ってきた。やはり声をかけるべきではなかった、と一瞬後悔が胸を過《よ》ぎったが、人間誉められるべきときには誉められるべき、と「楠木がしゃべり始めてびっくりした」だの、「あれはいい切り口だったよな」だの、「スガ氏もすっかり参ってしまっていたぞ」だの、矢継ぎ早に賛辞の言葉を送った。

楠木ふみはそれらを終始むっすりとした表情で聞き、まったく楠木ふみを前にすると己が無駄に饒舌《じょうぜつ》な気がしてかなわない、と心で苦笑しつつ、さらに言葉を重ねようとしたとき、

「黙れ、安倍」

突然、楠木ふみの口から鋭い声が発せられた。

金縛りにあったかのように動きを停止した俺の脇をすり抜け、彼女はさっさと自転車を引き出すと、一瞥《いちべつ》もくれぬまま、夜の百万遍界隈《かいわい》へと漕《こ》ぎだしていった。

「どうかしたの」

衝撃醒《さ》めやらぬ俺の隣に、高村が自転車を引いて近づいてきた。

「どうやら、俺は凡ちゃんに嫌われているらしい」

果たして楠木ふみも夏休み明けの例会に現れるだろうか——ぶなしめじのかさのような頭がゆっくりと闇夜に消えていくのを、未だわななく心とともに見送りながら、俺は高村の自転車の鈴をちりりんと鳴らした。

＊

結果より先に述べておく。

夏休み明け、九月第二週の水曜日に行われた後期最初の例会に、我々一回生のメンバー十名全員の顔があった。

夏休みの間、それぞれの胸にどんな葛藤《かっとう》があり、どんな結論が弾《はじ》き出されたのかは知らない。だが結局、我々は「〝匂い〟を持つ」連中だったということだ。もっとも、俺にとっては早良京子のことだけが唯一の関心事で、例会の場となった学生食堂に、カナダ土産を配っている彼女の姿を目にしたときには、それこそ飛び上がりたい気分だった。俺も早良京子からメイプルシロップの小瓶を手渡され、その現実的用途をまったく思い浮かべることができずとも、とろとろとした褐色の液体を眺め、とろけそうなほど甘い感覚に陥ったのは言うまでもない。

大文字山ハイキングや嵐山バーベキュー、比叡山ドライブや琵琶湖キャンプ——あれらの活発な屋外活動は何だったのか、というほど、その後、京大青竜会は完璧《かんぺき》なインドア・

サークルへと変貌《へんぼう》した。上回生の部屋、大学の空き教室、カラオケ・ボックス、天気のいい日には鴨川デルタ――毎週水曜日の食事の後と、月二度の土曜日の昼間に、我々は場所を替え、教官役の上回生を替え、せっせとホルモー訓練、すなわち鬼語の練習に励んだ。

鬼語教習の根本とは口伝《くでん》である。上回生の口振りに合わせ、発声を繰り返す。できるまで、繰り返す。若いうちに経験する苦労で、無駄なものは何もないと言うが、鬼、式神とのコミュニケーションを目的とした鬼語習得に、明日はあるのか――とは、俺でなくとも、誰もが日に十度くらいは浮かべた疑問だっただろう。「こんな阿呆らしいことやってられっか」と、ある日を境にぱたりと例会に姿を現さなくなる者がいても、何もおかしくない状況だったにもかかわらず、一人の脱落者を出すこともなく、我々一回生十名が三月を迎えたことは、あくまで偶然の結果だったのか、それとも必然の結末だったのか。

俺はそれを偶然の顚末《てんまつ》だと信じたい。なぜなら、一度は京大青竜会を去りかけた高村を引き留めたのは、誰であろうこの俺だったからだ。それとも、あのときの俺の行動も、すべては織りこみ済みの、予定調和の出来事だったのか。こんなことを声高に叫んでいると、どこからか「ああ、そうさ。そうに決まってるじゃないか」と身も蓋《ふた》もない宣告を下されそうで俺は怖い。だから、言われる前に、一方的に宣言しておく。あのときの高村は、どちらに転ぶともわからない、まさにギリギリの状態で、俺の親身のカウンセリングと的確な助言があったからこそ、京大青竜会に残留する意志を固めたのだ――と。

それは、東山《ひがしやま》の紅葉が炎のように山の斜面を染め上げ、修学旅行生・観光客が雲霞《うんか》の如く都大路を跋扈《ばっこ》し始めた頃の出来事だった。俺は入学以来ほぼ半年にして、初めて岩倉《いわくら》にある高村の下宿を訪れる機会を得た。

岩倉とは我が大学の自転車通学圏内の極北に位置する、かの維新の立役者岩倉具視《いわくらともみ》公が、歴史の表舞台に登場するまで、ひたすらくさくさしていた土地である。だが、そんな由緒は完全に忘れ去られ、今では岩倉に住んでいると口にしただけで人が笑う。つまり、大学から遠すぎるのである。また冬はアラスカ並みに寒くなる、ということでも有名だ。穏やかな冬晴れの日でも、岩倉からやってきたバスの屋根には雪が積もっているという。

そんな遠隔の地に、高村はわざわざ居を構えることを決めた。

「大学まで車で十五分くらいですかね」

という不動産業者の言葉も、悲しいかな太平洋の彼方《かなた》の車社会で育った高村に、警鐘を与えなかった。以来、高村は毎日四十分かけて自転車で大学に通っている。

俺が高村の下宿を訪れたのは、鬼語教習およびスガ氏のホルモー総論とでも言うべきレクチャーが始まって、そろそろふた月が経とうとした頃だった（それらのレクチャーを通じて、四神とサークル名に関する高村の推測が正しかったことが、改めて証明された）。

夕刻、長い道のりをひたすら自転車を漕ぎ続け、やっとのことで岩倉にたどり着いた俺を、高村は「朋《とも》あり遠方より来たる、亦《ま》た楽しからずや」と、たどたどしい口ぶりで部屋に迎え入れた。心なしか、岩倉の空気は大学のある百万遍界隈よりも、涼しい気がした。靴を脱ぎ、「用意は万端か」と勢いこんで訊《たず》ねた俺に、高村は包丁を手に「エヴリシング　イ

ズ　オウケー」とTOEIC九百八十点の流暢《りゅうちょう》な英語で返してきた。
高村の下宿は、男の部屋とは思えぬほど、実に綺麗《きれい》に整理整頓《せいとん》が施されていた。九畳と広めの間取りの部屋の中央には、ちょこんとちゃぶ台が置かれ、そこには今朝、実家から送られてきたばかりという高級黒毛和牛の木箱が鎮座ましましている。到着十分後、俺と高村は早くもすき焼きを開始した。俺が遠路はるばる岩倉まで繰り出した理由が、この滅多にありつけない国産牛肉にあったことは言うまでもない。

「ところで、あの下手くそな書は何だ？　お前が書いたのか」

お互い一切無言のまま、ひたすら肉を貪《むさぼ》り食った後、ようやく気持ちも落ち着き始め、俺は高村の部屋を見回した。そこで俺は、壁に貼られた一枚の半紙の存在に気がついたのである。

「世間虚仮《せけんこけ》──現実の世界は仮のものに過ぎない、という晩年の聖徳太子のお言葉だね。とても印象に残ったので、書き写してみた」

「なるほど、奥深い言葉だな」

「近頃、意味のないものについていろいろと考えてしまう」

そう言って、高村が指差した机の上には、『架空人名辞典』『架空地名辞典』というタイトルの分厚い本が置かれていた。

「うまくは説明できないが、あまり良くない傾向のような気がするぞ」

「僕たちがこの大学生活のなかで戦うべき、いちばんの相手とは何だろう？」

「はあ？」

牛肉をつつく箸《はし》を止め、俺は思わず高村の顔を正面から見据えた。

「どう思う？」

「ううむ。やはり無駄な睡眠欲だろうか。毎日、きちんと八時間の睡眠で我慢できたら、どれほど有効に、惰眠を貪るだけの時間を別の実行動に活用できることか。他にも、Pから始まるゲーム機の魔力にも破壊的なものがある」

「ははあ」

高村はさして感心した様子もなく、すき焼き鍋《なべ》の隅にへばりついていた湯葉を箸ですくった。

「僕は——虚無だと思うんだ。僕たちがこの長い学生生活でこれから戦い続けなければならないものは、間違いなく虚無だ。いや、それは大学だけではなく、社会に出てからも、絶えず僕たちを苛《さいな》むはずだ」

「どうしちゃったの、高村くん？」

俺は少し心配になって高村の顔をうかがった。だが、ちょうど良い焼き加減に仕上がった牛肉をすくい取る箸の動きには、微塵《みじん》の中断もない。

「実は京大青竜会を辞めようかな、と思っているんだ」

その言葉にはさすがに俺も、卵をからめた牛肉を口に運ぶ動きを止めた。

「安倍はどういう気持ちで、あの鬼語教習や、菅原さんのホルモー・レクチャーを受けているんだい？　何のためにこんなことをやっているのだろう、と考えると、僕はとてつもない虚無感に襲われることがある」

俺は「おやおや」と心でつぶやきつつ、取りあえず牛肉を口のなかに放りこんだ。

「今さらそんなことを言うな。最初にスガ氏の肩を持ったのは、お前じゃないか」

「それはそうだけど――」

「だが、その気持ちは俺もよくわかる。俺だって、疑心暗鬼に囚《とら》われることはある。やはり、何もかもがハッタリで、俺たちは一年がかりの、壮大などっきりにまんまと付き合わされているだけじゃないだろうな、とかな。もし、そうだったりしてみろ。俺たち、目も当てられないぞ。ああ、こんなことを言っていると、本当に、スガ氏がうれしそうに〝大成功〟のプラカードを持って走ってきそうでおそろしい」

「じゃあ、安倍は菅原さんの話を信用しているのか？」

「そうは言っていない」

高村は俺の顔に恨めしげな視線を送っていたが、大きなため息をついて、肩を落とした。すき焼き鍋を置いたちゃぶ台の向こう側で、高村が一回り縮んでしまったように見える。

「もう、あれこれ考えることに疲れちゃった。どれだけ考えたって、最後には結局、同じところに戻ってきてしまう。エッシャーの騙《だま》し絵のなかを、延々と走り続けている気分だ。虚《むな》しい。とても虚しい。僕にはもう鬼語なんてものを習得する理由がわからなくなった。目的を見失ったサークルなんてサークルじゃない。違うかい？」

「確かにそうかもしれない。しかし、まともに当たったところで、まともな答えが返ってくるサークルじゃないことは、初めからわかっているだろうが。ほら、もっと野菜を食べて気を楽にしろ」

「ああ、安倍がうらやましい。どうしてそんなに心の平衡《へいこう》を保っていられるんだい？　前から訊《き》きたかったんだ。その強靭《きょうじん》な、いや無神経な精神を維持する秘訣《ひけつ》を教えてくれ」

まさか俺の最大の関心事はとにかく早良京子の鼻にあり、その他のことは二の次、さほど気にならないのだ、なんて言えるはずがない。

「無神経だなんて失敬な。だいたい、何をそんなに考えるんだ？　試しに言ってごらん。少しは気も落ち着くってもんだ」

「そうだね……」

高村はうつむき加減のまま、煮過ぎたせいですっかりぐにゃぐにゃになってしまった水菜を、機械的に口に運んだ。

「例えば、さっき安倍が言ったようなことも何度も考えた。けれど、どうしても上回生が僕たちを騙しているようには思えない。もし騙しているとするなら、あの鬼語はすべて捏《ねつ》造《ぞう》ということになる。でも、そんなことってあり得るかい？　上回生たちは、あの相当なボリュームの鬼語を、実際に全員が知識として共有している。それは鬼語の教習を受けていても、間違いなく感じられるだろ？　わざわざ架空の言葉を一から作り上げて、それをただ僕たちを騙すためだけに覚えるなんて……考えられない。となると、彼らはとことん本気、鬼語は本当に鬼の言葉ということになってしまう。……確かに僕も、初めの頃は、菅原さんの言うことを支持しようと思っていた。でもそれは、僕なりに菅原さんの言うことを解釈して、きっと菅原さんは今はまだ僕たちの目に触れていない何かを、鬼や式神という言葉で象徴的に表している、と考えたんだ。ところが、菅原さんの鬼や式神は、ダイレクトに〝そのもの〟を指していて、たとえでも何でもないことがわかってきた。いくら何でも、鬼や式神が実体を持って存在するはずがない。すると、今、僕たちがやっている鬼語教習やホルモー講義は、やっぱり出鱈目《でたらめ》、鬼語は捏造ということになって――ほら、元に戻った」

高村は一気にまくしたてると、「僕にばかり野菜を押しつけるな」と、鍋に残っていた牛肉を乱暴にかっさらっていった。

「なるほど。手段と目的を同時に信じることはできないということか。無理が通れば道理が引っこむ。実に悩ましい限りだ」

「他人事のように言うなよ。安倍だって、思いきり当事者だろ」

高村は牛肉をもぐもぐと噛《か》み締めながら、お行儀悪く箸の先を俺に突き立てた。

「なあ、高村よ。いろいろ難しいことを並べてみても、結局はスガ氏ら上回生を信用するかどうか、その一点に帰着するんじゃないのか?」

きっとした表情で俺を見返し、すぐさま高村は不満の声を上げた。

「じゃあ、安倍は菅原さんの話を信用するのかい?」

「スガ氏の話は、信用していない。だが、スガ氏という人間は信用していい気がする。他の上回生たちも一緒だ。彼らの言葉を鵜呑《うの》みにするつもりはないけど、彼らの人格は信用してもいい。彼らはそんなひどい嘘をつくような人たちじゃないよ。もう少し、気を大きくもって接してみろ。我が師まさしも〝男は大きな河になれ〟と言っておられる」

「何か本質から逃げているような気がする」

「まあ、そう焦るな。三月になったら、必ず真偽ははっきりする。もしも騙されていたことがわかったら、そのときは連中を全員、盛大に鴨川に放流してやれ。その際は俺も進んで阿修羅《あしゅら》になろう」

依然、高村は納得できないといった表情だったが、その後、京大青竜会についての話はふっつり途切れてしまった。すき焼き終了後、俺が七年かけて録《と》り貯めた「まさしミュージックフェア・コレクション」を鑑賞した。

「ところで、前から訊きたかったんだが、どうしてお前はいつもそんな格好をしているんだ？」

曲の合間に、俺はこれまで訊きたくとも、下手に傷つけてしまってはいけない、と妙な遠慮が働いて、ずっと訊けずにいたことを思いきってぶつけてみた。

「え？　何が？」

「何がじゃない。どう見たっておかしいだろ。どうしてピチピチの十八歳が、近藤勇《こんどういさみ》のプリントTシャツを着ているんだ？　だいたい、どこでそんなもの買ってくる」

「最近、歴史の勉強をしているんだ。そういえば百万遍のあたりって、陸援隊の屯所《とんしょ》があったんだってね。あそこを坂本竜馬《さかもとりょうま》とかが歩いていたのかな、と思うとどきどきしてくる」

「いや、俺が言いたいのはそういうことじゃなくて……」

「ずっと海外で暮らしてきたけど、いくら言葉ができたって、結局僕は向こうじゃいつでも外人だった。でも、こっちに帰ってきても、僕はみんなが知っていることを何も知らない……。ここでも僕はまるで外人だ。もう嫌なんだよ。そういうさびしさを感じるのは」

「待て待て、何の話だ。俺が言いたいのは、もっと簡単なことで……」

「僕はもっと、日本人としての確信が持ちたいんだ。だからルーツの部分を知りたくて、歴史の勉強も始めた。もう根無し草ではいたくない。ちゃんと根っこを持ちたい。自分は日本人だと、ちゃんと自信を持ちたい……」

「お、おい、何を涙ぐんでいる？　お前は日本人だ。今だって〝親父のいちばん長い日〟を聴いて、二人して洟《はな》をすすったじゃないか。まさしの心がわかるお前は、そこらへんの誰よりも、立派な日本人だ。俺が保証する。もっと自分に自信を持て」

「ありがとう。そう言ってもらって、とてもうれしい」

高村は大きくうなずき、近藤勇プリントTシャツの袖《そで》で鼻の下をこすった。俺は言いたいことを何も言えぬまま、高村にティッシュの箱を渡してやった。

深夜になってようやく、俺は高村の部屋を辞去した。

「じゃあ、今度の例会で」

俺の別れの言葉にも、高村はうなずこうとしなかった。これは本当に辞めてしまうかもしれないな、そんな予感を抱きながら、俺は自転車を駆って、夜の白川通《しらかわどおり》を下り、丸太町の下宿に向かった。たっぷり、まるまる一時間もかけて。

だが、俺の予感はあっさりと裏切られた。

次の例会の場となった百万遍付近の洋食屋に、高村はけろりとした顔でやってきた。

「結局は、好奇心に負けた」

俺の顔を見上げ、高村は乙女のように恥じらいの表情を浮かべた。

鈍感な上、とかくコミュニケーション不全だった俺ゆえ、高村以外に気づくこともなかったが、一回生の誰もが大なり小なり、このようなつまずきを経験していたのだろう。だが、結局はことの結末を確かめたいという好奇心が勝り、京大青竜会を捨て去ることができなかったのだ。俺のような不純な動機を出発点としていた者を除き、要は誰もが、京大青竜会の持つ魔力に取りこめられてしまっていたということだ。

鬼語をはじめとするホルモー訓練は、十二月まで続いた。新年が明けてからは、我々一回生は一般教養課程の試験、二月からは我々と入れ違うようにして上回生の専門分野の試験が始まり、その間、京大青竜会は実質休止状態となった。

京大青竜会のメンバー、全二十名が再び顔を合わせたのは、試験の打ち上げも兼ねた、二月末日の居酒屋での例会の席だった。

会の冒頭、スガ氏はいきなり「来週水曜日、〝吉田代替りの儀〟を執り行う」と宣言した。

鈍い反応しか返さない我々一回生に向かって、スガ氏はにこりと微笑み、「諸君」と仰々しく呼びかけた。

「よくこれまで頑張りました。やっと約束のものをお見せすることができそうです」

我々が一斉に息を呑み、ついで色めき立ったのは言うまでもない。

ついに、すべての真相を確かめるときが来たのだ。

＊

巨大なクスノキの影が、分厚く天を覆っていた。

大学時計台の正面、お化けマッシュルームのようなシルエットを映し出し、闇夜にそびえ立つ一本のクスノキ。その常緑の枝葉の下を怪しげに蠢《うごめ》く人影があった。他でもない、我々京大青竜会のメンバー、総勢二十名の姿である。

三月に入って初めての水曜日。時計台の文字盤の灯《あか》りが、澄んだ空気を通して淡く浮かび上がっていた。時刻は深夜の十一時三十分。未《いま》だ冷えこみは厳しく、吐く息はもちろん白い。

クスノキをぐるりと囲む植え込みの段上には、スタジアム・ジャンパーに身を包む、スガ氏の姿があった。メンバー全員が集まったことを確認すると、スガ氏は一同を見渡し、厳かに言い放った。

「これより〝吉田代替りの儀〟を執り行うため、吉田神社へ向かう。神社の鳥居をくぐった後は、一切の私語を厳禁する。これから行われることは京大青竜会の、最重要儀式である。どうか、そのことを各人、強く心に留《とど》めておかれたい。あと、申し訳ないが――」

スガ氏は声を落とし、集団の隅に二人並んで立っていた早良京子と楠木ふみに顔を向けた。

「この〝吉田代替りの儀〟の前半部は、女人禁制なのです。ですから、しばらくここで彼女たちと一緒に待っていてください。時間が来たら、彼女たちがあなたがたを神社に誘導します」

と、上回生の二人の女性を指差した。

「どうして、ついて行ったらダメなんですか？」

かじかむ手を擦《さす》りながら、控えめながらも、早良京子は抗議の声を上げた。早良京子の隣で、楠木ふみも強い視線でスガ氏を見上げている。

「すまない……これだけは、どうか何も訊かず、従ってください」

質問を重ねる間を一切与えず、スガ氏は深々と頭を下げた。いつにないスガ氏の様子に押し切られるように、二人は不満げな表情ながらも黙りこんだ。

「ありがとう」

顔を上げると、スガ氏はその他大勢に向き直り、

「男どもに告げる。これより、我々は吉田神社に向かう。ここで一点、一回生の諸君に、お願いしたいことがある。吉田神社境内にて、我々は舞を奉納することとなる。これは京大青竜会に伝わる伝統の舞である。その際、一回生の諸君には、我々上回生と同じ舞を踊ってもらいたい。心配はいらない。非常に簡単で単純な舞である。上回生に倣《なら》って、見よう見まねで身体を動かしてもらえばよい。舞に合わせ声も発するが、これもできたら合わせていただきたい。舞を奉納した後、女性も加わって、〝吉田代替りの儀〟を完了する。そのときをもって、我々上回生は京大青竜会を引退する。その後、諸君を〝連中〟に引き合わせるまで、どうか厳粛な空気を保ち続けてもらいたい」

と、いつになくきびきびとした声で告げた。

否応《いやおう》なく緊張が高まるなか、スガ氏は何に使うつもりか、一人一枚ずつ一円玉を出すよう伝えた。集まった二十枚の一円玉を、スガ氏は藍《あい》色の小さな巾着《きんちやく》袋に入れ、ジャンパーのポケットにしまいこんだ。足元に置いていた細長い木箱を抱え上げると、スガ氏は植え込みの段から降り立ち、我々の間を抜けて歩き始めた。その腕の木箱には、表面に「玉乃《たまの》光《ひかり》」と黒々と墨書されていた。上回生に従って正門に向かいながら、俺はふと背後を振り返った。クスノキの影の下で、早良京子と楠木ふみが蒼《あお》白い顔で我々を見送っていた。楠木ふみの凡ちゃん頭は、暗闇のなかではいっそう膨らんで映った。上空の時計台を見上げると、時計の針は午後十一時四十五分を指していた。

室町の世に吉田神道《よしだしんとう》が誕生した地として知られ、現在も盛大な節分祭で知られる吉田神社。その吉田神社の鳥居は大学の正門を出て左手、東一条《ひがしいちじよう》通《どおり》をまっすぐ百メートルほど進んだところにある。京大青竜会の男たち十六名は、スガ氏を先頭に人気のない東一条通を一路東へと進んだ。

吉田神社の鳥居はまるで魔界への入口のように、闇夜にぽっかり大口を開けて、我々を待ち構えていた。その背後には吉田山が巨大な生きもののようにうずくまっていた。

大学の正門を出たときより、すでに誰も口をきかなかった。鳥居をくぐり、玉砂利を踏みしめ、明かりのない参道を、男たちは一かたまりとなって進んだ。吉田山の中腹にある本殿へと続く階段の脇には、小さな手水舎《ちようずや》が設けられ、そこで我々は口をすすぎ、手を清めた。凍《い》てつくような冷たい水に、ただでさえかじかんでいた指先は、すっかり感覚を失ってしまった。

本殿への石段の途中には、行く手を遮るかのように、杉の高木がそびえていた。見上げると、高らかと屹立《きつりつ》する一本の杉を取り囲むように、階段の両側から生い繁る杉の枝葉が、夜空を我がもの顔で侵食していた。今にも天狗《てんぐ》が飛び交いそうな、ざわざわと風に鳴るその黒い影は、我々に強い警告を発しているように見えた。

階段を上ると視界が開け、横手に続く境内に、再び鳥居がそびえていた。境内の隅に置かれた自動販売機の白々とした明かりが、この上なく安心を与えてくれた。もちろん、境内には人っ子一人おらず、社務所の窓にはカーテンが閉じられ、一切の建物の明かりは消し去られていた。

我々は鳥居をくぐり、拝殿の前へと進んだ。昼間は鮮やかな朱色に彩られた拝殿も、今は灰色に塗りたくられ、すっかり生気を失い、闇に同化している。

拝殿の右手には小さな舞殿があり、舞台の上には米俵が三角の形に積まれていた。その舞殿の前でスガ氏は立ち止まると、

「各自、ここで靴と靴下を脱ぐように」

と静かに声を発した。その言葉に無言で靴を脱ぎ始めた上回生に従い、俺もかじかんだ手を叱咤《しった》し、靴と靴下を脱いだ。素足となって、おそるおそる踏み出した玉砂利の感触といったら、まさに脳天まで貫かんばかりの冷たさだった。

ついでスガ氏は、

「上回生は三枚。一回生は四枚」

という奇妙な指示を出した。圧《お》し殺した声でスガ氏が短く説明するところによると、三枚、四枚というのは衣服の枚数のことらしく、下着・ズボン・シャツ、すべて、それぞれ一枚ずつとしてカウントするという。俺は何が何だかわからぬまま、パンツにジーンズにTシャツに長袖《そで》のカットソーで四枚という選択をし、脱いだコートとセーターを舞殿のへりに丸めて置いた。

拝殿を正面にして、我々は整列した。その並び方は、先頭にスガ氏、その後ろに上回生

七名が横一列、さらにその後ろに一回生が八名という配列だった。一回生よりも一枚少ない「三枚」を指示された上回生たちは、誰もがズボンに半袖の下着一枚という格好で、闇にぼんやり浮かぶ二の腕がいかにも寒々しく、哀れだった。

我々はそれからしばらく、直立不動の姿勢のままじっと待ち続けた。何を待ち続けているのかはわからない。広大な境内はしんと静まり返り、動くものといったら我々の鼻と口から立ち上る灰色の息だけだった。すでに足の裏の感覚は消滅し、骨から伝わる鈍い痛みだけが感じられた。

それにしても――何という厳粛極まる儀式なのか。〝女人禁制〟などという時代錯誤な規制まで設けて、一体これから何をおっ始めるつもりなのか。ひょっとして、このまま我々は、耳やアゴにバターやら塩やらを塗りこみ、『注文の多い料理店』のように、神殿の奥へと進んで、あの高村から見せられた、小さな式神のおっさんたちに取って喰《く》われるなんてことはありはしまいか。ああ、そんなことを考えていると、今にも拝殿の塀の向こうから、「へい、お客さんがた、いらっしゃい、いらっしゃい。サラダはお嫌いですか。そんならこれから火を起してフライにしてあげませうか」なんて声が聞こえてきそうだ。いやだ。ものすごく怖い。

そのとき、ぴっぴっぴっと前方に甲高い電子音が短く鳴り響いた。腕の時計を確かめると、時刻はちょうど午前零時を示していた。

「それでは、これより〝吉田代替りの儀〟を始める」

スガ氏は振り返ると、我々に向かって厳かに言い放った。いつの間にかスガ氏の手には、先ほど全員から集めた一円玉を入れた巾着袋が握られ、足元にはすでに木箱から出された、「玉乃光」の一升瓶が置かれていた。「玉乃光」とは、言うまでもなく、京都が全国に誇る、純米吟醸の名酒である。

拝殿に向き直ると、スガ氏は「玉乃光」を手にゆっくりと階段を進み、賽銭《さいせん》箱の前で立ち止まった。賽銭箱の前に「玉乃光」を置くと、一歩下がってスガ氏は深々と頭を下げた。反り上がった切妻《きりづま》の下で、スガ氏の白いアンダーシャツがぼんやりと浮かび上がった。スガ氏は手にした巾着袋を開き、四枚、三枚、二枚、一枚と間隔を空け、計十枚の一円玉を賽銭箱に放った。ちゃりんちゃりんと、アルミ硬貨が木枠に弾《はじ》かれる軽い音がした。次にスガ氏は足元の「玉乃光」を手に取った。栓を抜き、スガ氏は賽銭箱の周辺に、清めの酒のつもりなのだろう、念入りに中身を撒《ま》いていった。コンクリートの床に酒が跳ねる、湿った音が響いた。

一升瓶を地面に置き、スガ氏は再び賽銭箱の正面に立った。ぴんと背筋を伸ばし、スガ氏は整然とした動作で二拝二拍手一拝を行った。

「わたくしは、京都大学青竜会第四百九十九代会長菅原真と申す者であります。理学部所属の三回生、専攻は地球惑星科学、住所は京都市左京区《さきょうく》高野《たかの》蓼原町《たではらちょう》×—×—×グランデ下鴨二〇二号室、生まれは昭和××年九月三日、歳は二十二歳であります。本日は京都大学青竜会の代替りの儀式を執り行うべく、やって参りました。つきましては、名酒玉乃光と、京都大学青竜会に伝わる代替りの舞を奉納したいと存じます」

いつもとはまるで別人のように、緊張の漲《みなぎ》った、覇気のある声でスガ氏は口上を述べた。一歩下がり、スガ氏が深々礼をすると、居並ぶ上回生たちも一斉に頭を下げた。我々一回生も戸惑いながら、それに倣う。

スガ氏はきびすを返し、階段を下りると、上回生たちの前で立ち止まった。

「四から始めます」

上回生たちを見回し、スガ氏はささやいた。上回生たちは小さくうなずいてそれに応《こた》える。すると突然、スガ氏はアンダーシャツを脱ぎ始めた。肌を刺す寒さにもかかわらず、スガ氏は一切の表情を出さずにアンダーシャツを脱ぎ捨てると、拝殿に向き直った。

これから一体、何が始まるのか——薄手のカットソーをすり抜け、忍び寄る冷気のことなど、すっかり忘れ、俺は固唾《かたず》を呑《の》んで前方を注視した。屈強からは程遠い、むしろ貧相な上半身をさらし、スガ氏は大きく肩で一つ息をした。そっと左右を見回すと、一回生の誰もが頬を強張《こわば》らせ、食い入るようにスガ氏の剝《む》き出しの背中を見つめている。

「四、三、二、一——」

スガ氏のカウントとともに、唐突に〝それ〟は始まった。

俺ははじめ、目の前で展開されているものの意味を理解することができなかった。

だが、これこそが京大青竜会に代々伝わる舞である、と気がついた瞬間、俺の頭のなかを強烈な痺《しび》れがぐんぐんと広がっていった。

一糸乱れぬ、統一された舞とともに、彼らの歌う野太い旋律が、静まり返った境内に響きわたった。

俺は、その歌を知っていた。どういうわけか知っていた。「昔なつかしのCM特集」で見た白黒映像がなぜか脳裏に流れた。ついでに小林亜星《こばやしあせい》のおむすび顔も瞬いた。

ドライブウェイに春が来りゃ
イエ・イエ・イエ　イエイイエイ
ドライブウェイに春が来りゃ
イエ・イエ・イエ　イエイイエイ　うっふーん
レエナウーン、レナウン、レナウン
オシャレでシックなレナウン娘が
わんさか　わんさか　わんさか　わんさか
イエイ　イエイ　イエイ　イエーイ

押し寄せる歌声とともに迫りくる、脱力とめまいの感覚に、俺は必死で抗《あらが》い、立ち向かった。

このとき俺が目にしたものを、みなさんに言葉でしか伝えられぬことに、俺は歯嚙《はが》みしたいほどのもどかしさを感じる。朗々と境内に響きわたる野郎どもによるレナウン娘の合唱とともに、彼らが踊る様といったら——悪夢のような眺めだった。

「ドライブウェイ」の部分で、彼らは揃ってハンドルを握る格好をした。「イェ・イェ　イェイイェイ」の部分では、フレンチカンカンの如く、悩ましげにぷりぷりとおケツを振った。「レエナウーン、レナウン、レナウン」の部分に入ると、上回生たちはいきなり上半身に唯一羽織っていた下着を脱ぎ始め、「わんさか　わんさか　わんさか」でそれをぐるぐると頭上で振りかざし、最後の「イェイ　イェイ　イェイ　イェーイ」で高らかに宙に放り上げた。

目の前で繰り広げられる、めくるめく眺めに、我々一回生が大学の正門を出たときから保ち続け、そろそろ頂点に達しようかとしていた緊張の糸は、ぷつりと途切れた。我々のかじかんだ唇から、誰からともなく、亜星のメロディがこぼれだすまでに、さほど時間はかからなかった。

気がついたときには、俺も他の一回生同様、「イェ・イェ・イェ」と口走り、おケツを振り振り、操り人形の如く上着を脱ぎ、「イェーイ」とそれを夜の闇へと放っていた。

それから先、我々が吉田神社の境内で繰り広げた狂態については、実に口にするのも憚《はばか》られる。げにおそろしきは、若気の至りと言うべきか、集団性に秘められたる狂気と言うべきか。

我々は踊り続けた。四季折々の若者のよろこびを歌い、踊りでもってそれを表現した。

季節が変わるたび、我々は歌詞の頭を「プウルサイドに夏が来りゃ」「テニスコートに秋が来りゃ」などと取っ替え、重厚に歌い、軽やかに舞った。そして、歌の最後には必ず、華やかに衣裳《いしよう》が宙を舞った。回生の差を超え、京大青竜会が、完全に一つになった瞬間だった。

さて、ここで思い出してもらいたいのが、スガ氏の格好である。舞を始める前からすでに、スガ氏は上半身を顕《あら》わにしていた。つまりスガ氏の「枚数」は、ズボンに下着の「二枚」だった。よって、〝春〟の舞の終わりとともに、我々が上着を脱ぎ、上回生たちがアンダーシャツを放ったとき、スガ氏は早くもズボンを投げていた。スガ氏はパンツ一枚の姿で、「プウルサイドに夏が来りゃ」から始まる〝夏〟の舞を踊り、最後の「イェイ イェイ イェイ イェーイ」の合唱とともに、一切の躊躇《ちゆうちよ》なく、生まれたままの姿へと戻っていったのである。

大勢のなかでただ一人、あられもない姿をさらし、スガ氏は〝秋〟の舞へと突入した。気温摂氏二度の、しばれる夜の出来事である。「二枚」などという苛酷《かこく》な条件を己に課し、果敢に先陣を切って、身も心も解放した京都大学青竜会第四百九十九代会長菅原真。「漢」と書いて「おとこ」と読むとは、まさに彼のためにある言葉だったろう。

だが、スガ氏一人をそんな異次元に漂わせておくわけにはいかない。我々京大青竜会男子は一つになったのだ。〝秋〟の舞を終えると同時に、上回生のパンツが一斉に宙を舞い、我々一回生のズボンがそれを追った。ラストの〝冬〟の舞が始まったとき、我々の目の前には剝き出しのおケツが一列に並んでいた。意外と形のいい上回生のおケツが、前方でくねくねと動くのを見つめながら、俺もパンツ一枚、ぷりぷりと踊った。

もはやそこには恥も外聞もなかった。寒さや痛みさえもなく、むしろ奇妙な高揚感すら存在した。〝冬〟の舞は終局へと突き進み、我々はえも言われぬ解放感、充足感に奮えながら、ついにぺらぺらパンツを吉田の空へと旅立たせたのである。

＊

ミミズに小便をかけると、サムシングが腫《は》れ上がる、という。

では、神聖なる神社の境内で、「イェイェ」などと連呼しながら、サムシングを放り出し馬鹿踊りに狂奔した場合、果たしてどんな罰が降り注ぐのか。まさかなくなっちゃいないよな、と先ほどから寒さのためか、ちっともその存在を感じられなくなっていた、我がサムシングをおそるおそる見下ろしてみる。体温保持のため、外気に触れる表面積を極限まで減少させているが、どうやらご健在の様子だった。俺は心底ホッとして、視線を前方に戻した。

視線の先では、裸形の男たちが、凜々《りり》しく整列している。今も儀式は続いている。舞を終え、身体の動きを停止した瞬間から、切り裂くような冷気が俺の剝き出しの肌を容赦なく押し包んで、俺は今すぐにでも泣きそうだ。

「以上をもちまして、京都大学青竜会代替りの舞を終えます」

再び静寂を取り戻した境内に、スガ氏の声が響いた。

深夜の神社の境内に、裸形の男が計十六名。まったく何という眺めであろうか。そりゃ、女人禁制のはずだ。そもそも女人どころか、社会的にも禁制のはずだ。もし、この珍妙極まる整列風景が、KBS京都あたりで放送されてみよ。公序良俗違反で我々は即検挙だ。ああ、実家の父母が泣いている絵が目に浮かぶ。俺は早く服が着たい。

「諸君、すばらしい出来だった」

サムシングを隠すこともなく、スガ氏は悠々とこちらに向き直り、我々の舞の出来を讃《たた》えた。だが、ちらりと腕の時計を確かめた途端、

「むむ、いかん。諸君、時間が押している。あと三分で女性陣が来てしまう」

と一転、慌てふためいた口調で告げた。

これまでの厳粛さが嘘のように、我々は競い合って、そこらじゅう脱ぎ散らかされた下着を拾い、舞殿のへりに並べられた衣服へと走った。すっかり感覚が失《う》せた足を叱咤《しった》し、俺も舞殿に向かった。舞殿のへりに腰掛け、靴下と靴を履いたときの、あのえも言われぬ幸福感といったら！　玉砂利の暴力的な冷たさから解放された、ただそれだけのことで、俺は恍惚《こうこつ》としてしまうほどだった。

きっかり三分後、玉砂利を踏む軽い足音とともに、上回生二人と、早良京子、楠木ふみの黒い影が、鳥居の向こうに浮かび上がった。そのときには、何とか着替えを終え、我々

はまで何事もなかったかのように、拝殿前に整列を完了していた。

暗闇に無言で佇《たたず》む我々の姿に、少々気圧《けお》された様子で、四人の女性は上回生、一回生の列にそれぞれ加わった。総勢二十名が改めて揃ったところで、再びスタジアム・ジャンパーを羽織ったスガ氏は、実に重層な声で、

「それではこれより〝吉田代替りの儀〟の続きを執り行う」

と告げた。スガ氏の手には再び一円玉を入れた巾着袋《きんちゃく》が握られていた。さらにスガ氏は、ジャンパーのポケットから、小さく光る、二センチほどの青みがかった石を取り出した。後で聞いた話によると、その石は青鉛という、鉛と銅の硫酸塩二次鉱物だった。かつて高村が説明してくれた、東の青竜に対応する金属、すなわち五金《ごきん》の一つが青鉛だった。

「一回生十名、前へ」

巾着袋を手に賽銭《さいせん》箱の前まで進むと、スガ氏は振り返った。我々は互いに顔を見合わせながら、おずおずとスガ氏の前に整列した。

スガ氏は我々の顔を見渡すと、端から順に我々の名前を一人ずつ呼んだ。その口吻《こうふん》は、各人の名を確認するというよりも、まるでそれを誰かに聞かせようとしているかのような、奇妙な響きを含んでいた。全員の名前を呼んだ後、スガ氏は賽銭箱に向き直った。スガ氏の右手には巾着袋が握られ、左手には小さな青鉛のかけらが握られていた。スガ氏はまず青鉛を賽銭箱に放り投げた。ごとごと、と硬い音を立て、石は賽銭箱の奥へと転がった。続いてスガ氏は右手の巾着袋から、四枚、三枚、二枚、一枚と、先ほどと同じように間隔

を空け、残り十枚の一円玉を賽銭箱に投げ入れた。

「ここに並びました、京都大学青竜会一回生十名。本日このときより、新たなるホルモーの〝使い人〟として、京都大学青竜会第五百代を継ぐ者どもであります。どうか、これより二年の間、〝使い人〟として、この十名をお認めいただきますよう、よろしくお願い申し上げます」

丁寧かつ真摯《しんし》な口調でスガ氏は言葉を連ね、最後に二度柏手《かしわで》を打った。

深く頭を下げた後、スガ氏は振り返った。

「諸君、ご苦労でした。どうやら、連中も諸君のことを認めてくれたらしい」

目の端に笑みを浮かべ、スガ氏は大きくうなずくと、

「ほら、後ろを見てごらん」

と、我々の背後を指差した。

スガ氏の人差し指にしたがって、我々は振り返った。

いつの間にか上回生たちは、左手の舞殿の前に移動していた。その代わり、先ほど我々が整列していたあたりから、鳥居の手前までの地面を、小さな影がざわざわと蠢《うごめ》いていた。

「ぎゃっ」

誰かの、声にならない叫びが響いた。

まるで生い繁る木立の影に、実体が備わったかのような、奇妙な立体感とともに、〝群れ〟が動いていた。そのとき、影のなかから、一体の小さな人形のような物体が、弾《はじ》かれ

たように、勢いよく飛び出してきた。思わず後退《あとずさ》る我々の前で、その物体は、まるで「シェー」のポーズを取るかのように、手足をばたばた振り回し、「きゅる、きゅる」と喉《のど》の奥に痰《たん》が絡んだような、か細い声を発した。

後になって聞くに、それは連中が歓迎の意を示すときに発する声だったらしい。すなわち、我々がオニの笑い声なるものを、生まれて初めて耳にした瞬間だった。

呆然《ぼうぜん》とする我々の背後で、スガ氏が静かに宣言した。

「これにて、〝吉田代替りの儀〟を終了する」

その四　処女ホルモー

突然であるが、みなさんには茶巾絞りのお菓子を思い浮かべてもらいたい。

ご存じであろうか、茶巾絞り。蒸したり茹《ゆ》でたりしてすりつぶした材料を、茶巾（または布巾）に包んで絞り、絞り目をつけたものだ。お芋味や栗味がよく見受けられる、純朴な雰囲気漂う和菓子だ。

ここで、親指と人差し指でマルを描き、そこにすっぽり入るくらいの茶巾絞りを思い浮かべてみる。さらに、その茶巾絞りを頭にして、四頭身ほどの頭でっかちな身体を思い描いてもらいたい。身長はせいぜい二十センチほど。頭が茶巾絞りである他は、普通の人間とさして変わらぬ身体つきだ。身には風にはたはたと靡《なび》く、膝《ひざ》丈ほどまでの襤褸《ぼろ》を纏《まと》っている。もちろん、その襤褸は、京大青竜会カラーの藍《あい》色に染められている。

頭部の茶巾絞りは、顔の中央に絞った部分を持ってきてもらいたい。ゆえに、ちゅっ、とねじれた感じで顔の真ん中が突き出している。膚《はだ》の色は、甘藷《かんしょ》の断面のような淡い白。目や鼻や口はない。髪もない。ただ、中央に〝絞り〟だけがある。その先端は乳首のように少し茶味がかっている。その〝絞り〟から「きゅるきゅる」と音を発し、レーズンをすぽんと吸い取るところから見ると、どうやらそこが口らしい。耳は小ぶりなれど、顔の両側にぴんと尖《とが》った形でくっついている。さもあらん。そうでないと、こちらの話す鬼語が通じない。

さてさて、先ほどから俺は何についてあれこれ語っているのか。

みなさんも「もしや」と思いつつ、もうお気づきのはずだろう。

そう、茶巾絞りの四頭身――それこそが「連中」の姿なのだ。

連中を何と呼ぶべきなのか、実のところ誰もその正解を知らない。連中自身が名乗らないのだから仕方がない。連中には言葉を発するための口がない。〝絞り〟から発せられるのは、ただ「きゅきゅ」といった鳴き声のようなものだけだ。ホルモーのすべてを縷々《るる》記載した「〈ホルモー〉ニ関スル覚書」にすら、連中の名前は「彼《か》ノモノ」としか記されていない。鬼や式神といった呼称は、そういった類《たぐ》いのものだろう、と我々が勝手につけた名前に過ぎない。

では、鬼と式神、どちらの呼び名がより相応《ふさわ》しいか、と訊《たず》ねられたなら、俺は「鬼」に一票を投じよう。確かに連中に、世に言う鬼の角は見当らない。だが、高村が話していたように、かつては目に見えぬものを「隠」という意味からオニと表していたのなら、連中を鬼と呼んでも間違いではなさそうだ。式神も同じく、通常人には見えなかったそうだが、安倍晴明公の肖像画に描かれていたものと比べてもまるで姿が違う。

よって便宜上の処置として、今後は連中のことを、「鬼」と表記しよう。いや、いわゆる赤鬼・青鬼のイメージと混同しないためにも、あえて「オニ」と書き示そう。

そんなオニども（さっそく使わせてもらう）の姿を、我々が目にすることができるようになったのは、間違いなく吉田神社での儀式を経てのことである。スガ氏によると、我々が一糸纏わぬ姿で踊り狂う様を見上げ、オニたちは腹を抱えて笑い転げていたという。上回生たちには、吉田神社の鳥居をくぐったときから、境内を我がもの顔で跳梁跋扈《ちょうりょうばっこ》する連中の姿が見えていたのだ。連中が我々の舞に笑い転げたからこそ、我々の目にも連中の姿が映し出されるようになった、とスガ氏は言う。サムシングを放り出してまで踊る必要があったのかという点については、まだまだ議論の余地はありそうだが、天《あま》の岩屋戸《いわやど》の向こうに隠れてしまった天照大神《あまてらすおおみかみ》も、外でやんやと楽しそうに舞い踊る様子につられ、つい顔をのぞかせてしまったというのだから、スガ氏の主張も遠からずといったところか。

我々が吉田神社で馬鹿踊りをした日付に前後して、他大学でもそれぞれ代替りの儀が行われたという。伝え聞くところによると、儀式は各大学の最寄りの神社にて執り行われたらしい。すなわち、京都産業大学は上賀茂神社、立命館大学は北野天満宮《きたのてんまんぐう》、龍谷大学は伏見稲荷大社《ふしみいなりたいしゃ》にて、無事代替りを完了したという。その内容までは伝わってこないが、それぞれの大学に代々継承される秘儀が行われたという。秘儀などと大層な響きだが、その内実は十中八九、我々が吉田神社で経験したような、碌《ろく》でもない内容だったに違いないと俺は踏んでいる。

ちなみに俺のサムシングは、未《いま》だもげてもいなければ、腫《は》れてもいない。案外、吉田の神様も我々の舞を目にして、まんざらではなかったのかもしれない。

賀茂川の両岸に染井吉野が桃色の霞《かすみ》を描きだし、やわらかい風とともに春が訪れ、俺は二回生になった。

＊

はらはらと落ちる桜の花びらに目を細め、己に問いかける。この一年、一体お前は何をしていたのか、と。京大青竜会などという得体の知れないサークルに引っかかり、挙げ句が茶巾《ちゃきん》絞りの顔をした、この世のものではない連中に引き合わされた。肝心の勉学は一向に捗《はかど》らず、暮らし向きも低調なまま、早良京子《さわらきょうこ》との関係だって何ら上向かない。

桜から視線を落とすと、土手から賀茂川の川面《かわも》を眺め、高村《たかむら》がもぐもぐと桜だんごを頬張っている。こんな満開の桜の下、男二人でうらさびしく花見をしている自分に、重いため息をついて、俺は高村の頭に乗ったピンクの花びらをそっと取ってやる。

それにしても、高村の髪がずいぶんと伸びた。

高村の下宿にすき焼きを食いにいったあたりからだろうか。入学したときからの短髪をうっちゃり、何を考えたかやっこさん、髪を伸ばし始めた。そろそろ半年が経ち、人よりも伸びやすい体質なのか、あれよあれよという間に、肩口に触れるくらいまで髪が伸びてしまった。

「なあ、高村くんよ」

はあ、と間抜けな顔で高村が振り返る。長い髪が春の風に吹かれ、その横面は限りなく見苦しい。

「お前いつになったら、その髪を切るの？」

「別に、特に予定はないけど」

「違う。今のはタグ・クエスチョンだ。疑問の形をとって、要は切ってくれと言ってるんだ」

「嫌だよ。せっかく伸ばしたのに。土方歳三《ひじかたとしぞう》みたいで格好いいだろ？　惣髪《そうはつ》ってやつかな」

高村はむしろ自慢げな表情で、顔を叩《はた》く髪を耳の後ろに持っていった。だが、風に煽《あお》られすぐさま元の木阿弥《もくあみ》だ。その様子に、俺が今すぐにでもその髪を引き千切ってしまいたい衝動に駆られていると、

「いよいよ、始まるんだね」

急に落とした声で、高村がつぶやいた。

俺は思わず、用意した攻撃的な言葉を呑《の》みこみ、毛髪がてんで勝手に乱舞する高村の顔を見下ろした。

「去年、上賀茂神社で菅原さんからビラをもらったときには、こんなことになるなんて夢にも思わなかった」

遠くを見つめる目つきで、高村は空を仰いだ。

「うむ、俺もだ。だが、始まるのだ」

俺はおもむろにうなずいて、空を見上げた。風に吹かれ、雲の進みがすごく速い。

「そろそろ行くか」

俺が腰を上げると、高村もだんごを口に詰めこみ立ち上がった。

一体、これより何が始まるというのか？

言うまでもない。

「五百代目間ホルモー」である。

我々が吉田代替りの儀を経て、晴れて京大青竜会第五百代のメンバーとなったことは、みなさんもご存じのとおりだ。ところが、第五百代を引き継いだのは、我々京大青竜会だけではなかった。まったく偶然なことに、京産大、立命館大、龍谷大においても、それぞれ代替りの儀式を経て、新たな第五百代が誕生したのだ。

京大青竜会第五百代に、京産大玄武組第五百代、立命館白虎隊第五百代に、龍大フェニックス第五百代――もはや第五百代という数字に、何の信憑性《しんぴょう》もうかがえないことは明らかだが、これから二年にわたって続く、「五百代目間ホルモー」は、とにもかくにも始まろうとしていた。

そのための訓練に、俺と高村はこれから吉田神社に向かうというわけだ。

＊

始まりは、一年前と同じ、葵祭〝路頭の儀〟からだった。

新緑が目に眩《まぶ》しく、芽吹いた若葉のムッとした匂いが鼻をくすぐる五月十五日。およそふた月にわたる吉田神社での訓練を経て、我々は連中とともに下界へと飛び出した。

丸太町通を京都御所目指して西へ向かう我々の足元には、青い襤褸《ぼろ》を纏《まと》う一千匹もの連中が連なっていた。人目を気にして十名揃って挙動不審な我々とは対照的に、連中ときたらまるで遠足に出たかのような、はしゃぎぶりだった。

これだけ騒々しいオニたちの様子にもかかわらず、誰一人として連中の姿に気づかなかった。丸太町通を埋める見物客の足元を、意気揚々と駆け抜け、ときには靴の上を踏み越えていく輩《やから》までいるというのに、踏まれた当人は何ら気にする様子がない。足元を覆い尽くす一千匹の大移動に、一人として注意を払わない。いつ何時、その存在が気づかれ、葵祭を見物に来た人々の間に、とてつもないパニックが巻き起こるかもしれない——という我々の心配は、完全な杞憂《きゆう》に終わった。たった一人の観衆の関心も集めることなく、我々は無事、京都御所建礼門前に到着した。

時刻は午前十時。三十分後に始まる葵祭〝路頭の儀〟を見物しようと、すでに御所の周辺は大変な人だかりだった。その人だかりから少し離れた場所に、ぽつねんとスガ氏が立っていた。

「おお、無事到着したね」

一様に硬さの目立つ我々の顔を見回して、スガ氏は目を細めた。

「いつ誰かに見つかりはしないかって、ずっとハラハラし通しでした」

スガ氏の隣にいた三好《みよし》兄弟の一方が、胸をなでなで訴えた。

人の良い三好兄弟が語ると、心底気疲れしたように聞こえるから不思議だ。善良な人間は、言葉を額面以上の重みで受け取ってもらえるから得である。ちなみに、知り合ってすでに一年が経つというのに、俺は未だ三好兄弟の区別ができない。今、スガ氏と話をしているのは三好・兄と思うが、自信はない。それほどに、この双子、顔はもちろん、身長から体型から髪型まで同じなのだ。

「こんなにバラバラだとみっともないよ」

規律なく、いかにも雑然と参集するオニたちを見下ろし、スガ氏はやんわり注文をつけた。我々は慌てて「整列」の鬼語を発した。俺の足元でも、号令を発すると同時に、連中が集まり始め、ものの数十秒も経たぬうち、十列×十列の見事な方陣が完成した。ホルモーにおいて、一人が率いるオニの数は通常きっかり百と決められている。先ほどから一千匹という数字を挙げているのは、百匹×京大青竜会二回生十名という計算からだ。

午前十時半の巡行開始の時刻が近づくにつれ、他大学の面々も、それぞれ一千匹のオニを引き連れ、続々と集まってきた。その際、どの大学のオニも、我々とは違い、陣形をきちんと保ち、一糸乱れぬ行軍を見せていたことは言うまでもない。

京都御所建礼門前に集まった、総勢四十名の各大学第五百代メンバーと、計四千匹のオニ。一見、ものものしい眺めなれど、別にこれから四者派手に入り乱れての、バトルロワイヤルを繰り広げるわけではない。今日はあくまでも、「五百代目間ホルモー」を始めるにあたって、前触れの儀式を執り行うことが目的なのだ。すなわち、ホルモーを競い合う四者が、栄えある葵祭の日、それぞれのオニの雄姿を都大路に披露し合うことこそが、本日の目的だった。

午前十時半きっかり、行列の先頭を切って、乗尻《のりじり》なる騎馬隊が観衆の拍手に包まれて建礼門から登場すると、葵祭、我々、双方にとっての〝路頭の儀〟は始まった。

紅の衣裳《いしょう》を纏った山城使《やましろつかい》が馬に乗って門から現れた頃、まず京産大玄武組のオニたちが、馬の後に続いて行列に加わった。続いて立命館白虎隊のオニたちが通りに進み、龍大フェニックスのオニがその後方に従う。

我々の出番が回ってきたのは、すでに行列も第二列の終盤、懐かしい牛車《ぎっしゃ》がごとごとと門から現れようとする頃だった。

一年前と同じように、車を引く牛は、気怠《けだる》げに丸太町通へと進んだ。そのマイペースな牛の歩みを見つめながら、俺は急に切ない気持ちに襲われた。それもそのはずだった。一年前、一体誰が今の俺の姿を想像できただろうか。京大青竜会の毒牙《どくが》にまんまと引っかかり、今や足元にはオニが百匹。出発のタイミングを知らせるスガ氏の合図に、いくばくか鬼語を発してみよ。実に見事な縦隊を作って、オニたちが牛車を追っていくではないか。まさに外道に身をやつしたとはこのこと――と、改めて我が身の成れの果てに心を痛めていると、「ほら、止まってないで、さっさと動いてよ」と高村がつついてくる。おやおやそれは申し訳ない、と俺も慌てて移動を開始する。

オニたちも利口なもので、一度命じておけば、あとは勝手に行列について上賀茂神社まで向かってくれる（らしい）。そこで、我々は鴨川べりを駆け走り、今出川河原町《いまでがわかわらまち》の交差点で、行列を先回りして待つことにした。

河原町通を北上する騎馬隊に続いて現れた連中の姿といったら――何という滑稽《こっけい》な眺めだっただろう。鮮やかな平安衣裳を纏い、つんと澄まして都大路を練り歩く、貴人姿のエキストラたちの足元を、オニどもが整然と行列を作って歩いているのである。河原町通のど真ん中を、茶巾《ちゃきん》絞りの頭が歩いているというのに、沿道にひしめく見物客は誰一人としてその姿に気づかない。その異様なコントラストもおかしければ、連中の襤褸の渋めな色合いが、古式ゆかしい平安人が纏う色調に、意外に調和していることもおかしみを誘う。

目の前を通り過ぎる、京産大玄武組のオニの列を見送りながら、オニたちの出発順は、去年一年間を通じて競い合ったホルモーの成績による、とスガ氏は静かに語り始めた。

実は去年、スガ氏たちは、我々に鬼語を教える傍ら、「四百九十九代目間ホルモー」の二年目を戦い抜いていた。つまり、京大青竜会の活動スケジュールは、一年目に鬼語の習得、二年目にホルモー実戦、三年目に新入生勧誘活動ののち、再びホルモー実戦――という形になっていた。二年に一度の代替りなどという奇習（他サークルも同様である）の理由も、これで明らかだろう。我々がホルモーに関する一通りのことを経験するにはどうしても一、二回生の二年が必要で、今この時期に新たなサークル員を募る余裕など、とても生まれ得ないのだ。

昨年行われたホルモーの結果は——すでにみなさんご存じのとおり、京産大玄武組を最高位として、立命館白虎隊、龍大フェニックス、そして京大青竜会と続く。スガ氏によると、京大青竜会の最後尾出発は、およそ十年にわたって続く、不名誉極まりない恒例の風景らしい。一方、三年連続最高位、去年に至っては全勝Vを成し遂げた京産大玄武組は、まさに黄金時代到来。今や最強京産大玄武組と最弱京大青竜会との一戦は、「平成の大鉄板」と呼ばれているとか。

そんな我々にとって穏やかならざる内容を、スガ氏は実に穏やかな表情で語って聞かせた。我々のオニが青の襤褸を纏っているように、玄武組のオニは、玄武組カラーである黒の襤褸を纏っていた。今出川河原町の交差点を粛然と進む、一千の〝黒〟オニたちは、確かに我々の〝青〟オニとは何かが違っているように思えた。立命館白虎隊の〝白〟オニ、龍大フェニックスの〝赤〟オニも然《しか》り。純白の襤褸を風に吹かせる姿は、いかにも清冽《せいれつ》な印象を与え、赤い襤褸がはためく様は、烈《はげ》しい攻撃のイメージをアピールしていた。

「何だか、ウチだけ特別弱そうに見えませんか？」

これから始まるホルモーに対し、早くも多大な不安を感じ、思わず隣に立つスガ氏に問

いかけた。すると、スガ氏、

「自虐的に捉《とら》えるから、そう見えるのだ。心の状態も、連中の動きに作用する。だから、いつも積極思考を心がけなさい」

と悠然とお答えなすった。

午後四時過ぎ、〝路頭の儀〟を終えた上賀茂神社で、五百代目のメンバー四十名は再び一堂に会し、「五百代目間ホルモー」初戦の開催日時が決定された。

ときは三週間後、六月第一週の土曜日。くじの結果、我が京大青竜会の初戦の相手は立命館白虎隊、王者京産大玄武組の相手は龍大フェニックスと決まった。

ところで、「五百代目間ホルモー」といちいち口にするのは、少々面倒くさい。そこで便宜的に、京都の地名を冠した呼び名をつける、という慣習が代々受け継がれてきた。例えば、前回の「四百九十九代目間ホルモー」ならば「東山ホルモー」、その前ならば「京《きょう》極《ごく》ホルモー」というように。

命名は四大学の間で持ち回りで行われるのだという。今回の担当が青竜であることを他大学の会長から指摘されたスガ氏は、

「あ、そうなの？」

と呑気な声を上げ、

「じゃ、鴨川ホルモーでどう？」

といとも簡単に決めてしまった。

その後、長きホルモーの歴史に永遠に名を残すことになる「鴨川ホルモー」は、こうして始まったのだ。

＊

午後八時半、吉田神社の空に上弦の月が浮かんでいた。

拝殿の正面には、すでに一千のオニたちが整然と佇《たたず》んでいた。薄ら月明かりを浴びて、それはさながら暗室ににょきにょきとひしめき合う白しめじが如き眺めだった。我々が「集合」の合図をかけると、連中は粛々と十の集団に分かれて、それぞれの足元へ駆け寄った。

大学の時計台に戻った我々は、自転車にまたがり、夜の都大路に飛び出した。一路、相手の本拠、立命館大学衣笠《きぬがさ》キャンパスを目指して。のちに〝衣笠ホルモー〟として記録に名を残す、我々の処女ホルモーへの出発だった。

ここで「〈ホルモー〉ニ関スル覚書」のある条文について、紹介させてもらいたい。総則の第三条、「〈ホルモー〉ヲ行フベキ場所」に、それは記されている。

一、京都市内ニテ行フベシ。

一、車道ニテ行フベカラズ。

一、氏神社ニテ行フベカラズ。

以上三項が、ホルモーを行うに際して、覚書が指し示すところだ。

氏神社とは、オニが本来仕えるべき場所、すなわち我々にとっての吉田神社、京産大玄武組にとっての上賀茂神社、立命館白虎隊にとっての北野天満宮、龍大フェニックスにとっての伏見稲荷大社を指す。これら三項を守りさえすれば、実際可能かどうかは別として、藤井《ふじい》大丸《だいまる》の一階でホルモーを行おうとも別に構わない。

これに従い、立命館白虎隊から「六月×日亥《い》の刻（午後十時）、立命館大学衣笠キャンパスにてホルモーを行う」というメールが、スガ氏のもとに送られてきた。簡潔な文面が、立命館白虎隊の秘めたる闘志を伝えていた。

くじの結果、今回のホルモーの場所設定権は立命館白虎隊に与えられた。その代わり、次回対戦時、場所の設定権は京大青竜会に与えられる。この仕組みを、我々は〝ホーム＆アウェー方式〟と呼んだ。今回のホルモーはまさに、立命館白虎隊の〝ホーム〟で行われるというわけだ。

互いに〝ホーム〟と〝アウェー〟で一戦ずつ、計二戦。これを四者総当たりで行うので、一シーズンあたり各大学とも計六戦のホルモーを行うことになる。大学の前期授業の間に三戦、夏休みを挟んで後期に三戦――ほぼ半年近い長丁場を経て、最も勝ち星の多い者に勝者の栄冠は与えられる。ちなみに、去年の京大青竜会の戦績は一勝五敗、二年前の成績に至っては、六戦全敗だったという。

昨日、我々が吉田神社で最後の演習を行っているところに、ひょっこり現れたスガ氏は、真面目顔でこう訓示を垂れて帰っていった。

「目指せ、一勝」


自転車を一列に連ね、我々は夜の今出川通を駆け抜けた。

後方には、百鬼夜行そのままに、連中がものすごい勢いで追いかけてくる。その二十センチたらずの体長と、華奢《きゃしゃ》な手足からは想像もつかぬほど、連中が無尽蔵のスタミナを有していることは、幾度の訓練を経て、我々も十分知り尽くしていた。それだけに、オニとオニが本気でぶつかりあったとき、一体どのような状況が展開されるのか想像もつかなかった。訓練では集散や展開といった練習がメインで、実際にオニ同士を戦わせたことはまだ一度もない。「血はでないから大丈夫」とスガ氏は言うが、北野天満宮の鳥居前を過ぎたあたりから、俺は徐々に重い緊張に囚《とら》われ、ペダルを漕《こ》ぐ脚も重く感じられ始めた。もっともそれは、北野白梅町《きたのはくばいちょう》の交差点から入った、西大路通《にしおおじどおり》の緩やかな上り坂のせいだったのかもしれないが。

午後九時四十五分、我々はキャンパスの北に位置する正門から、立命館大学衣笠キャンパスに乗りこんだ。

正門からの坂を下った街灯の下で、女性が一人、我々に手を振って合図を送っていた。

近づいてみると、それは龍大フェニックス第四百九十九代会長立花美伽《たちばなみか》さんだった。

立花さんは、龍大フェニックスという名前の産みの親としても知られる、小柄なれど鋭い眼差《まなざ》しが印象的な女性会長だ（どの大学もトップのことを〝会長〟と呼ぶ。玄武組、白虎隊だからといって、組長、隊長とは呼ばない）。元は龍大朱雀団という名だったサークル名を、台湾マフィアみたいで嫌だという理由で、ＯＢたちの猛反対を押し切り、龍大フェニックスと改名してしまった女傑である。

「ここで自転車を停めて、徒歩でここをまっすぐ中央広場に向かいなさい」

張りのある声でそれだけを告げ、立花さんはくるりと背中を向け、すたすたと立ち去っていった。

ホルモー開始の午後十時まであと十分。自転車を停めたのち、芦屋《あしや》は我々を集め、最後の確認をした。

「レーズンはちゃんと用意してあるな」

芦屋の声に、早良京子と楠木《くすのき》ふみはこくりとうなずいた。実際に楠木ふみの手元には、市販のレーズンの袋が抱えられている。

何やら、得体の知れぬおののきが身体の芯《しん》から湧き上がってきて、俺は思わず屈伸をした。しゃがんだところで、足元に整列する連中と目が合った。もとい、目と〝絞り〟が合った。茶巾《ちゃきん》絞りの顔を揺らし、直立不動の姿勢で連中は俺を見上げていた。俺は先頭のオニに、そっと手を差し出した。以前は気色が悪くて、近寄ることすら憚《はばか》られたのだが、慣れとはおそろしいものだ。こうしてその珍妙な顔を間近にしても、もはや何の抵抗も感じない。差し伸ばした俺の指は、すっと連中の身体をすり抜けた。だが、連中がその気になれば、俺の手のひらに乗ることができるのだから不思議だ。人差し指を顔の先で止めると、オニは〝絞り〟を近づけて、くんくんと嗅《か》ぐような素振りを見せたが、ぷいと横を向いてしまった。

俺は立ち上がり、深呼吸をした。隣では、長い髪を後ろに括《くく》った高村が、硬い表情でぐえぐえと喉《のど》の奥から声を出していた。どうやら、鬼語を反復しているらしい。

「大丈夫だ。練習のようにやればいい」

ぽんと背中を叩《たた》いてやると、いかにも無理矢理に、高村は引きつった笑いを見せた。日頃の滑稽《こっけい》な格好から、さぞマイペースなご性格だろう、と人には見られがちだが、その内面たるや意外に線が細く、必要以上に根を詰めるタイプであることを、俺は今や知りすぎるほど知っている。

「ああ、何だか緊張して、膀胱《ぼうこう》がすうすうする」

下品な弱音を洩《も》らす高村の横で、楠木ふみは手にしたレーズン・パックを、黙って早良京子に渡していた。

「行くぞ」

芦屋の合図に、我々は中央広場へ移動を始めた。広場の真ん中では、立花さんが我々を待ち受けていた。広場を取り囲む建物はまるで城壁のようにそびえ、いかにも敵地の観だった。

立花さんの向こうに、十名の人影がゆらゆらと揺れていた。立命館白虎隊の面々だった。

立花さんを挟んで、我々は対峙《たいじ》した。無言の空間に静かな殺気が漲《みなぎ》る。

「これより、立命館白虎隊と京大青竜会とのホルモーを始めます。本日のホルモーは私、龍大フェニックス第四百九十九代会長立花美伽が裁定致します」

一歩前に出て、立花さんは我々を交互に見比べ、ゆっくりと言葉を連ねた。

「念のため、確認させてもらいます。ホルモー開始ののちは、私が終了を宣告するまで、互いの肉体的接触を一切禁止します。たとえ、偶発的な接触であっても、一切の例外なく、その時点で接触をした両者を失格とします。さらに、それが故意のものであると認定された場合は、接触を仕掛けた者が所属する大学の負けを宣告することもあり得ます。どうか、適切な対人距離を保って、戦ってください。それ以外のホルモーの終了は、どちらかが全滅する、もしくは代表者が降参を表明した場合、私が宣言をします。ところで、代表者はもう決まっていますか？」

立花さんの問いかけに対し、立命館白虎隊はしばらく小声で互いに相談した後、一番端に立っていた男が「じゃあ、僕が」と遠慮気味に手を挙げた。一方、我々は、芦屋が誰に相談することもなく「俺がやります」とすぐさま声を上げ、結局それが承認された。

「では、フェアプレー精神を心がけて。お互い、悔いのないように」

立花さんが両手で礼を促し、我々はそれに応《こた》えた。

「互いに、三丈（約九メートル）離れて」

立花さんの指示に従って、我々は距離を取った。立命館白虎隊の背後で、ひしめき合う連中の白い襤褸《ぼろ》が、まるでその部分だけ芝に雪が積もっているかのように、ぼんやりと浮かび上がっていた。

経験したことのないくらい、心臓が早鐘を打ち鳴らしていた。すでに「装備」の命令を受けたオニたちは、めいめい手に棍棒《こんぼう》や大きな鉤《かぎ》のついた熊手のようなものを用意し、〝絞り〟をふるふると揺らしていた。丸い頭に襤褸を纏《まと》い、棍棒や熊手を掲げるシルエットは、さながら平安の世、都で狼藉《ろうぜき》の限りを尽くした比叡山の山法師が如き眺めだった。「装備」の号令を受けるや否や、連中は一斉に、襤褸の下から、隠し持った武器を引っ張りだす。なかには自分の背丈よりも長い、長刀《なぎなた》のようなものを取り出す輩《やから》までいる。あの襤褸の内側がどうなっているのか、誰もが知りたがったが、連中に直接触れることができない以上、どうにも確かめようがなかった。

十時を伝えるアラームが鳴ると同時に、立花さんの「始めッ」という鋭い声が、闇に轟《とどろ》いた。それを合図に我々の口元から一斉に奇態な鬼語が放たれ、足元をすり抜けて、オニたちがわらわらと前方へと突進した。

「鴨川ホルモー」初戦、〝衣笠ホルモー〟の火蓋《ひぶた》は切って落とされた。

＊

まるで冗談のような風景だった。

これがホルモーの場でなかったら、連中の様子を見て、俺は腹を抱えて笑ったことだろう。そうすれば、俺が吉田神社で裸踊りをして笑われたこととも、仲良く相殺できたはずだ。

だが、もちろん、現実はそんな悠長なものではなかった。我々に、笑顔を見せている余裕は微塵《みじん》もなく、さらに目の前ではオニたちの命を賭《か》けた壮絶な死闘が繰り広げられていた。

「きゅきゅきゅ」と喚声を上げ、〝青〟オニたちは、まさに雪崩の如く押し寄せる白い襤褸の連中に向かって、躊躇《ちゅうちょ》なく正面からぶつかっていった。振りかざした棍棒やら熊手やらが、一斉に相手の頭に向かって落とされ、一瞬ののちに、何百ものオニたちがひしめく乱戦が我々の前に展開された。

連中の戦いは、実に奇妙なものだった。たとえ、頭の真上から、太い（といっても幅三センチくらいであるが）木の棍棒を振り落とされても、決してひるむことはない。スガ氏が言っていたとおり、血が出ることもなければ、瘤《こぶ》も出ない、痣《あざ》すら見受けられない。まるで何事もなかったかのように、コノヤローとばかりに反撃を開始する。だが、ダメージを受けていないわけではない。ぽかぽかと棍棒の乱打を受けるにつれ、血が噴き出し、骨が砕ける代わりに、連中の顔の中央に突き出した〝絞り〟が少しずつへこんでいくのである。攻撃を受ければ受けるほど、〝絞り〟はいよいよ引っこみ、ついには、顔の表面の一部になってしまう。もっとも、そこまでなら、オニの動きに変化はない。まだ連中は、元気に熊手を振り回すことができる。

問題はそれからである。さらに攻撃を受けると——今度は、〝絞り〟が内側に引っ張られるようにへこんでいくのだ。まるでその様子は、顔の真ん中にパンチがめりこんで、そのまま戻らなくなってしまったような眺めで、珍妙この上ない。

これは顔芸の一種なのかと、一瞬勘違いしてしまいそうになるが、実はオニにとって、これは大きなピンチを意味していた。

〝絞り〟が内側に入りこんだ途端、オニの動きは急に鈍くなる。そのまま攻撃を受け続けると、顔の中央に生まれた渦はいよいよ深く、しかも徐々に大きくなり、まるで酔っ払っているかのように、オニの身体がふらふらと軸が定まらなくなる。やがて、手にした棍棒を持ち上げることもできなくなり、ついには力尽きて地面に倒れてしまう。さらに最後の一撃を食らったあかつきには、「ぴゅろお」といかにも切なげな声を残して、オニはまるで吸いこまれるように地面に消えてしまうのだ。もちろん、それっきり二度と戻ってこない。

では、一度顔が内側に引っこんでしまったオニは、ご臨終の「ぴゅろお」のときを、ただ待つしかないのかというと、決してそうではない。救済の手立てはもちろん存在する。

そこで登場するのが、レーズンである。

先ほどから早良京子や楠木ふみが手にするレーズン・パックは一体何なのかと、みなさんもさぞかし訝《いぶか》しがっておられたことと思う。彼女たちの持つレーズンは、何ら特別なものではない。どこのスーパーや乾物屋でも売っている、ごく普通のレーズンのパックだ。

では、なぜそんなレーズンが、このホルモーの場で必要となるのか。

ここに、一匹の瀕死《ひんし》（厳密には消滅寸前と言うべきか）のオニがいるとしよう。〝絞り〟が深く内側にねじりこまれ、あと一発ぽかりとされたら、「ぴゅろお」と実に哀しげな声を残して、すぅと音もなく消えてしまいそうな様子である。

そこへ、猛烈な勢いで駆け寄ってくる一匹のオニがいる。このオニこそが救援オニだ。その手には、一粒のレーズンがしっかりとつかまれている。救援オニは、手にしたレーズンを、倒れているオニの顔に近づける。小さなレーズン粒とはいえ、人差し指と親指でマルを描いたくらいのオニの顔にとっては、ずいぶんと大きな物体だ。救援オニは、そのレーズンを、すっかりへこんでしまった〝絞り〟の部分に、有無を言わさず、ぐいとねじこむのだ。

「すぽん」

実に気持ちのいい音を立てて、レーズンは瀕死のオニの、〝絞り〟に吸いこまれていく。吸いこまれると同時に、突然、引っこんでいた〝絞り〟が、弾《はじ》かれたように元の状態に戻るのだ。

あれほど息も絶え絶えだった様子はどこへやら、倒れていたオニは途端に、勢い良く立ち上がる。その顔の中央には、今や、実に元気よく〝絞り〟が突き出している。オニはまるで何事もなかったかのように、手にした棍棒をぶるんぶるんと振り回し、勇躍戦線へと戻っていくのだ。

これら一連の出来事が、ホルモーにおける「補給」である。この〝補給レーズン〟を運ぶことが、早良京子と楠木ふみが率いる救援オニの役割だった。ホルモー開始とともに彼女たちが地面に撒《ま》いたレーズンに、オニたちは我先に群がる。オニがレーズンに触れると、まるで分裂したかのように、オニの手にレーズンが移る。だが、本物のレーズンはその場に残ったままだ。仕組みはわからない。一粒のレーズンからは、何度でもレーズンを取り出せるらしい。一粒のレーズンに両手を伸ばし、素早く二粒のレーズンを手につかんだオニは、一目散に前線の味方のもとへ救援に向かっていく。

救援オニが途中から武装して、戦闘に加わることは許されない。その両手は、ひたすらレーズンを運ぶことだけに用いられる(白虎隊についても同様である)。これら救援オニの動きはすべて、早良京子と楠木ふみの判断に委《ゆだ》ねられる。戦況の推移に従って、的確かつ迅速に判断を下さなければならない、非常に難しい任と言えるだろう。

補給部隊をどれだけ設けるかについて制限はない。戦闘力とのバランスから二人分、計二百匹のオニを従事させることがセオリーとされているようだ。また、その性格上、女性がその任に就くことが多い。まさに、京大青竜会はセオリーどおりの編成を組んでいたわけだ。

ここで、遅まきながら、ホルモーのルールについて、簡単な説明をさせてもらいたい。

ホルモー開始前の諸注意にも含まれていたが、「〈ホルモー〉ニ関スル覚書」禁止事項第一条には、

第一条　〈ホルモー〉ヲ競フ間、互ヒノアラユル接触ヲ禁ス。

という、規定がある。

この条文こそが、ホルモーのすべてを表しているといっても過言ではない。すなわち、ホルモーとはあくまで互いが使役する、オニとオニとの戦いなのだ。我々が勝敗に対して関与を許されるのは、自らが率いるオニに鬼語を伝える——その一点だけである。それ以外は、使役者同士の肉体的接触をはじめ、相手使役者への直接的干渉はすべて禁じられる。

ホルモーの勝敗は、二通りの結末を経て決定される。一つは、相手側のオニを一匹残らず全滅させること。もう一つは、相手代表者に降参を宣言させることである。実際には、どちらかが全滅するまで戦い続けることは皆無であり、たいていの場合、代表者が降参を宣言することで決着がつく。

〝衣笠ホルモー〟は、開始六十三分で勝敗が決まった。だが、最後の十分間を除いて、俺

には〝衣笠ホルモー〟における途中一切の記憶がない。おそらく、前も後ろもわからぬまま、ひたすら鬼語を繰り出していたのだろう。それでも、ホルモー開始からおよそ五十分が経過した時点で、京大青竜会が立命館白虎隊を押しに押しまくっていたことだけは、はっきりと覚えている。つまり、我々の勝利は目の前に迫っていたのだ。

それまで十年にわたり最弱の名をほしいままにしていた京大青竜会に、一体何が起こったのか？

すべては、芦屋の働きによるものだった。

確かに吉田神社での訓練のときから、芦屋の率いるオニは、明らかに他のオニと違っていた。俊敏にして迅速、使役者の命ずることを実に素早く実行した。二度ほど命令を繰り返し、やっとのことで動き始める俺のオニとは、悔しいがまるで出来が違った。おかげで、威勢を駆って芦屋はすっかりリーダー面、先ほどの代表者を決める場面でも、他のメンバーの意見を聞こうともせずに、勝手に名乗りを上げる増上慢《ぞうじょうまん》ぶりというわけだ。

もっとも、立ち上がりは、初めての実戦ということもあり、芦屋の動きも他のメンバー同様、硬さが目立っていた。しかし、時間の経過とともに、芦屋はそのホルモーに関する図抜けた資質をいかんなく発揮し始めたのである。

まったく、これほど優秀な使役者だったとは、俺はもちろん、芦屋本人も自覚していなかったのではないか。それほど芦屋の用兵は見事だった。オニを左右に展開させ、相手の前線を横に延ばしたところで、一気に集合をかけ、薄くなった一点を突く。相手が慌てて突かれたポイントにオニたちを集めると、今度はオニを散開させ、すっぽりと押し包むようにして攻め立てる。その飛び抜けた集散のスピードに、立命館白虎隊はまったくと言っていいほど、ついていくことができなかった。

「ぴゅろお」という声を残し、白い襤褸《ぼろ》が次々と本物の雪が溶けるように地面へ消えていった。ホルモー開始から五十分後、先頭に立ってぐいぐいと押しまくる芦屋の攻撃の前に、立命館白虎隊の陣形はついに崩れ始めた。機を逃さず、松永・坂上が果敢に突撃を決行し、立命館白虎隊の前線はこらえきれずに次々と壊走を始めた。

もはや、勝敗は決したかに見えた。

しかし、勝負の女神は実に残酷で、気まぐれだった。

勝利の口づけを与えんと、我々の両頰に手をかけ、その嫋《たお》やかな吐息を間近に感じさせていたにもかかわらず、突然ぷいとそっぽを向いてしまったのだ。

＊

我々は何も知らなかった。

もちろん、スガ氏は〝それ〟についてひと言だって、事前に知らせようとはしなかった。実戦形式の訓練をスガ氏が固く禁じた理由も、我々が〝それ〟を知ることを防ぐためにあったとは、十分考え得ることだ。

もしも、先に〝それ〟が訪れたのが、立命館白虎隊だったなら、結末はまったく違ったものになっていたはずだ。だが、非常な劣勢に立たされこそすれ、白虎隊は誰一人として脱落することなく、何とか十人での戦いを継続していた。逆に、最初の脱落者を出してしまったのは、皮肉なことに、それまで圧倒的に戦況を優位に進めていた我々だったのだ。

では、〝それ〟を誰よりも早く受け入れることになってしまった、哀れな最初の犠牲者とは誰か？

他でもない。

高村である。

ホルモー開始前、傍目《はため》にもわかるくらい、がちがちに緊張していた高村だが、後方の位置を任されたこともあり、徐々に落ち着きを取り戻すことができたはずだ。立命館白虎隊の陣容が一気に崩れてからは、前線から下がった位置で、もっぱら早良京子と楠木ふみの補給部隊を援護する動きを見せ、目立たぬが堅実な動きをしていた、というのが俺の偽らざる高村の評価だ。

それでは、謂《い》わば後方支援とも言うべき位置にあった高村が、なぜ、〝衣笠ホルモー〟最初の脱落者となってしまったのか？

それは、芦屋にさんざん追い立てられ、逃げ場を失った立命館白虎隊のオニたちが、急転回して、我々の陣に突っこんできたことに始まる。ちょうど前がかりになっていた陣形の隙を衝《つ》いて、突撃を敢行した白虎隊のオニの一部は、ぽっかりと空いた我々の陣内にあっさり侵入してしまったのだ。

しかし、焦る必要はなかった。なぜなら、そこには高村が控えていたからだ。侵入に成功した立命館白虎隊の四人が率いるオニは、芦屋らの激しい攻撃を受けて、すでに百五十匹程度までその数を減らしていた。ほぼ無傷のオニを従える高村は、取りあえず適度な幅にオニを展開して、侵入してきた相手の進軍をストップさせ、あとは主力部隊が引き返すのを待ちさえすればよかった。前後から挟み撃ちにされた〝白〟オニたちは、今度こそ完膚なきまでに叩《たた》き潰《つぶ》されるだろう。鮮やかな突破を見せた立命館白虎隊だったが、所詮《しょせん》は場当たり的な行動、その決死の作戦も早くも失敗したかに見えたのである。

だが、ここに思いもよらぬ、勝負の機微が潜んでいた。

実際の戦闘に最も必要なことは、銃を抜く速さでもなく、射撃の腕でもなく、ただひたすら冷静さを保ち続けることだという。このとき高村は、戦場で最も必要とすべきものを、完全に失ってしまっていた。ただひと言、「展開」の命令を下せばよい場面で、高村はあろうことか「集合」の命令を発してしまったのである。

単なる短い発音の違いに過ぎずとも、それは致命的なミスだった。百五十四の殺気立ったオニの正面で、高村のオニは意味もなく、肩を寄せ合い小さく固まってしまったのだ。

あっと思ったときすでに、高村のオニは、立命館白虎隊に包囲されていた。完全包囲されたオニが、いかに無力な存在であるかを、このとき我々は戦慄《せんりつ》とともに目のあたりにした。いくら高村が包囲を突破しようと、鬼語を繰り出したところで手遅れだった。酸鼻を極める、すさまじい殲滅《せんめつ》戦だった。四方八方から容赦なくぽかぽかやられた高村のオニは、ものの十秒ともたず、ばたばた地に倒れ、さらに数秒後には霞《かすみ》と消えていった。それを見た立命館白虎隊の他の面々は、俄然《がぜん》息を吹き返した。高村を救出せんとようやく方向転換した主力の背後に、一方的劣勢に立っていた残りの部隊が果敢に襲いかかった。それにより、芦屋ら主力部隊は足止めを食らい、芦屋とは離れた場所にいた俺もまた、対《たい》峙《じ》する〝白〟オニたちの捨身の突撃により身動きが取れないままだった。

たった数メートルの距離が、このときほど遠いと感じられたことはない。目と鼻の先にいる味方からの救援の手は届かず、包囲されてからわずか二分で、高村のオニは全滅してしまったのだ。

俺はその間、ほんの数歩隣から、高村の表情を見つめていた。高村は全滅の直前まで、泣き叫ぶように鬼語を発し続けた。それは実に胸にこたえる光景だったが、オニが全滅した瞬間、突如、高村の様子に異変が起きた。まるで搔《か》き消えるように、その声が聞こえなくなり、高村は魚のように虚空に向かって、ぱくぱくと口を開閉し始めたのだ。

「高村？」

その異様な様子に、俺はおそるおそる声をかけた。しかし、高村は返事をしない。いや、正確にはできなかったと言うべきか。そのとき高村は、自分の意思とは無関係に、目一杯、肺に息を吸いこんでいたのだ。

次の瞬間、〝それ〟は何の前触れもなく高村に訪れた。それまでどうしても上回生から教えてもらうことができなかった、「ホルモー」という名称の理由を、我々が骨の髄から理解した瞬間だった。

「ホルモオオォォォーッゥ」

夜の帳《とばり》に覆われたキャンパスに、高村の悲痛な叫び声が、最期を迎えた獣の咆哮《ほうこう》の如く、長々と響きわたった。

＊

正門からの坂道の下、各自の自転車が停められている前で、高村はアスファルトにがっくり膝《ひざ》をついてうなだれていた。生真面目で、不必要に繊細な彼のことだから、ひょっとしたら、泣いていたのかもしれない。

だが、誰も高村の身体を起こそうとはしなかった。俺も含め、誰もが今し方の敗戦のショックに打ちのめされていたのだ。

すべては高村の絶叫が引き金だった。

ほとんど損害を出すことなく、高村のオニを包囲殲滅してしまった立命館白虎隊の前には、無防備な早良京子と楠木ふみの補給部隊が展開されていた。高村のオニが壊滅した今、完全な孤軍と化した補給部隊目がけ、立命館白虎隊のオニは、まさに獲物に飛びかかる白虎の獰猛《どうもう》さで襲いかかった。

「いやあッ」

闇をつんざく早良京子の悲鳴が、キャンパスに響いた。

もしも氷のように冷徹な指揮官なら、早良京子と楠木ふみの二人を犠牲にしてでも、このとき、全体の勝利を優先させたことだろう。実際に、現在の圧倒的な兵力差なら、補給部隊がなくとも、いずれ相手部隊の制圧は可能だったはずだ。だが、一体誰が、二人の女性に、高村と同じ目に遭うよう求められただろうか。「きゅきゅきゅ」と棍棒《こんぼう》を振りかざし、立命館白虎隊のオニが、早良京子のオニを一斉に取り囲んだとき、喉《のど》の奥から絞りだす無念の声で、芦屋が降参を宣言したとしても、それは仕方のないことだったのだ。

「勝負ありッ」

龍大フェニックス第四百九十九代会長立花美伽さんが、高らかと手を上げた。同時に、立命館白虎隊の面々から湧き上がった歓声が、中央広場に爆発した。


「この馬鹿がッ」

それまで拳を固く握り締めて、黙りこくっていた芦屋が、停めてあった自転車の後輪を蹴《け》り上げ、突然、怒りを爆発させた。

「何であんな簡単な言葉を間違ったんだ。まったく今まで何やってた、このド阿呆ッ」

膝をついてうなだれる高村の背中に、芦屋は容赦なく罵倒《ばとう》の言葉を浴びせかけた。確かに高村のミスは痛い。あまりに初歩的なもので弁護の余地もない。だが、「ホルモオオ

「オォオーッゥ」の絶叫を満天下に轟かせ、いちばん恥をかき、おそらく内心痛く傷ついたのも、間違いなく高村なのだ。

「おい、待てよ」

気づいたときには、俺は一歩足を進め、自分より一回りは大きい、芦屋のぶ厚い胸板を指で小突いていた。

「何、偉そうなことばかり言ってやがる。お前が調子に乗って、何も考えないで前へ前へ行くから、こうなったんだろうが。何でもかんでも、高村のせいにするな」

「何だって？　俺のせいだっていうのか？　何もしないで、ただボケっと突っ立ってただけのお前が、よくそんなこと言えるな。引っこんでろ、この役立たず！」

見下すような眼差《まなざ》しとともに、芦屋は俺の身体を両手で大きく突き飛ばした。

「誰が役立たずだ、この野郎！」

体勢を戻すと同時に、俺は芦屋につかみかかった。周りにいた大勢が止めに入り、もみくちゃにされながらも、俺は「禿《は》げやがれ、このすっとこどっこい」と芦屋の短い髪を引っ張り続けた。あらゆるところから一斉に手が伸びてきて、身体じゅうをつかまれながら、俺は視界の隅でしっかり高村の姿を捉《とら》えていた。高村は我々の騒動には見向きもせず、力なく立ち上がると、誰にも声をかけず、自転車に乗って立ち去っていった。その小さな後ろ姿を目の端で追っていると、いつの間にか、「てめえこそが禿げやがれ」と、今度は逆に芦屋からぐいぐい髪を押さえつけられていた。その地肌の痛みと、高村へのせつなさがあいまって、俺はこっそり涙した。

＊

その後、高村の消息は杳《よう》として知れなかった。

電話をかけども、メールを打てども、まるで応答がない。〝衣笠ホルモー〟敗戦の翌週に行われた吉田神社での例会にも、高村はやってこなかった。もっとも、俺も例会には参加しなかった。行ったところで、また芦屋と揉《も》め事になることは、目に見えていたからだ。次週の土曜日には、早くも京産大玄武組とのホルモー第二戦が控えていたが、もはや俺は「そんなもんどうでもええわい」という気持ちだった。早良京子に会えないのは何よりもさびしかったが、芦屋がお山の大将を演じる場に行く気には、どうしてもなれなかった。

例会のあった日の夜、珍しく訪問客があった。午後九時を過ぎた頃、とんとんと扉をうち鳴らす音がするので、誰であろうと顔をのぞかせると、そこにスガ氏が立っていた。

「やあ、こんばんは。夜分遅くに突然です」

にこやかに手を振るスガ氏の後ろには、見覚えのある黒い影が蠢《うごめ》いていた。もしやと背伸びしてのぞいてみると、それはやはり楠木ふみの凡ちゃん頭だった。

「ちょっと、お邪魔してもいいかな」

スガ氏は俺にアイスキャンデーの入ったコンビニの袋を揺らして見せると、返事を聞く前にさっさと靴を脱ぎ始めた。

「いやね。楠木さんに、君と高村の様子が心配だから、ちょっと見に行ってくれないかと頼まれちゃってね」

スガ氏はまるでここが自分の部屋であるかのように、悠然とこたつ机の前に座ると、さっそくコンビニ袋からアイスキャンデーを取り出し、「楠木さんは、お抹茶だったよね」と、一本を楠木ふみに手渡した。「安倍はソーダ味」俺はスガ氏の言葉に非常な驚きを感じながら、アイスキャンデーを受け取った。楠木ふみが俺と高村を心配し、さらにスガ氏に相談までしたということが、俄《にわか》には信じられなかったのだ。実際、楠木ふみは心配をしていたとは到底思えない無表情な顔で、スガ氏の後ろに、まるで弟子のように正座して、黙々と抹茶キャンデーをかじっている。

「安倍は別に問題なさそうだね」

オレンジ味のキャンデーをねぶりつつ、スガ氏は俺の顔を無遠慮に眺めた。

「心配かけて、どうもすいません。俺はこのとおり元気です。けど、高村は知りません」

「連絡とか取ってないの？」

「何度、電話しても、あいつ、出ないんですよね」

「高村ってどこ住んでるんだっけ？」

「岩倉です」

「ははあ……岩倉ねえ。それは、ちょっと様子も見に行きづらいな」

「放っておけばいいですよ。そのうち、ほいほい何事もなかったように戻ってきますって」

俺はアイスキャンデーをぺろりと平らげ、「ごちそうさまでした」と軽く頭を下げた。

「僕がちゃんと伝えていなかったことが原因の一つだろうしね。やっぱり少し心配だな。来週には次のホルモーもあることだし、水曜の例会には出てもらわないと……。安倍は高村と大学で会うことってないの？」

「そういえば週明けの月曜に、体育の授業がありますね。あいつ、普段の授業は行かないくせに、体育だけは出てるみたいだから、来るんじゃないのかな」

「そうか……」

やけに重いその口調が気になり、「高村がどうかしたんですか？」と訊《たず》ねたが、スガ氏は無言で首を振った。すでにアイスがなくなった木の棒を、スガ氏は丹念に舐《な》め回していたが、名残惜しそうにごみ箱に投げ捨てた。

「実は今日、例会で、みんなにこれまで黙っててごめんなさい、と謝ってきたんだ」

「あの最後の雄叫《おたけ》びのことですか？　当然でしょう。俺にも謝ってください」

「安倍も怖いねえ。みんなもずいぶんな剣幕だったよ。まあ、そうだろうなあ……。前もって言うべきか言わないでおくべきか、僕たちの代の間でも、最後まで議論があったんだ。でも、たとえ教えたとしても、いいことなんて本当に一つもないんだよね。だから、結局言わなかったんだ。僕たちも上回生から何も聞かされないまま、初めてのホルモーを戦って、あれが起きたときには、そりゃパニックに陥ったけど……いざ自分たちが上回生になったら、やっぱり言えなかったねえ」

スガ氏はいたって呑気《のんき》な口振りで弁解を続けたが、俺の険しい視線に気がつくと、居住まいを正し、「ごめんなさい」とぺこりと頭を下げた。

「あれって何なんです?」

スガ氏は顔を上げると、「そうだねえ」とつぶやいて、顔をつるりと撫《な》でた。

「わからんねえ……。まあ、あれからホルモーという呼称がついたのは間違いないところだろうけど」

スガ氏はため息交じりの声とともに、腕を組んだ。

「どれだけ口を固く閉じて、言うまいとしたって、絶対に無理なんだ。結局、あられもない声を上げて思いきり叫んでしまう」

「経験があるんですか?」

「一度ね……苦い想い出だよ」

スガ氏は、重々しくうなずいた。

「あれも……連中たちの仕業なんですか?」

「どうだろう。雄叫びを上げるときには、自分が使役していた連中はすでに全滅しているわけだし……。こればっかりはわからんね。まあ、しくじった罰ってところかな?」

「罰って誰からの罰です?」

スガ氏は口元を一瞬にやりとさせて、俺の質問には答えず、背後の楠木ふみからアイスキャンデーの包装紙を受け取り、ごみ箱に放った。

「でも、やっぱり高村のことが心配だな……。まあ、何せ、何が起こるか、わからないから」

「何のことです？　まるでまだ続きがあるような言い方ですね」

「うん、あれで終わりじゃないからね」

「えっ？」

思わず甲高い声を上げた俺の視線から逃れるように、スガ氏はそそくさと天井に顔を向けた。

「ち、ちょっと待ってください。続きって、どういうことですか？　ホルモーと叫ぶだけで終わりじゃないんですか？　高村の身にまだ何か起こるんですか？」

「それは、わからない」

「はあ？」

まるで支離滅裂なスガ氏の言葉に、俺はつい「ふざけないでください」と声を荒らげた。

「本当にわからないんだ。ただ僕たちの経験では……」

「経験では？」

「何か一つ、その人が大事だと思っていたものが奪われる——かな？」

とんでもないことをさらりと言い放ち、スガ氏は鼻をくすんと鳴らした。

「でも、大丈夫……確かに大事なものなんだけど、何ていうかな、その人には大事でも、他の人からはよくわからないものってあるでしょう。ああ、上手に説明できないなあ。とにかくそういうものが奴らに狙われるみたいなんだ。だから、まあ、大丈夫だと思うよ」

スガ氏はあごをしゃくり、一人勝手にうむうむと納得している。その後、俺が何を訊ねても、スガ氏は「大丈夫だって」「心配ないって」「いけるって」と適当に返すばかりで、まるで埒《らち》が明かない。挙げ句に、スガ氏は強引に話題を変えてしまった。

「そうそう、芦屋が大層強かったらしいね」

「……まあ。でも、あいつ、ちょっと調子に乗りすぎです。まるで今から会長になったかのようだ。ねえ、楠木」

俺はもちろん、高村についての話を続けたかったが、芦屋の名前に反応して、ついスガ氏の話に乗ってしまった。俺は鼻皺《じわ》を寄せ、楠木ふみに同意を求めた。そもそも、俺が、芦屋が大きい顔をしていることに、反感を抱くのには正当な理由がある。それは京大青竜会の会長は今もスガ氏であり、いくらホルモーで活躍しようと、芦屋は俺と同じ平メンバーの一人に過ぎないという、厳然たる事実である。

代替りの結果、「鴨川ホルモー」すなわち「五百代目間ホルモー」が行われているというのに、会長が第四百九十九代のままとはおかしいではないか、と思う方もおられるかもしれない。確かに少々わかりづらい二重構造だが、新たな会長は、「鴨川ホルモー」一年目をすべて終えたのちに決められることになっている。それまでは、スガ氏が依然会長として、我々がまだ知らない段取りの調整など、ホルモーに関する様々な助言を行うのだ（各大学とも同じ）。

さて、俺が同意を求めた楠木ふみだが、問いかけてからずいぶんと時間が経って、

「でも、誰かがリーダー的な役割を果たさないといけないでしょう」

と、小声ながら実に確かな正論を述べた。

それを引き継いで、スガ氏は大きくうなずいた。

「確かに芦屋も直さなくちゃいけないところは多々あるけど、あれだけやれたら中心的存在になるのも仕方がないんじゃない？　実は今日の例会のあと、みんなで話し合いをしたんだ。芦屋も反省していたみたいだから、安倍もここは一つ、冷静になって彼と話し合ってみなさい。ホルモーには、チームワークが何よりも大事なんだから」

スガ氏はやさしい笑みを浮かべ、俺の肩をぽんと叩《たた》いた。

「あと、龍大の立花さんから聞いたけど、楠木さんも先を読んだとてもいい動きをしていたらしいね。これからが楽しみだ、って立花さんが言ってたよ」

スガ氏は振り返ると、楠木ふみの救援オニの働きをしきりに誉め讃《たた》えた。楠木ふみはうつむきながらも、「ありがとうございます」と恥ずかしそうな笑みを浮かべ返事をした。あまりお目にかかることのない楠木ふみの笑顔を、俺は珍しいものでも見るような気分で眺めた。控えめなえくぼが出るその表情は、意外とかわいらしく、俺はちょっとした驚きとともに彼女を見つめた。そのとき、ふいと楠木ふみが顔を上げ、俺の視線に気づいて急

に眉間《みけん》の表情を険しくしたので、俺は慌てて視線をそらした。

「じゃあ、来週の水曜日に。高村のことも、よろしくね」

結局、高村についてはお茶を濁されたまま、スガ氏は楠木ふみとともに部屋をあとにした。廊下を立ち去る楠木ふみの、膨らんだ後頭部を見送りながら、やはり俺には、彼女が俺のことを心配してやってきたということが、まるでしっくりこなかった。きっとスガ氏が勝手に出鱈目《でたらめ》を言ったのだろう、と結論づけて、俺はドアを閉めた。

しかし――せっかく部屋まで来てくれた二人の好意に、俺は応《こた》えることができなかった。翌週水曜の例会を、俺は欠席した。俺の心は見るも無残に打ち砕かれ、とてもそんなところへ行くことなどできなかったからだ。

だが、その話に移る前に、高村のことについて、少々記しておかなければならない。なぜなら、俺の心を完膚なきまで打ちひしがせてくれたのは、体育の授業後、あの男が何気なく発したひと言がきっかけだったのだから。

＊

月曜三限目の農学部グラウンド。教官を中心に三十人ほどの学生が輪になって、授業前の出席を取っていたが、その場に高村の姿はなかった。

スガ氏の訪問後、俺は岩倉の高村の下宿には行かなかった。なぜなら、スガ氏の訪問の翌日、週明けの体育に参加する旨のメールが、高村から送られてきたからだ。

しかし、高村の名を読み上げる教官の声に、返答はなかった。単に寝坊しているだけなのか、それともまだ落ちこんでいるのか。先日のスガ氏の奇妙な物言いも気になってくる。これはやはり岩倉まで様子を見にいこう——と心に決めたとき、急にあたりにざわめきが起きた。何事かと見回すと、誰もが驚いたような、呆気《あっけ》に取られたような、実に不自然な表情でグラウンドの入口を見つめている。視線を追って、俺も首をねじ曲げた。

その瞬間、無理な姿勢にもかかわらず、俺はその場に完全に硬直した。

見覚えのある橙《だいだい》色のリュックサックを手にした男が、自転車から降り立ち、せかせかとこちらに向かって歩いていた。

男の頭は見事なまでに剃《そ》り上げられていた。だが、奇妙なことに髪がないのは頭頂部だけで、側頭部には左右ともに髪が残っている。

ふと、青々と剃り上げられた男の頭頂部に、何かが載っていることに気がついた。俺は目を凝らした。その奇妙な物体がチョンマゲであることに気づくまで、さほど時間はかからなかった。

カツラでも何でもない、正真正銘のマゲが男の頭の上で躍っていた。

しかも、一人で仕上げたためか、マゲ全体が微妙に右側に傾き、さらに、ここに来るまでの長距離の自転車走行ゆえか側頭部の髪が風にさらわれ、それがまた、言いようのない異様なリアリティーを醸し出していた。

チョンマゲ姿の男は、一様にたじろぎ、息を呑《の》む学生たちの視線をものともせず、実に穏やかな表情のまま俺の隣にその歩を止めると、「どうも、ご無沙汰《ぶさた》してました」と軽く頭を下げた。教官がおそるおそるといった様子で、「高村？」と微《かす》かな疑問形で名前を読み上げ、隣のチョンマゲ男が、自信に満ちた声でそれに応じたことは、もはや言うまでもない。


授業の後、流れ落ちる汗を拭《ぬぐ》いながら、更衣室の壁を背に腰を下ろしていると、

「ほら、飲みなよ」

と殊勝にも冷えたジュースを持って、高村がやってきた。

「いろいろ心配かけて悪かったね」

「いや、俺はそんなに心配していなかったから。その言葉は、スガ氏と楠木に言っておくれ。俺はむしろ、今のお前の格好のほうが、よっぽど心配だ」

「これ？　へへ、目立つだろ」

何ら恥ずかしがる様子もなく、高村は己の剃り上げた頭頂部を撫《な》でた。

「単刀直入に訊《き》こう。一体、それは何のつもりなんだ？」

「うーん、何だろ……いやあ、正直なところ、自分でもよくわからないんだよね」

「わからない？　何言ってんの、お前？　あれだけ、俺が切れ切れと言ったって、嫌だと言ってたくせに……だって……チョンマゲだぞ？」

あまりに平然としたその態度に、俺は少々怖れすら感じながら、高村のマゲを見つめた。

「その……勝手に手が動いたんだよね」

「はあ？　お前、俺のことからかってんの？」

「本当だよ。いくら僕だって、こんな頭にしようなんて最初から思わないよ。僕は前の髪型がとても気に入っていたんだ。なのに、手が勝手に動いたというか……何だか妙な気分になって、こんな風になっちゃった」

冗談を言っているようには見えない、まっすぐな視線を向けて高村は答えた。しかし、たとえそれがどれほど真摯《しんし》な眼差《まなざ》しであっても、何せチョンマゲである。俺はいたたまれなくなって、すぐに視線をそらした。

「あのときと同じような感じだったんだ――」

「あのとき？」

「衣笠キャンパスで、ホルモーって叫んだときだよ。……何て言えばいいのかなあ。あのときも、こみ上げるように、こう……声が上がってきて、否応《いやおう》なく口が開いて叫んでしまったんだ。しゃっくりっていくら我慢していても、つい出てしまうだろ。あんな風に腹の底からぐわっと『ホルモオォーッ』って。――形は違うけど、それと少し似ていたな。もう、否応なく手が動いて、いや手を動かさずにはいられない気分になって、どんどん勝手に髪を切っていく。それがやけに上手《うま》くてさ」

高村は笑みさえ浮かべながら、アルミ缶の中身を勢いよく喉《のど》に流しこんだ。こうして二人して座っている間も、次の授業のためにやってきた学生たちが、続々と我々の前を通り過ぎていく。もちろん、誰もが一様にぎょっとした表情を浮かべ、高村の頭を一瞬見遣《みや》っていく。それは驚くというよりも、確実に危ないものを見たという顔である。当然の反応だろう。俺ですら、この男、ひょっとして引き戻すことのできぬ、遠い世界に行ってしまったのではないか、と半ば本気で危惧《きぐ》しているくらいなのだから。

しかし、その後、穏やかな、いやむしろ晴れやかともいえる顔で語られる高村の話を聞きながら、俺は重大な事実に気がついた。

俺はてっきり高村は、大いに落ちこんでいるものだと思っていた。「ホルモー」の雄叫《おたけ》びを強要されたうえ、まだ因果関係は定かではないが、あれほど愛《め》でていた髪も奪われ、こんなチョンマゲ姿に変えられてしまったのだ。

ところが、事実はまるで違っていた。落ちこむどころか、高村はまるで大丈夫だった。

「この格好になって、僕は初めて心の底から実感することができたんだ。ああ、自分は日本人なんだって。誰よりも日本人なんだって。安倍から見たら、馬鹿馬鹿しいことかもしれないけど、こんなにも自分のルーツを確信できたことって今まで一度もなかった。だから、僕はうれしい。とてもうれしい」

信じがたいことだが、チョンマゲ姿になることで、高村は長い間行方不明になっていた、自らのアイデンティティを取り戻してしまったらしい。「その人が大事だと思っていたものが奪われる、でも大丈夫」まさにスガ氏の言っていたとおりだった。そうだろう。大丈夫なのだろう。得々とゴキゲンな心境を吐露する、高村の横顔を見たら一目瞭然《りょうぜん》だ。大事なものが奪われると聞いて、一時は高村がオニ連中に襲われ、あの〝絞り〟でちゅうちゅう身体を吸われる、なんていうグロテスクなシーンも思い浮かべていた俺だが、考えてみるとこれも当然の結末だった。そんなえげつないことを毎度していたら、ホルモーをする人間がいなくなってしまう。

「それで……もう、この前のことは吹っきれたのか？」

ぐったり疲れるものを感じ、俺は高村のチョンマゲから話題を変えた。心配しただけ損だった。あまりに阿呆らしかった。高村が本気でチョンマゲ姿を気にいっていることに至っては、もう少しで涙するところだった。

「あんなミスをしてしまった自分を一時はずいぶんと責めたけど、もう一度初心に戻ってやり直そうと決めた。今週の玄武組戦で、ぜひ汚名をすすぎたい」

「なるほど、見事なリカバリーだ。でも、怖くはないのか？　だって、気味が悪いだろう。あれやこれや、まるで身体を支配されてしまったみたいで」

「別に大丈夫だよ。それに支配と言うなら、連中の姿が見えるようになった時点で、多かれ少なかれ、連中に支配されていると考えるほうが自然じゃない？　あとは程度の問題だよ」

高村は手にした缶の中身を飲み干した。それに合わせ、頭の上のマゲがゆさゆさと揺れる。

「それはそうと、安倍も先週の例会に行かなかったんだろ？」

「どうして知っている？」

「凡ちゃんがメールで伝えてくれた」

「そうか……。まったく彼女って――冷たいんだか、やさしいんだか、わからんな」

「で、どうして行かなかったの？」

「わかるだろう、芦屋がいるからだよ」

「僕のせいで喧嘩《けんか》になってしまって、責任感じるな」

「やめろ。お前のために喧嘩だなんて、竹内まりやの曲みたいで気持ちが悪い。その話はもういい。スガ氏と話をして、芦屋へのわだかまりも解けた。解けたことにした。俺も大人だ。個人的な感情は捨てて、京大青竜会の勝利のために、力を尽くそう。それより、お前はどうなんだ？　芦屋のことをどう思っている？」

「……まあ、言えば悪口になるからやめとくよ」

「ふん、優等生だね」

その格好からは想像もつかない慎重な返答に、俺は鼻白んだ気持ちで、飲み終えたアルミ缶をくしゃりと潰《つぶ》した。

「でも、僕が女なら芦屋みたいな男は絶対に嫌だな」

「何だ、あの男、付き合っている女性がいるのか」

「え？」

高村はやたらと驚いた表情で、俺の顔をのぞきこんだ。

「ひょっとして知らないの？　芦屋の彼女」

「そんなの知るわけないだろう。だいたい俺がどうして芦屋の交際相手のことを知っていなくちゃいけないんだ？」

「だって、芦屋の彼女って、早良さんだよ」

突然——聴覚が急激な勢いで遠のいていくのを感じた。

ぶくぶくと、水のなかに沈んでいくような感覚のなかで、高村の声だけが、川のヌシのように耳元でささやいた。

「もう付き合って一年くらいになるかなあ。何がいいんだか、早良さんのほうが芦屋にべったりで——」

どのようにして高村に別れを告げ、家に帰ったか、俺には一切の記憶がない。気がついたときには、汗ばみ薄汚れた運動着のまま、俺は「うあああああ」と意味不明な叫び声とともに、枕に顔を埋めていた。

夜になってようやくベッドから抜け出し、近所のスーパーで大量の食料を買いこんでから、部屋に戻った。その翌日より、〝物忌《ものい》み〟と称し、俺が無期限の引きこもりに突入したことは言うまでもない。

その五　京大青竜会ブルース

惨めだった。

我が身のお目出度《めでた》さ、図抜けた阿呆ぶりに、どれだけ唾《つば》を吐きかけても、吐き足りない思いだった。何たる無様、何たる迂闊《うかつ》。俺のこれまでの膨大な時間にわたる思索は、すべて無駄だった。否。そもそも、俺の恋に、相手など初めから存在しなかった。俺はもの言わぬマネキンを相手に、ひたすら語りかけ、うっとりとした眼差しを送り続けていたのだ。できることなら、この愚鈍な頭をぽかぽかと叩《たた》き続け、すべての記憶を消し去ってしまいたい。彼女に恋い焦がれ、その鼻を心底愛した、どうしようもなく蒙昧《もうまい》なこの存在を根こそぎ抹殺してしまいたい。

ほんの少し目が合っただけでもうれしかった。話ができた日には、下宿に帰っても心が温かかった。義理で届いた年賀状は、英和辞典のSのページに挟んでおいた。みなさんのなかには、近頃ホルモーに関する記述ばかりが目立ち、俺の早良京子《さわらきょうこ》への関心が薄れてしまったのではないか、と感じていた方もおられるかもしれない。否、否、そんなことあるはずがない。京大青竜会の集いがあるとき、俺の視界には常に早良京子の姿があり、それ以外の時間であっても、俺の心には常に彼女の残像が息づいていた。俺はいつだって誠実かつ穏やかな態度とともに彼女に接し、やさしい眼差《まなざ》しをその美しい鼻に一年以上にわたり送り続けた。いかに俺が一貫して紳士的だったかは、早良京子がひょんなことから俺の下宿を訪れた夜の出来事からも明らかなはずだ。

だが、それもこれも俺の虚《むな》しい一人芝居夢芝居だった。なぜなら、彼女の視界には、初めからたった一人の男の姿しか映っていなかったからだ。

後悔先に立たず。

あの日、あのとき、あの場所で、こうしておけばよかった、ああしておけばよかった、という後悔の順列組合せは、それこそとめどなく心に湧き上がる。俺は早良京子に、秘めたる恋心を打ち明けなかった。打ち明けようとも思わなかった。「忍ぶこそが恋」などと、時代錯誤も甚だしい「葉隠《はがくれ》」の教えを持ち出して、無意味な理論武装まで施す始末だった。寄る辺を失い、空中楼閣が空中分解した今、俺ははっきりと理解できる。俺は単に、臆病《おくびょう》で負け犬根性の染みついた男に過ぎなかった。初めて早良京子に出会い、気軽に携帯の番号すら聞き出すことができなかったあの夜から、俺の勇気はこれっぽっちの成長も見せていなかったのだ。

一年にわたる己の無為を振り返り、俺は歯噛《はが》みしたいほどの無念の気持ちに襲われる。どんな無様なことになろうとも、想いを打ち明けるべきだったと、何度も思い返す。滑稽《こっけい》なことに、俺は彼女を失ったと心の深いところで感じている。失うも何も、本気で手に入れようとする覚悟も勇気もなかったくせに。俺の胸にはぽっかりと穴が空き、そこから後悔の念が苦汁に濡《ぬ》れて溢《あふ》れだす。岸辺に打ち上げられた、後悔が縷々《るる》綴《つづ》られた貝殻を拾い上げ、俺は「NO　PAIN　NO　GAINだった」と短くつぶやき、再び後悔の順列組合せを始める。

＊

高村《たかむら》曰《いわ》く、それは完全なる一目惚《ぼ》れだった、と。俺が早良京子に一目惚れをした三条木屋町《さんじょうきやまち》居酒屋「べろべろばあ」での新歓コンパの席で、彼女もまた芦屋《あしや》という男に一目惚れをした。積極的に京大青竜会のイベントに参加する早良京子の姿を見て、一体、このサークルの何がそんなに気に入ったか、訝《いぶか》しく思ったこともあった。まったく、何という間抜けな眺めだっただろう。謂《い》わば俺は、前方に投射された自分の背中を見つめ、小首を傾げていたのだ。

高村曰く、その恋はなかなか実ることがなかった、と。大学入学当時、芦屋には高校時代、三年間付き合い続けた彼女がいた。その彼女は地元の予備校で、芦屋のいる京都の大学に合格するため、浪人生活を始めたばかりだった。よって、琵琶湖キャンプの買い出しのため、二人してリカー・ショップに向かった帰り道（このとき俺は楠木《くすのき》ふみと、カレーの食材を買い集めていた）、早良京子が芦屋に告白をしても、芦屋はその場では首を縦に振らなかった。それから二週間後、早良京子は四条での、教育学部のクラス会の帰り、たまたま、芦屋が京都を訪れていた地元の彼女を連れて歩いている姿を目撃してしまう。ショックを受けた彼女は、鴨川に沿ってとぼとぼと歩き、丸太町橋付近のベンチで一人しくしく泣いた。その隣のベンチに、俺が寝転んでいるとも知らずに。その後のことは、俺が誰よりもよく知っている。そう。忘れもしない。祇園祭宵山三日前の出来事だ。

高村曰く、それは早良京子の誤解だった、と。芦屋は何も、いちゃいちゃするために、受験勉強真っ最中の高校時代の彼女と、四条で会っていたわけではなかった。それどころか、早良京子を新たなパートナーとして選んだがゆえ、三年にわたる交際関係に終止符を打つべく、彼女と会っていたのだ。遠い地元から、彼女は芦屋の別れの意志を翻そうと、単身京都に乗りこんでいたのだ。

二人の交際が始まったのは、ちょうど祇園祭宵山でのことだったという。あの日、早良京子が芦屋とともに四条河原に現れたこと、三日前の涙の余韻など微塵《みじん》も感じさせず、実に清々《すがすが》しい笑顔を見せていたことを、俺は昨日のことのように思い出す。それは、ほんの数時間前に恋が成就した乙女からの、幸せのお裾分《すそわ》けだったのだ。その半分が、芦屋からのものであるとも知らず、俺は実に幸福な気分に浸っていた。ああ、できることならあのときに戻って、間抜けな己の横面を張り倒してやりたい。

高村曰く、今も変わらず、早良京子は心底、芦屋にぞっこんの状態にある、と。芦屋のどこがそんなにいいのか、さっぱり理解ができないが、芦屋のことになると普段は比較的穏やかな早良京子の性格が、突然スイッチが入ったかのように熱くなる。付き合い始めて半年が経った頃、芦屋の周囲に、依然別れた彼女の影がちらちらしていることに激昂《げきこう》した早良京子は、もう少しで芦屋の地元の予備校まで殴りこみに行きかねない勢いだった。ラヴィズ　ブラインドとは、まさに彼女のためにある言葉だろう。目下の危急の問題として、一年間の浪人生活を経て、芦屋の前の彼女が、同志社大学に入学してしまったことが挙げられる。リベンジのつもりか、偶然の結果か、京都にやってきた前の彼女の真意は不明である。だが、この件について、早良京子は非常に神経を尖《とが》らせており、何か極端な行動に出はしないか、と自分は密《ひそ》かに心配している者である。

最後に、高村曰く、なぜこのように自分が早良京子のプライビットな話に精通しているのかというと、自分と早良京子は新歓コンパのおりに、携帯アドレスを交換して以来、学生生活全般について、アドバイスをし合う仲だからである。今回の出来事についても、早良京子から、芦屋にもう少し協調性を持つよう強く注意しておいたので、高村くん安倍《あべ》くんともに、どうか例会に出席してください、という内容のメールが届いた。この呼びかけに応じ、自分はあさっての例会より復帰するつもりである。安倍も参加するようだし、ここは早良京子のためにも、芦屋との協調路線を築き上げようじゃあないか――云々《うんぬん》。

更衣室の壁に背中を預け、ぶくぶくと没我の彼方《かなた》へと溺《おぼ》れていく俺の様子になぞ、一切気づくことなく、チョンマゲ男は得々とした表情で話を続けた。言葉の刃《やいば》を片っ端から受け止めて、俺は満身創痍《そうい》、すでに息も絶え絶えの状態だったが、何とか声を振り絞って、どうして今まで早良京子と芦屋のことを教えなかったのか、とだけ訊《たず》ねた。

「知ってるものだとばかり思ってたよ。だって、二人が付き合ってることなんて、とっくの昔にサークルじゅうに知れ渡った話だよ」

高村はマゲの先をなでなでしながら、まるで責めるような眼差しで俺を見返した。

俺の農学部グラウンドでの記憶はここで終了する。すなわち、俺の大脳皮質および海馬体に、ドクター・ストップが宣告された瞬間だった。

*

俺が〝物忌み〟を決行した期間は、およそ九日の長きにわたる。

扉は固く閉ざし、窓には厳重にカーテンをかけ、電話線は引っこ抜き、携帯電話の電源は落とし、ひたすら下界に蔓延《まんえん》する不浄を避け、己一人の世界の深みへ没入した。俺は大学の授業を欠席し、家庭教師の仕事を休み、京大青竜会の例会をすっぽかし、京産大玄武組とのホルモーもすっぽかした。芦屋と早良京子がともにいる空間に、何食わぬ顔で突っ立つ自分を想像しただけで、反吐《へど》が出そうだった。例会の夜とホルモー前日の夜、誰であろうか、ドアをしきりにノックする音が聞こえたが、俺はヘッドフォンにまさしのコンサートCDを大音量で響かせ、高村から借りた、彼がこの国の歴史だと勘違いして買ってしまった『三国志』に読み耽《ふけ》った。

〃物忌み〃開始七日目にようやく、俺は携帯電話の電源を復旧し、メールをチェックした。ほとんどが高村からのもので、初めは連絡が取れないことを心配している内容が、やがて応答しないことをぷりぷり非難する内容へと日毎様変わりしていた。つい最近まで自分も同じことをしていたくせに、まったく身勝手な言い草をしゃあしゃあと放つ男だ、と俺は心底呆《あき》れながら、それらのメールに目を通した。

メールのなかには、二日前に行われた、京産大玄武組との、〃京都府立植物園ホルモー〃の結果も記されていた。俺の不参加により、結局京大青竜会は総勢九名で、京産大玄武組相手のアウェー戦に挑んだらしい。どうせ負けだったのだろう、と決めつけながら結果を読んだ俺は、思わず「エッ」と声を上げてしまった。相手より一人少ない布陣にもかかわらず、何と京大青竜会は最強玄武組に勝利してしまったという。ベッドから跳ね起きてメールを読み進めるに、やはり、このジャイアント・キリングの立役者は芦屋だったらしい。〃衣笠ホルモー〃に輪をかけて、芦屋のオニは暴れに暴れ、玄武組に攻撃の隙を与えぬまま、わずか開始三十六分にて相手に降参を宣言させてしまったのだという。メールの最後には「その凄《すさ》まじい攻撃力を讃《たた》えられ、芦屋は〃吉田の呂布《りよふ》〃と言われ始めています」と、忌ま忌ましいコメントが添えられていた。それならば、早良京子は貂蟬《ちようせん》ということになるのか、などと余計な想像を進めてしまい、思わぬ精神的自傷行為により、俺はさらに深く傷ついた。

〃物忌み〃開始から、八日目の夜のことだった。俺は未《いま》だ心のデフレ・スパイラルから脱却できず、憂鬱《ゆううつ》な気分がそのまま空に伝播《でんぱ》したかのように、梅雨の長雨が朝から絶え間なく窓を叩《たた》いていた。

ちょうど午後十時を回った頃だった。とんとん、と急にドアをノックする音が聞こえた。こんな時間に訪れてくるのは、間違いなく京大青竜会の連中、わけても高村と思われた。そろそろ、下界の不浄の空気に身を馴染《なじ》ませ、徐々に社会復帰を果たさねばならぬことは感じていたが、まだ、あと二、三日くらいはそっとしておいてほしかった。それに娑婆《しゃば》との再会第一号がチョンマゲ男というのは、不浄濃度としても高すぎる。精神衛生上正当な判断から、俺はノックを無視することに決めた。幸いノックの音は一度きりで、その後、何の音沙汰《おとさた》もない。意外とあっさりしたものだったな、とむしろ肩透かしを食らった気分で、俺は一度は浮かした腰を下ろした。ところが、それを見計らったかのように、再びとんとん、とドアが叩かれた。その間の空け方といい、ずいぶんと控えめな叩き方といい、どうも高村らしくない。俺はガムテープを貼ったのぞき穴から外の様子をうかがうべく、そろりそろりとドアに近づいた。

「安倍くん」

ノックとともに、ドアの向こう側から呼びかける、か細い声が聞こえた。その瞬間、俺は電撃を食らったかのように、ドアの前で立ちすくんだ。

「いないの？　安倍くん？」

俺はふらふらと鍵《かぎ》に手をかけると、ドアノブを回した。

開いたドアの向こうに、濡《ぬ》れた傘を手に女性が一人、ぽつんと立っていた。

「ごめんなさい。こんな夜遅くに」

まるでいつぞやの光景のように、早良京子は泣き腫《は》らした瞳《ひとみ》のまま、恥ずかしげに笑みを浮かべ、頭を下げた。

＊

その美しい鼻がことりと傾いて、紅茶の入ったマグカップが口元へゆっくりと運ばれる。音もなく紅茶をすすると、くすんと鼻を鳴らして、マグカップをこたつ机の上に戻す。手にはハンカチが握られ、伏し目がちな瞳から伸びた長い睫《まつげ》毛が、薄い影を陶磁のようにすべすべとした肌に落としている。その目は未だ少し赤く、顔も何だか蒼《あお》白い。だが、それがいっそう早良京子の美しさを引き立たせ、それをちらちら盗み見する俺は、先ほどからいくら紅茶をすすっても、何も飲んだ気がしない。

まるで一年前の映像を、そのまま目の前に投射しているかのような気分だった。うつむいたままの早良京子、どうしたらいいものかわからず天井を見上げる俺。こうして黙って向かい合っていると、果たしてこの早良京子は本物の早良京子なのだろうか、これはひょっとして、俺の強すぎる妄念が生み出した、幻想ではなかろうか、などと様々な疑念が湧き上がってきておそろしい。

この八日間、俺は早良京子および早良京子の鼻に関する思索に、膨大な時間を費やしてきた。それに付随する後悔および自己嫌悪に要した時間は、さらに莫大《ばくだい》な量に上る。なかでも、早良京子に自分の好意を伝えておくべきだった、とは、後悔の無限回廊のなかで、俺が最も時間を割いた議論だった。同じ後悔をするにしても、積極的後悔をすべきだった、という消極的後悔を俺は延々繰り返した。ところが、いざ早良京子を目の前にして、この心のぽっかり具合は何だろう？　あれほど強固に体系づけて組み立てたはずの後悔のチャート式は、すっかり雲散霧消、底の空いたバケツが如き有り様だ。あれほど架空の覚悟を決めていたにもかかわらず、もしもここで突然、あなたに一目惚《ぼ》れをしていました——などと口走ろうものなら、俺は緊張と恥ずかしさのあまり、悶死《もんし》してしまう。

ああ、俺はいつだってこれだ。頭のなかばかり活動的で、さっぱり実行が伴わない。俺に必要なのはまさに知行合一の精神、いや「俺に必要なのはまさに知行合一の精神」などとほざく前にさっさと一歩足を踏み出す、さっさと踏み出せ、それでもって悶死してしまえ、さあさあさあさあ——。

「安倍くん？」

「うわあっ」

突然、呼びかけられて俺は思わず飛び上がった。慌てて天井から視線を戻すと、少々怯《おび》えた表情で、早良京子が俺の顔を見つめている。

「大丈夫？」

「う、うん。大丈夫です」

「ごめんなさい。急に来たりして」

「いや、別にいいんだよ」

「どうして来たのかとか、安倍くん、ちっとも理由を訊《き》かないんだね」

「あ、いや……それは……」

もちろん、未だ涙の気配が残る瞳をのぞいて、その訳を知りたいと願わないはずがない。されど、その理由が芦屋だったりしてみよ。俺はもういてもたってもいられない。だって俺はあなたが好きなのだから——とは、到底言えません。

「やさしいんだね、安倍くんて」

「そうなのかな……。いや、そんなことないよ」

「旅行にでも出ていたの？　高村くんが全然、連絡が取れない、って心配していたよ。この前の例会にも、府立植物園にも来なかったでしょう。どうしちゃったの？」

「ああ——あの、もう俺、京大青竜会には行かないと思う……」

「え、どうして？」

早良京子は大きく目を見開いた。ちょうど真正面を向いた、その端整な鼻を見つめ、もはやこの鼻に毎週会うこともできなくなるのかと思うと、万感こもごも到り、俺は思わず宙を仰いだ。

「そんなに嫌なことがあったの？　ひょっとして、それって——」

「いや、それは関係ない」

俺は強い調子で、早良京子の言葉を遮った。きっと、その言葉の先には、俺が今、最も聞きたくない男の名前が控えているはずだった。俺はこの部屋で、早良京子の口から芦屋の名前を聞くことだけは、どうしても避けたかった。

「ごめんなさい」

「いや……早良さんが謝ることじゃない」

早良京子は無言のまま、小さくうなずくと、こたつ机の上に置いた手に握られたハンカチを見つめた。

しんとした室内に、雨粒が窓を叩く硬質な音が響いた。早良京子はもはやすっかり冷えているであろう紅茶を、少しだけすすった。俺は上品に傾く鼻梁《びりょう》を眺め、再び悲しい気持ちになって、紅茶をごくりと飲み干した。

もしも——俺が平明な心をもって、早良京子の様子をつぶさに観察していたのなら、部屋に入ったときより、早良京子の瞳の奥に鈍く輝く、妖《あや》しげな光の存在に気づくこともできたかもしれない。

そもそも、どうしてこんな夜更けに、しかも雨が強く降りしきるなか、早良京子が俺の下宿を訪れる必要があったのか——という基本的な疑問にすら、俺は真剣に向き合おうとはしなかった。彼女の涙と芦屋とをリンクさせることへの怖れが、俺の思考にストップをかけたのだ。それもこれも、すべて一年前の出来事が伏線となっていたことは言うまでもない。高村から知らされた鴨川べりでの涙の理由を、俺は無条件で今回の出来事にも適用していた。いくつかの点で、一年前とは異なることがあったとしてもだ。

例えば、一年前、早良京子は泣いていたことを、決して俺に知らせようとはしなかった。むしろ、頑《かたく》ななまでに、それを隠そうとした。俺の目の前で、くすんと鼻をならし、ついでハンカチで目尻《めじり》を少し拭《ぬぐ》うなどという所作は、決して見せなかった。

そんなわずかな差異からでも、俺は何らかのシグナルを感じ取るべきだったのだろう。しかし、八日間の〝物忌み〟の結果、俺の心は疑うことを知らぬ、生まれたての赤ん坊のように、すっかり浄化されてしまっていた。俺はついぞ疑問を抱くことなく、いや、むしろそれを卑しい行為とさえ捉《とら》え、早良京子の突然の訪問を、ひたすら紳士然とした態度で受け止めたのだ。

その姿勢は、小用のために席を立ち、しばらくして戻った俺が、一年前と同じ光景を目のあたりにしても、当然損なわれることはなかった。すなわち、上半身をベッドに横たえ、すやすや眠ってしまっている早良京子の姿を認めたときも、俺は疑念よりも、むしろ狼狽《ろうばい》の念をもって、そしてもちろん紳士然とした態度をもって、その光景を迎え入れたのだ。

「あわわ、早良さん、早良さん」

俺は慌てて、早良京子の側に近寄った。座布団に腰を落としたまま、ベッドの上に置いた腕を枕に、早良京子はすうすうと寝息を立てていた。俺は膝《ひざ》をついて、彼女の横顔をのぞきこんだ。美しい鼻のラインが、眼下にくっきりと映し出され、俺は思わず息を呑《の》んだ。

同時に、この鼻がもはや一人の男の独占物となっていることに、とめどない悲しみを感じた。

「早良さん、ほら、起きましょう」

俺はそっと呼びかけた。すでに時刻は午後十一時を過ぎていた。俺はこのまま、早良京子を眠らせておくつもりはなかった。たとえ、どれほど強い雨が降り続いていようとも、タクシーに乗せてでも修学院の下宿まで帰すつもりだった。恋人を持つうら若きレディが、こんな男の部屋で一夜を過ごしていいはずがない。もしも、今夜の行動がもとで、将来、早良京子と芦屋との間に喧嘩《けんか》が起きてみたりしてみよ。これほど無意味なことはないではないか。

さようなら――早良さん。

目尻に残るマスカラの滲《にじ》みをしみじみ見つめ、俺は早良京子に無言の別れを告げた。俺がいくら彼女および彼女の鼻を想い続けていようと、彼女の胸のなかには、今も昔も、たった一人の男しかいない。蓼《たで》食う虫も好き好きと言う。たとえとしても、彼女を虫呼ばわりしなければならないことが俺はとても悲しい。だが、高村の話を聞けば聞くほど、彼女に男を見る目が、これっぽっちもないことを断言するほかない。現に彼女はこうして、一年前と同じく、その真珠の涙をひたすらあの男のために捧《ささ》げている。言いたいことは、それこそ存分にある。だが、本人を前にして、言うことは何もない、と俺は知る。彼女は芦屋を選んだ。それがすべてなのだ。

俺は京大青竜会を去る——そして、彼女のことをすっかり忘れ去る。

「だめだよ、早良さん。こんなところで寝たりなんかしたら」

俺は少し語気を強めて、呼びかけた。しかし、早良京子はちっとも起きてくれない。俺は一歩、膝を進め、彼女を起こそうと、その華奢《きゃしゃ》な肩にそっと手を伸ばした。

ところが、ここに思わぬ陥穽《かんせい》が潜んでいた。

彼女の鼻に別れを告げよう——。

俺は大真面目にそう考えた。

俺にとって、それは何ら破廉恥な思いつきではなかった。むしろそれは誠実の延長線上にある行為だった。これまで、早良京子の人格に敬意を払って接してきたように、俺は早良京子の「鼻格」にも、十分な敬意を表してきた。いや、間違いなく世界でいちばん、敬意と愛着を示してきたと言っていい。今宵、早良京子本人との別れを前に、もの言わぬその鼻に別れを告げたとして、何がおかしいことがあるだろうか。

何も俺は、彼女の鼻に口づけをする、なんていう犯罪めいた行為をするわけじゃない。ただ、指の腹でもって、そっとそのラインをたどり、別れのあいさつに代えようとしただけなのだ。

以前、この部屋であれほど声高に俺の動きを諫《いさ》めようとした心の声は、もはやどこからも聞こえてこなかった。肩に触れそうになった手を寸前で引っこめ、大きく深呼吸をしたのち、俺は早良京子の鼻に震える人差し指を近づけていった。

そのとき――何の前触れもなく、早良京子の目がパチリと開いた。

手を引っこめる間もなかった。俺はあんぐりと口を開けたまま、早良京子にのしかかるような体勢で、差し伸べた指の先を、彼女の鼻先一寸の位置でぷるぷると震わせていた。

その後の展開は、見るも無残のひと言だった。

部屋に響いた短い悲鳴、はねつけられた俺の右手、俺を見上げる怯《おび》えた眼差《まなざ》し、慌てて立ち上がる影、衣《きぬ》ずれの音、床を踏む音、ドアの開く音、廊下を走り去る音――俺は力なく玄関に手を差し伸ばし、早良京子の後ろ姿をなす術《すべ》なく見送るしかなかった。

翌日、俺の〝物忌み〟は終了した。

とはいえ、すでに早良京子の訪問で〝物忌み〟は中断されたはず、との指摘もあるかもしれない。だが、俺はあえて〝物忌み〟は続行されていたと見做《みな》したい。いや、見做させてください。早良京子が俺にとって不浄なるもの、〝忌む〟べき相手だったなどと考えるのは、あまりに悲しすぎる。それにことの終焉《しゅうえん》は、誰もが認めるであろう、この上なく明らかな形で起こったのだから。

それは、午前十一時過ぎの出来事だった。とんとん、とドアをノックする音が部屋に響いた。俺はそのとき、前日の早良京子との別れにまつわる、およそ一万回目ほどの後悔をぶり返しながら、遅い朝食に、干からびたパンを齧《かじ》っていた。

俺は思わず立ち上がって、耳を澄ました。ドアのノックは一度きりで途切れ、しばらくして再び控えめなノックの音が聞こえた。

早良京子に違いない――俺は確信とともに、ドアに駆け寄り、大急ぎで鍵《かぎ》を開けた。一晩じゅうかけて積み上げた謝罪の言葉を、すぐ喉元《のど》まで用意しながら。

しかし、ドアの向こうにいたのは早良京子ではなかった。

そこには、限りなく凶暴な顔を引っさげ、芦屋が立っていた。

あいさつを交わす間もなかった。

「お前、あいつに何をした！」

怒号とともに拳が飛んできて、次の瞬間、俺は床にすっ転がっていた。

頰を押さえ、呆然《ぼうぜん》と床にのびている俺に、罵《のの》りの言葉をさんざん浴びせたのち、「この変態野郎！」と吐き捨て、芦屋は乱暴にドアを閉め、立ち去っていった。

芦屋が俺にとって最も〝忌む〟べき存在だったことは、およそ万人が認めるところだろう。こうして俺の〝物忌み〟は、九日目をもって否応《いやおう》なく終了を迎えた。

＊

ちょこんとタコ焼きが置かれたこたつ机の前で、俺とスガ氏は向かい合って座っていた。芦屋からしたたかに一発を食らった翌日、スガ氏の下宿での風景である。

昼過ぎに目を覚ますと、スガ氏から携帯にメールが入っていた。少々話したいことがあるから、一席設けようという内容だった。さっそく、スガ氏に了解の旨を電話すると、じゃ午後五時に僕の部屋で、ということで話はまとまった。

果たしてスガ氏が、早良京子の訪問からの一連の出来事を知って、俺に呼び出しをかけてきたのかは不明だった。だが、どちらにしろ、京大青竜会との関係について、話をつける時期が来ていた。

途中の屋台で買ってきた、タコ焼きの入った紙袋を嬉々《きき》として開けるスガ氏に、俺は開口一番、

「俺——京大青竜会を辞めようと考えています」

と切り出した。

袋を開ける手が一瞬止まったが、スガ氏は無言でタコ焼きのパックを二つ取り出すと、

「そうかあ」

と大きなため息をついた。

「だめですか」

スガ氏がどう判断を示そうと、もはや脱会は俺のなかで、完全な決定事項なのだが、事前に会長に伺いを立てておくというのが、一応の礼儀というものだろう。

「だめじゃない……けど」

「けど、何です？」

「無理だと思う」

「どういうことです？」

スガ氏は俺の顔をちらりとのぞくと、鼻の先をぽりぽり掻《か》いた。

「それより、どうして急に辞めようなんて思ったの。この前、楠木さんと部屋にお邪魔したときには、そんな様子ちっともなかったじゃない。あれから何かあったのかい？」

どうやらまだ、スガ氏は芦屋との一件を知らないようだった。

「すいません。理由は……言えません」

「何だか、ずいぶん重い理由のようだね。あ、これ、マヨネーズ」

スガ氏は袋の底から、小さなマヨネーズのパックを取り出し、机の上に置いた。

「それで——どうして辞めることが無理なんです？」

「いや、辞めようと思えば、辞められるよ。でもね……その……」

「何です？　また何か、俺たちに内緒にしていることでもあるんですか？」

「おお、鋭いね」

驚いた様子で、スガ氏は俺の顔を見返した。適当に言ったことが当たり、俺は俄《にわか》に嫌な予感に襲われた。しかし、スガ氏は俺の不安を打ち消すどころか、やけに深刻な表情で、タコ焼きの上にマヨネーズをかけ始めた。

「つまり、何が問題かって言うと、その……君たちはすでに〝契約〟をしちゃってるんだよね」

スガ氏はさも言いにくそうに、言葉を重ねた。

「〝契約〟？　何のことです？」

「連中が君たちの前に姿を現す代わりに、〝使い人〟として、次の代替りの儀まで、その任を全うする――という契約だよ」

「そんな契約、結んだ覚えありませんよ」

「そりゃそうだよ。僕が代わりに結んでおいてあげたんだもの」

俺はタコ焼きにマヨネーズをかける動きを思わず止めて、顔を上げた。空とぼけるスガ氏の正面で目が合い、ずいぶん長い間、気まずい沈黙が流れた。

「――初耳です」

「いつか言おうとは思ってたんだよ、本当に。じゃ、これ遠慮なくいただきます」

「クーリング・オフとかできないんですか」

「そんな融通、利かんだろうねえ……。あ、これうまいね」

再び長い沈黙が漂い、その間、俺とスガ氏はひたすらタコ焼きを頬張り続けた。しばらくしてようやく、スガ氏は〝吉田代替りの儀〟で行われた儀式の意味を、タコ焼きをはふはふと口の中で転がしながら、途切れ途切れ話し始めた。

スガ氏によると、あの儀式の要《かなめ》は、吉田神社の賽銭《さいせん》箱に一円玉を入れる部分にあったという。つまり、全員から集めた一円玉は、ただの賽銭ではなく、実はオニ連中との解約および契約金だったというのである。舞の前に投じた十枚は、スガ氏ら第四百九十九代メンバーの〝契約〟終了を意味する、謂《い》わば解約金。拝殿前に一回生を整列させ、青鉛とともに投じた十枚は、新たな〝使役者〟としての契約を願い出る、契約金だったらしい。

「じゃあ、俺が途中で京大青竜会を脱会したら、どうなるんです？　それって、ひょっとして〝契約〟違反になるんですか？」

「うむ、そうなるね」

「ずいぶん無茶苦茶な理屈ですね」

スガ氏は俺の皮肉には応《こた》えぬまま、もぐもぐ口を動かすばかりだった。

「はっきり言ってください。辞めたら、どうなるんですか？　何が無理なんです？」

スガ氏はちらりと俺を上目遣いで捉《とら》えると、ごくりとタコ焼きを飲みこんだ。

「もしも――途中で脱会して、連中たちに〝契約〟違反だと見做されたときには、罰が下される。それも、とてつもなく非人道的な罰がね。あれに耐えられる人間はいない。僕たちの代でも、途中で辞めたいと言い出した人間はいたんだ。でも、三日と耐えられず、すぐにサークルに戻ってきてしまった」

「罰って……何ですか、それ？」

俺はおそるおそる訊《たず》ねた。

「連中がやってくるんだ」

「え？」

「ある日、目が覚めたら式神の連中が部屋じゅうにいる。床の上も、ベッドの上も、キッチンにも、そこらじゅうをぞろぞろと歩いている。部屋を出てもどこまでもついてくる。大学で授業を受けていると、机の上で連中が徒競走を始める。研究室で実験をすると、マシンにかけたフラスコの中で連中が相撲を始める。風呂《ふろ》に入ると、浴槽の底から連中が浮かんでくる。便所に入ると、便器の底で連中が見上げている。朝、目が覚めると、額の上で連中が組体操をしている――」

俺は口を開けたまま、タコ焼きをぶらぶらと宙に泳がせた。

「それが……罰ですか……」

「うん。連中と二十四時間、いつでもどこでも一緒の生活が、延々と続く。僕もあまり詳しくは知らないけど、朝も昼も夜もなく、とにかくひどいどんちゃん騒ぎが果てることなく繰り広げられるらしい。もちろん、静かに眠らせてはくれないし、一人落ち着いて物思いに耽《ふけ》る時間もない、こちらからの命令にも、もう一切従わない」

まるで悪夢のような罰の内容に、俺は心の底から戦慄《せんりつ》した。もしも実際にそんな目に遭ったら、俺は一日だって我慢できそうにない。

「そ、それっていつまで続くんですか？　まさか、死ぬまでとか言わないでしょうね」

「理屈では、次の代替りの儀式が行われるまで続くことになるらしいけど、そこまで実際に耐えられる人間なんているのかな？　安倍の場合だと、さ来年の三月に、次の京大青竜会会長が代替りの儀式で一円玉を投げこむまでずっと、連中とのタイトな同棲《どうせい》生活が続くことになるのかな――」

「途中でやめさせることは……できないんですか？」

「もちろんできる。ホルモーに再び参加しさえすれば、連中の嫌がらせも、ぱたりとやむ」

俺はようやく、スガ氏が初めに「無理だと思う」と口にした意味を理解しようとしていた。ひどすぎる――改めて知る京大青竜会の極悪非道ぶりに、俺は呆然《ぼうぜん》とした。

「ね、だから、もう一度、やり直してみようよ。僕も安倍がいなくなると思うと寂しい。きっと芦屋あたりが絡んでいる話だろうけど、今は深くは訊《き》かない。でも、たとえそれがどんな問題であっても、時間が経つにつれ、少しずつ解消されていくものだと思うよ」

残った最後のタコ焼きを口に放りこみ、スガ氏はやさしい口調で語りかけた。

スガ氏のアドバイスは至極もっともなものだった。だが、俺はもう、これまでのように京大青竜会に参加する自分の姿を想像することができなかった。芦屋と早良京子の姿をこれからもずっと、至近で見守り続けるなど、絶対にゴメンだった。かといって、連中との熱い同棲生活もまた、絶対にゴメンだった。

俺はほとほと途方に暮れた。前門の芦屋・早良京子、後門のオニ。俺はただ一人になりたいだけなのに、どうして誰もそっとしておいてくれない――。

「そんなに、サークルに残るのが辛《つら》いのかい？」

床をいじいじ指でなぞる、あまりに悄気《しょげ》返った俺の姿を見るに見かねたのか、スガ氏が声をかけてきた。

「やはり、戻るしかないのでしょうか……」

「だろうねえ……。他に手がないことは、ないけど」

「え？　どういうことです？」

何やら含んだスガ氏の言葉に、俺は思わず顔を上げた。

「きっと、安倍みたいに、どうしてもホルモーを続けることができない人間が出てきたときのための条文だと思うんだけど――ちゃんと読んだことないから、よく覚えてないんだよなあ……。ええっと、何だったっけ……ちょっと待って」

スガ氏は身体を伸ばし、真正面にグラビア・アイドルの水着カレンダーがでかでかと貼られ、分厚い専門書が山積みとなっている勉強机の上から、一冊の古めかしい綴《つづ》りを引っ張りだした。その表紙には、達者な筆文字で「〈ホルモー〉ニ関スル覚書」としたためてあった。

「何ですか、それ？」

「これはまあ、言ってみれば、ホルモーの公式ルール・ブックみたいなもんだね。ここにホルモーについての決まり事が、全部記されているんだ。えっと、さっきのことは、確か総則の最後あたりにあったような――ああ、これだ」

スガ氏は眉間《みけん》に皺《しわ》を寄せて、開いたページの文章を目で追った。スガ氏の視線の先をのぞいたが、カタカナ交じりの文語体の文章が延々と続いていて、逆さから判別できるものといったら、冒頭の「第十七条」という文字くらいだった。

「この十七条なんだけど――。確かにこれを使えばいいんだろうけど……正直言って、僕はあまり気が進まない」

「どうしてです？　そんなこと言わないで教えてくださいよ。だって、そこに書いてあるんでしょう」

「確かに書いてはある。でも、何ていうかなあ……妙に嫌な予感がするんだよね。この十七条を実際にやったって話も、一度も聞いたことがないし」

「前例がないってことですか？　そんなお役所みたいな保守的なこと言わないでください」

「世の中全部探したって、ホルモーほど保守的なものもないよ。昔話でもよくあるだろ？昔からずっと続いてきたものを変えちゃうと、たいていよくないことが起きるじゃない。だから、あまりイレギュラーなことはしないほうがいいと思うんだよね」

「でも、条文に書いてある、ってことは、禁止されているわけじゃないんでしょう」

「それはそうなんだけど……」

「お願いします。教えてください」

　俺はこたつ机に手をついて、深々と頭を下げた。スガ氏の根拠のない心配になど構っている余裕はなかった。その十七条とやらに、俺の明日がかかっているのだ。

　結局、俺の押しに負けたスガ氏は、〝第十七条〟についてのレクチャーを、渋々ながらも授けてくれた。成立のための条件は決して簡単ではなかったが、確かに〝第十七条〟には、現在の問題をすべてクリアしてくれる要素が詰まっていた。

「期限はいつまでです？」

「どっちのだい？」

「両方です」

「まあ、どちらも、ほとんど一緒だけどね」

スガ氏は声を出さずに笑うと、冊子に再び視線を落とした。

「まず、〝第十七条〟の期限は、細則には前半戦終了の時点までに発議すること、とある。つまり、次の龍大フェニックス戦終了までということだね。一方の安倍の〝契約〟違反の期限は——僕たちの代の経験から言って、正当な理由なく二回連続ホルモーに不参加した場合、連中から違反と見做《みな》されると思っていい。——どちらにしろ、次の龍大フェニックスとの一戦までに、発議の条件を整えることが必要だってことだよ。でも、本当にやるのかい？　やっぱり、僕はやめ……」

「やらせていただきます」

スガ氏の言葉を遮り、俺はきっぱりと宣言した。考えるまでもなかった。進むも地獄、退くも地獄。ならば、俺は芦屋のいない地獄、早良京子がいない地獄を選ぶ。たとえ、二人といつか直接対決する事態になったとしても。

「もしも条件が整ったら、発議してくれますか？」

「そうだねえ……」スガ氏は複雑な表情を浮かべながらも、最後には小さくうなずいた。

「そのときは仕方ない。君の苦労に報いよう」

残りのタコ焼きを口に詰めこみ、俺はスガ氏の部屋を辞去した。自転車に飛び乗ると、

「いざ、岩倉へ」の合言葉を胸に、白川通を北にひたすらペダルを漕《こ》ぎ進めた。

＊

色即是空　空即是色
胡坐《あぐら》をかいて、壁に貼りつけられた墨書《ぼくしょ》を俺は見上げていた。

ちゃぶ台を挟み、正面には部屋の主である高村が座っている。高村もまた腕を組んで、渋面を作り天井の一点を見上げている。その顔だけに焦点を当てたとき、凜々《りり》しい表情で沈思黙考中と見做してやれないこともない。しかし、顔全体を捉《とら》えた場合、印象は百八十度変わる。「急に来るものだから、結ってなかったよ」と高村は言い訳をするが、そういう問題ではない。頭頂部だけ地肌をさらし、あとの髪はだらりと肩まで垂れ下がり、こちらとしては、まともな顔を保ってその様子を眺めるのは甚だ困難である。だから、俺は先ほどより、高村の顔から極力、目をそらすよう努めている。だが、その珍妙さに惹《ひ》かれ、ついつい視線を送ってしまう。その都度、俺は頬が緩むのを必死で堪《こら》え、般若心経の一節に視線を移している。

ちゃぶ台の上には、空になった丼《どんぶり》が置かれ、未《いま》だ甘いタレの香りを残していた。俺が訪れたとき、高村は豪勢に鰻丼《うなどん》などを食っていた。

「お前、毎日こんなもの食ってるの？」

と訊《たず》ねると、

「違うよ。今朝、実家の母親が送ってくれたのが届いたんだ。京都で一人、健気《けなげ》に生きる息子に、エールを送ってくれているわけさ。おっと今回は、安倍の分はないから」

と意地の悪い返事を寄越してきた。

空になった丼を見つめ、俺は改めて、実家から滋養をつけよ、とやれ和牛をやれ鰻《うなぎ》を送りつける高村の御母堂の愛が、すべて間違った方向に空費されていると断言せざるを得なかった。果たして、御母堂は現在の高村の、このあられもない姿をご存じなのだろうか。どうやら高村、月代《さかやき》の部分を剃《そ》ることをしない主義らしく、その頭頂部には薄《うっす》らと毛が生え、解いたままの周辺部の髪と合わせて、まるで六条河原《ろくじょうがわら》の刑場に向かう石田三成《いしだみつなり》が如き眺めだ。こんな格好で、息子が都大路を恥ずかしげもなく闊歩《かっぽ》していると知ったら、御母堂、ショックのあまり寝こんでしまうこと間違いなしだろう。何という親不孝者か。まだ見ぬ息子がこんな姿になってしまった日には、俺は間違いなく親子の縁を切る。

しかし、どれだけ悪しざまにけなしたところで、この歩く公然猥褻《わいせつ》物とでも表すべき男だけが、俺の現在の窮地を救う、唯一の頼み綱だった。そのことを思うと、俺は心底、情けないやら、腑甲斐《ふがい》ないやらで、しみじみ悲しい気持ちに陥る。

「そろそろ、答えを聞こうか」

俺の声に、高村はゆっくりと天井から面を戻した。真面目な顔をすればするほど、その珍妙さが加速度的に増加するから始末が悪い。

「少し、質問してもいいかな」

「もちろん。生半可の覚悟で臨めることじゃないからな」

「どうして、そんなに芦屋を嫌うの？」

いきなり核心をつく質問に、俺は言葉に詰まった。

「確かに少なからず問題のある男だろうよ。でも、そこまで嫌う理由がわからない。要は芦屋と同じ場所の空気を吸うことも嫌だってことだろ？　僕だって決して芦屋のことを好きじゃないけど、例会やホルモーの場で極力口を利かなければ済む話じゃない。でも、安倍はそれすらも我慢できないと言う。僕にはちょっと解せないな。何か、僕の知らない、二人だけの個人的な事情でもあるの？」

俺の顔を真正面に見据え、高村は次々と鋭い指摘の矢を放ってきた。

この部屋を訪れてから、俺はまずスガ氏の下宿で聞いた、〝契約〟違反および〝第十七条〟の話を、事細かに高村に説明した。その後、〝第十七条〟発議のため、改めて高村に協力を依頼した。ただし、早良京子に関する俺の感情と、昨日の芦屋との一件については、何も伝えなかった。ただ芦屋憎しの主張を前面に押し出し、もう京大青竜会にいることのできぬ、我が身の事情を訴えた。しかし、それら俺の言葉は、高村の心の奥底まで届かなかったらしい。

俺は素早く、高村を納得させる理屈をひねり出すため、論点の整理にとりかかった。

まず――俺は芦屋を憎んでいる。それは、間違いない。法学部生のくせに、躊躇《ちゅうちょ》なく自力救済手段に訴えるような、非遵法精神に彩られた性根は、断じて叩き直されなければならない。だが、もちろん、芦屋への憎しみだけが、俺を行動に駆り立てるわけじゃない。むしろ芦屋だけの問題なら、これから奴の下宿に殴りこめばいい話で、何もこんな岩倉まで自転車を走らせる理由はどこにもない。つまり——問題は早良京子なのだ。芦屋という存在が、早良京子という俺の悲しみの震源にダイレクトに作用するゆえ、俺は奴との共存を断固拒否するのだ。おそらく、昨日の出来事を経て、芦屋もこの先、俺と正常な関係を続けていけるとは思っていまい。互いのためにも、悲しいかな早良京子のためにも、俺と芦屋が袂《たもと》を分かつことがいちばんの解決策なのだ。

ご覧のとおり、問題はいたってシンプルだ。あとは、俺が高村に早良京子のことを話しさえすればよい。そうすれば、奴も納得するはずだ——。

だが、それができない。どうしても、できない。高村に、早良京子への恋情を打ち明ける絵を、ほんの少し思い浮かべただけでも、俺は恥ずかしさと、情けなさと、みっともなさで、悶絶《もんぜつ》してしまいそうだ。寒風吹き荒《すさ》ぶ吉田神社で、こんなことより恥ずかしいことを嬉々《きき》として実行したくせに、早良京子への想いを高村に打ち明けることだけは——ああ、どうしたってできません。

「芦屋とは、もうやっていけない。これは前世の宿縁が、否応《いやおう》なく俺を駆り立てる結果だ」

結局、俺は何ら有効な理屈をひねり出すことができぬまま、どうしようもない回答でその場を強引に乗りきろうと図った。

「納得できない」

当然、高村はにべもない返事とともに、かぶりを振った。

まるで俺を憐《あわ》れむかのような眼差《まなざ》しとともに、高村はゆっくりと言葉を並べた。

「あのさ――自分のやろうとしていること、本当にわかっている？　安倍は、京大青竜会を二分しようとしているんだよ。他に誰もそんなこと望んでいる人間なんていないのに――だよ。酷な言い方をすれば、ただ単に個人的な事情で、他人を巻きこみ、サークルの秩序を根本から破壊しようとしているわけだよ。正直言って、僕は芦屋と一緒にこれからホルモーをしていくことに、何の不満もない。それどころか、芦屋と一緒にいたら、ホルモーに勝つこともできるし、むしろ満足しているくらい。芦屋は本当に強い。玄武組とのホルモーでも、端《はた》から見ていて鳥肌が立つくらい、芦屋は強かった。芦屋の餌食《えじき》となって『ホルモオオオォォォォーッッ』と叫ぶ相手を見て、芦屋が敵じゃなくて本当に良かった、と心の底から思った。あの強さは尋常じゃない。そのくらい強い。それを安倍は、わざわざ敵に回そうとしている。そのリスクを僕に負えと言っている。なのに安倍が、本当の理由を教えてくれなくて、どうするの。それじゃ、誰も安倍についていこうなんて思わないよ」

先生に叱られるちびっ子の如く頭《こうべ》を垂れ、俺は高村の言葉を聞いた。高村の主張はいちいちがもっともで、俺は自分の自己中心的思考を痛いまでに指摘されて、大いに落ちこんだ。

「すまない、高村。俺が間違っていた」

俺はちゃぶ台に手を突き、頭を下げた。

「じゃあ、ちゃんとした理由を教えてよ。だいたい、この十日くらいの間、何してたの？どうして、そんな急に、にっちもさっちもいかない状況になっちゃったの？」

「むむ、それは……」

容赦のない高村の直球勝負に、俺はバッターボックスを外す意味でも、先ほどから目にしていた壁の墨書に目を向けた。

「――ところで、さっきから気になっていたんだが、あの言葉はどういう意味なんだ？」

よく目にはするが」

高村は話をそらすなとばかりに、俺を睨《にら》んだ。だが、一方で説明をしたくてたまらない、うずうずした表情を明らかに隠せずにいる。結局、俺の目論《もくろ》みどおり、その知的虚栄心に負けた高村は、自ら話の腰を折って得々と説明を始めた。

「色即是空、空即是色――教義上のことは詳しくはわからないけど、何事にも捉われない心を指すらしい」

「前のやつはどこへいっちゃったの？」

「考えたんだ。虚無とはまさに何もないことだろ。一方で空も何もないこと。でも、何もない状態も含めて、ある、と考えるのが空なんじゃないか、って。だって、実際の青空には、何もないように見えて、生命の営みを司《つかさど》る、すべての要素が存在しているだろ？　僕も虚無を乗り越えて、空に至ろうと考えたんだ」

「で、至れたの？」

「至れるわけないだろ、お釈迦様じゃないんだから。ただ心意気を書き認《したた》めただけだよ」

「ははあ、なるほど」

俺は生返事とともに、改めて下手くそな書を見上げた。

空に関する、高村の解釈が正しいのかどうかは知らない。きっとそんな容易《たやす》い理解ができる内容ではない気がする。そもそも、「空」は「くう」であって「そら」ではない。だが、それが心の拠《よ》り所となる限り、高村にとっては正しい答えなのだろう。

色即是空、空即是色——試しにつぶやいて、俺は己の心を振り返ってみた。俺の心は今まさに、「捉《とら》われない心」とは対局にある。俺の心は、早良京子および早良京子の鼻に雁《がん》字搦《じがら》めにされ、身動きも取れない。高村にそのことを話すと想像しただけでも、心が激しい拒絶反応を示す始末だ。

だからこそ、話してみるのもいいのかもしれない——俺はふと思った。俺は早良京子との訣別《けつべつ》を決意した。状態としては、元より訣別していたも同然だから、残るは俺の心の問題ということだ。自ら望んで縛《いまし》めた鎖を、今度は自ら断ち切る。そのために必要なのは、高村の言う空の教えを用いるならば、決して、鎖を打ち砕くための大きなハンマーではないのだろう。今、俺に必要なのは、まさに力を抜いて、自《おの》ずと鎖がずり落ちるのを待つ

「捉われない心」なのだ。

「わかった」

俺は正面に向き直って、かすれた声とともにうなずいた。

「すべてを話そう——。だが、その前に、一服の茶を所望できるだろうか」

高村がキッチンに立って茶を入れている間、気を鎮め、話の順序をたどった。高村にすべてを話すことが、果たして良いことなのか、正直なところ、俺にもよくわからなかった。だが、呪縛《じゅばく》を解き放つため、俺は何かを始めなければならなかった。それに、今の俺には、高村の協力が何よりも必要だった。

お盆代わりのつもりか、小さなまな板の上に湯呑《ゆの》みを二つ載せて、高村は戻ってきた。

「どうぞ」

「忝《かたじけな》い」

俺は熱い茶をひと口すすった。のぞいた湯呑みの中央で、すっと立った茶柱が、波にさらわれ揺れていた。

俺は湯呑みをちゃぶ台に戻すと、一つ大きく息を吸いこんだ。

「これは、一年前の、京大青竜会の新歓コンパより続く、俺の物語である——」

どれだけの間、俺は語り続けただろうか。

三条木屋町居酒屋「べろべろばあ」での新歓コンパの席で、早良京子に一目惚《ぼ》れをしたことから、彼女の美しい鼻への想い、そして突然の終焉《しゅうえん》――俺は正直な言葉でもって、心の内側をすべて隠しだてなく高村に打ち明けた。

「まあ、こんなところだ」

先週の体育の授業翌日に〝物忌み〟に突入したところで、俺は長い話を終えた。ただし、俺のなかでまだ上手に整理されていない、二日前の早良京子の訪問と、昨日の芦屋の強襲については伝えなかった。

「軽蔑《けいべつ》しただろう」

俺は話の間、ひと言も声を上げなかった高村に向かって、穏やかに問うた。いざ話を終えて、改めて気づいたことは、己がいかに話すべき内容を持っていなかったか、ということだった。すべては自分一人の滑稽《こっけい》な自作自演劇だった。徹頭徹尾、相手の登場しない、寂しく、虚《むな》しい一人芝居だった。

湯呑みの茶を一気に飲み干した。もちろん、茶はすでに冷たい。

高村は、改めて自己嫌悪の海に沈んでいく俺を無言で見つめていたが、ゆっくりと首を振った。

「とんでもない」

高村はくすんと鼻を鳴らすと、急に頭を下げた。

「ごめん。今まで全然気づかなくって。もし、僕がもっと早く気がついていたら――」

「言うな。それ以上、言ってくれるな」

俺が手を上げて制すると、高村は心なしか潤んだ瞳《ひとみ》とともに面を上げた。

「わかった――やろう」

静かな、されど力強い口調で、高村はうなずいた。思わず俺は、座布団から尻《しり》を浮かせた。

「本当に――やってくれるのか」

「僕の言葉に応《こた》えて、安倍は真実を語ってくれた。素晴らしい勇気だったと思う。今度は僕が安倍の頼みに応える番だ」

粛然とした顔つきで、高村はきっぱりと言い切った。

「芦屋と戦うことになるかもしれないぞ」

「覚悟の上だよ。けれど、そのことを考えるのは早急だ。それよりも前に、発議の条件を整えることを考えないと」

「さっそく明日から票集めに取りかかろう」

「わかった」

高村がすっと右手を差し出した。俺は無言でその手を握り返した。俺と高村は、正面からしばし見つめ合った。俺は、ここで噴き出してはいけない、と左手で腿《もも》を思いきりつねって、高村の凛々《りり》しい表情に耐えた。

その後、俺と高村は額を寄せ合い、幕末期、この地にて数々の陰謀を画策した岩倉翁よろしく、ひそひそと計画を練った。俺がようやく高村の部屋を辞去したのは、新聞配達のカブの音が響く、明け方の頃だった。

「そうだ。そう言えば、お前、最近俺の部屋に来たか？」

「え？　いつ？」

ミッキーマウスのＴシャツの下からへそを出して、「プレデター」のバケモノのような頭をした男は大きく欠伸《あくび》をした。

「先週の例会と、玄武組とのホルモーの前日の夜だったかな――」

「いや、行ってない。誰か来たの？」

「いや……誰も来ていない」

訝《いぶか》しそうな顔の高村を置いて、俺は「じゃあな」とドアを開けて外に出た。

朝の空気は少し肌寒く、山の端が薄いピンクに染まり、あと少し俺に教養があったなら、実に素敵な一句が詠めそうな眺めだった。俺は自転車にまたがり、二度のノックがいずれも高村ではなかったことに、少し腑《ふ》に落ちないものを感じながら、遥《はる》か丸太町を目指し、自転車のペダルに足をかけた。

＊

店内にはビリー・ホリデイの憂いを帯びた、くぐもった声が流れていた。俺はすっかりぬるくなってしまったコーヒーをひと口すすり、ソーサーに戻した。

「もう約束の時間から、ずいぶん経ったよ」

「もう少し待とう。ひょっとしたら、集合時間を一時間、間違えているのかもしれない」

「……そうだね」

俺は壁の時計を見上げた。約束の午後三時から、すでに四十分が経過していた。

百万遍《ひゃくまんべん》の交差点から、南西の路地に入った場所にある、とある小さな喫茶店。入口脇にある五人がけの円形テーブルに、午後のうららかな陽差しが窓から降り注いでいた。

「やっぱり、来ないか——」

「弱気になるなよ。時間を間違えてるかもしれないって、今、安倍が言ったばかりじゃないか」

「俺と芦屋のどちらを取る？ と訊《き》かれたら、そりゃあ芦屋を選ぶだろうよ。俺だって芦屋を取る」

「そんなこと言ったら、この十日間、あちこち走り回った僕の努力はどうなるの」

「ああ、そうだった。今のはひどい失言だ。——俺って最低だな」

落ちこむ俺の横で、高村は携帯電話をのぞいていたが、ため息とともに画面を閉じた。

周囲の無用な混乱を避けるためにも、俺の強い要望を受け、高村はキャップを着用している。

ここでしばし、全十八条ある「〈ホルモー〉ニ関スル覚書」総則の、第十七条を紹介させてもらいたい。

第十七条　定メラレタル期限マデニ発議アル場合、青竜《せいりゅう》、朱雀《すざく》、白虎《びゃっこ》、玄武《げんぶ》ノソレゾレヲ分カチテ、新タニ〈ホルモー〉ヲ競フコトヲ得。

青竜、朱雀、白虎、玄武の呼号は、もちろん四大学のサークルを指している。この条文の意味するところはズバリ、「それぞれのサークルを分割し、新たなホルモーを開始する」だった。

スガ氏の指摘のとおり、この条文は、人間関係の対立によって、一個のサークルとしての運営が困難になった場合を想定していると思われた。だが、その緊急避難的性質からも、手続きには種々の条件が課せられていた。細則部の複数の条文に記載された、発議に関する部分を要約すると、およそ以下のとおりになる。

○　青竜、朱雀、白虎、玄武のいずれかから、発議提案があった場合、その発議内容に従い、すべてのサークルを分割しホルモーを行う。
○　発議には、サークル構成員のうち半数以上の賛同を必要とする。
○　サークルの分割は二分割（五名×二組）までとする。
○　分割後は計八組（四サークル×二組）によって、新たにホルモーを争う。その際、たとえ青竜、朱雀、白虎、玄武の同サークル同士の対戦となった場合でも、ホルモーを行う。

○分割の有効期間は一連のホルモーを終えるまでとする。

京大青竜会を分割することによって、芦屋とのサークル内別居を成功させ、かつ、新たなホルモーを開催することにより、連中との〝契約〟問題にもケリをつける、というウルトラEの解決法を俺は目指した。〝第十七条〟発議のために必要な人数は、京大青竜会メンバーの半数以上――つまり俺と高村に加え、あと三名の賛同が必要だった。相談の結果、京大青竜会内の説得工作は、すべて高村に一任することにした。人望薄い俺が出ると、かえって状況を悪化させかねないからだ。だが、約十日間、説得工作を続けた高村の結論は、非常に厳しいものだった。

○松永《まつなが》と坂上《さかがみ》は、近頃、芦屋の舎弟キャラという立場を不動のものとしており、望みは皆無。

○紀野《きの》は坂上と同じ工学部建築学科であり、その線でつるむ可能性が高い。

○温厚篤実な三好《みよし》兄弟は、こういった争い事そのものを好まない。

○楠木《くすのき》ふみは俺のことを嫌っている。

最後の楠木ふみに関してだけは、俺の意見である。スガ氏とともに俺の部屋を訪れてくれたにもかかわらず、俺は楠木ふみの好意を完全に無にした。挙げ句がこうして、分裂騒動を始めた俺に、彼女はどれだけ静かな忿懣《ふんまん》と冷たい視線を送っていることか。ほんの少し考えただけでも、彼女が俺を支持する可能性は絶無と考えられた。

軽く票勘定をしただけでも、ここにたった一人の賛同者も現れないことは、当然の結末だった。

確かに、そもそもが無理な話だった。高村も指摘したとおり、芦屋との共存を頑《かたく》なに拒絶しているのは、京大青竜会のなかで俺ただ一人なのだ。その俺も早良京子という理由があってこそ、こんな行動に及んだ。この極めて個人的な動機が、他の連中とシンクロするはずもない。他の連中にとっては、芦屋は多少性格面の難が近頃目立てども、依然ホルモーの場における心強い味方なのだ。

俺は壁の時計を見上げた。時刻は午後三時五十分。芦屋と早良京子を除く、京大青竜会のメンバー六名には、「発議に賛同してくれる者は、吉田泉殿町《よしだいずみでんちょう》の喫茶店『ZACO』に午後三時に集合されたし」という内容のメールを送っていた。スガ氏からは、他大学の会長に〝第十七条〟を発議する可能性を伝えておいたので、あとは安倍からの一報を待つのみ、という暗に激励の意をこめたメールが届いていた。スガ氏への連絡は、苦い内容になりそうだった。

そのとき、突然、店のドアがちりりんと鈴を鳴らして開いた。奥の席で髪の長い白人の客と音楽の話をしていたマスターが、「いらっしゃい」と低い声で出迎える。

ドアの向こうに現れた二人の姿を、俺はしばし呆気《あっけ》に取られ見上げた。二人は、揃って同じように右手で頭を掻《か》き、揃って照れたような、困ったような笑みを浮かべ、ドアを背に立っていた。まさか、本当に誰かが来るとは思っていなかったので、「これはまた奇遇」などと、もう少しで馬鹿なあいさつをしてしまうところだった。

「遅くなってごめんよ」

高村の隣の席に並んで座ると、三好兄弟は、はにかんだ笑みとともに手を合わせた。果たして兄と弟、どちらからごめんよと言われたのか、相変わらず判別しかねた。

「き、来てくれてありがとう。でも——その……どうして来てくれたんだい？」

俺は未《いま》だ半信半疑の気持ちで訊《たず》ねた。ひょっとして、本当に喫茶店に遅い昼食を食べにきただけかもしれない、などと、この場に至って俺は実に弱気だった。ちなみに高村も、明らかに驚いた表情で二人の顔を見つめている。

三好兄弟はともにアイスコーヒーを頼むと、同じ角度で顔を向けた。

「いやあ、簡単だよ」

「僕たち、前から芦屋が大っ嫌いなんだよね。何というかな、彼って小っちゃいよね、人間としての器が」

「ああ、小さい小さい。話にならない」

「最近、どんどん調子に乗ってきて、もう鼻が高い高い」

「どこまでいっちゃうんだろ」

三好兄弟は二人してむふふと笑い声を上げた。

「二人ともこんな感じだったから、安倍が衣笠キャンパスで、芦屋に正面から反論してくれたときは気持ち良かった」

「うん。スカッとした」

俺は少々度胆《どぎも》を抜かれた思いで、よく動く二人の口を見守った。いつだって温厚篤実《とくじつ》、誰に対してもやさしい物腰を忘れないと思っていた三好兄弟の口から、その後も次々放たれる、毒のこもった芦屋批判は、奴を不倶戴天《ふぐたいてん》の相手と認めた俺ですら、ついつい弁護してやりたくなるほど、辛辣《しんらつ》極まりないものだった。芦屋に対して強い嫌悪感を抱く人間が、自分だけではなかったことに内心驚きつつ、俺は改めてまるで見分けのつかない三好兄弟の顔を見比べた。まったく――何と、人は見かけによらぬものか。

「それでもここは長いものに巻かれて、芦屋についておいたほうがいいかな――って、安倍には悪いけど、ほんの一時間前までは考えていたんだよね」

「だって、芦屋と戦うことになるかもしれないんだろ？　あんな化け物みたいに強い奴に勝てる人間なんていないよ」

「けれど、電話で説得されてね。それで急いで部屋を出てきたんだ。ひょっとして帰ってしまったかな、と思ったけど、二人がまだいてくれてよかった」

電話？　俺は反射的に高村の顔に視線を走らせた。高村も同様に訝《いぶか》しい表情で、俺を見返している。

「あの――電話って何のこと？　誰と電話したんだ？」

「きっと同じくらいに部屋を出たはずだから、そろそろ来るんじゃないかな――。ほら、来た来た」

三好兄弟、推定弟のほうが運ばれてきたアイスコーヒーにクリームを流しこみながら、窓の外を指差した。

窓に目を向けると、まるで俺の視線に迎え入れられるかのように、一台の自転車が店の前にやってきて、がくんとぎこちない動きとともに停まった。

自転車の主はカゴから鞄《かばん》を取り出し、入口のドアに向かった。ちりりんと鈴が鳴り、ふっくらと膨らんだ豊かな黒髪に、艶《つや》やかな光輪を湛《たた》え、一人の女性が入ってきた。

「遅くなりました」

俺と高村に向かって、楠木ふみは小さな声とともに、無表情な顔つきで頭を下げた。予想もしない展開に言葉も出ない俺には目もくれず、五人がけ円形テーブルの最後の一席に、楠木ふみはさっさと腰を下ろすと、やはり小さな声でカフェ・オレを注文した。

腕を小突かれ、俺は我に返った。首を回すと、高村が満面のスマイルとともに、手のひらで「五」を突き出していた。

さっそくスガ氏に電話を入れた。

小さなため息のあと、スガ氏は「おめでとう。よくがんばったね」と祝福の言葉をくれた。

発議に関する打ち合わせを済ませ、スガ氏は「じゃ、名前を考えておいておくれよ」と言って電話を切った。〝第十七条〟が発議されると、京大青竜会が二つに分かれることになる。京大青竜会A、Bといった名前だと味気ないので、京大青竜会に続く短い名前をつけてほしい、というリクエストだった。

スピーカーからは依然、ビリー・ホリデイの切ない歌声が流れていた。テーブルを囲む四人の顔を見回したとき、ふと頭に一つの名前が浮かんだ。

早良京子への想いから出発した一連の出来事を、その名前はこの上なく巧みに表現しているように思えた。さっそく他の四人に諮《はか》ると、「まあ、青が僕たちのカラーだし、いいんじゃない」という高村の声に、誰もがさして関心なさそうな様子でうなずいた。

京大青竜会ブルース。

試しにつぶやいてみた。悪くない響きだった。

その六　鴨川十七条ホルモー

集会の場所は、三条木屋町居酒屋「べろべろばあ」の二階座敷。午後三時ということもあって机等のセッティングはなく、四サークルのメンバー総勢四十人は、一人一枚座布団を取り、めいめい好きな場所に陣取って座った。俺と芦屋《あしや》は、座敷の隅と隅に離れて座り、集会の間、一度も視線を合わせなかった。

早良京子《さわらきようこ》は芦屋の背後に、松永《まつなが》や坂上《さかがみ》に囲まれるようにして座っていた。早良京子は俺のことをどう思っているのか？　あの日の出来事を、早良京子はどう芦屋に伝えたのか？　早良京子は芦屋が俺の下宿を強襲したことを知っているのか？　疑問はそれこそ泉のように湧き上がる。しかし、芦屋にがっちりとガードされた早良京子と言葉を交わすチャンスは最後まで訪れず、あの日の非礼をひと言謝ることすらできなかった。

集会では、京大青竜会会長から〝第十七条〟の発議が行われ、ここに正式に「鴨川十七条ホルモー」の開催が決定された。

続いて「鴨川十七条ホルモー」の概要が発表され、夏休み明けの九月から、勝ち進み形式による一組あたり計三戦のホルモーを行うことが伝えられた。それによると、新たに誕生した全八組（四大学×二組）はトーナメントを争い、負け組は負け同士で順位を定め、計三戦の成績により一位から八位までの順位をつけるという。

集会の最後に、四会長からの特別声明として、この「鴨川十七条ホルモー」はあくまで限定的な形態であり、来年からは通常のホルモーが執り行われることを強く望む、という異例のメッセージが添えられたのち、会は解散となった。

閉会後、トイレに立った高村《たかむら》を待っていると、

「安倍《あべ》、帰ろう。どうも雰囲気が悪い」

とやたら深刻な顔をさげて高村が帰ってきた。

「トイレで他の大学の連中が話をしているのを聞いたけど、どうやらみんな相当頭に来ているみたいだ」

そりゃそうだろう、俺はすぐさま合点した。他の大学の人間にすれば、これほど迷惑な話はない。自分たちは誰一人として望んでいないのに、京大青竜会の発議のせいで、無理矢理サークルを二分させられてしまったのだ。

「恨みを買うのもやむを得ん。ここはさっさと退散するに如《し》くはなしだな」

俺は立ち上がると、高村とともにそそくさと二階の座敷を後にした。階段を下りる途中、目の前で高村のマゲが、まるで別の生き物のようにゆさゆさと揺れていた。月代《さかやき》もきれいに剃《そ》り上げ、三条大橋では外国人観光客に「サムライ！」と写真撮影をせがまれるなど、今や街で大人気の高村だ。

玄関脇の下駄箱から靴を取り出していると、廊下の先の暖簾《のれん》から、にゅっとスガ氏が顔をのぞかせた。

「安倍、こっちこっち」

暖簾の間より、しきりに俺を手招きする。仕方がないので、高村には先に帰ってもらい、下駄箱に靴を戻し、スガ氏のもとへ向かった。

暖簾の先は厨房《ちゅうぼう》だった。中央にある大きなステンレス製の調理台の前に、老人が一人ぽつんと座っていた。

「店長、安倍を連れてきました」

スガ氏は「店長」と呼ばれた男性の前に俺を引っ張っていった。白い調理帽に割烹着《かっぽうぎ》姿の老人が、調理台に広げた帳簿から顔を上げた。

「こちらはいつもお世話になっている、『べろべろばあ』の店長。店長は言ってみれば――ホルモーの競技委員長みたいなものかな。かれこれ五十年ほどホルモーに携わっておられる、僕たちの大先輩だよ」

「――厳密には五十一年だな」

店長は黒ぶちのメガネを帳簿の上に置くと、「ああ、いつまで経っても数字は苦手だ」とまぶたの上からぐりぐり指で押した。

「店長は学生時代もホルモーをやっていてね。卒業後は実家の酒屋を継いで、この場所でずっと〝告げ人〟の役をしておられるんだ」、

「〝告げ人〟……ですか？」

聞き慣れない言葉に、俺は思わず問い返した。

「うん、安倍たちが吉田神社に行くといつも連中が待っているだろう。でも、普段、吉田神社に行っても何もいないだろ？　あれは、僕がホルモーに関する日程を、前もって店長に伝えているからなんだ。店長はそれを八坂神社に〝告げ〟に行く。京都には八坂神社を中心に、神社間をつなぐ〝龍穴《りゅうけつ》〟という地下通路が縦横無尽に走っているんだ。連中はそこを通って、告げられた日にちにそれぞれの氏神社に現れる。――そうでしたよね、店長？」

「まあ、そんなところかな」

店長は再びメガネをかけると、帳簿を閉じ、古びた算盤《そろばん》をその上に重ねた。

「一体、八坂神社でどうやって連中に指示を送るんです？　そろそろ教えてくださいよ」

「それは教えられないな。まあ、お前さんたちが知らん言葉を、あと少し知っているってことかな」

店長は口元に笑みを浮かべ、スガ氏の追及をやんわりはぐらかした。

二人の会話を傍らで聞きながら、ははあ、言うなればここはホルモーの元締めが経営していた居酒屋だったのか――と俺は大いに納得していた。ことあるにつけ宴会を開いたり、今日のように何の注文もせず、まるで公民館代わりに使うことができる理由もこれで明らかだった。しかし、一つだけわからないことがある。それはどうして俺がここに呼び出されたのか、ということだ。

「で、何で急に安倍に会いたいとか言い出したんです？　店長がそんなこと言うの初めてでしょう」

俺の疑念が伝わったのか、スガ氏は俺の肩に手を置いて、タイミングよく質問を投げかけた。

「五十年ぶりだからさ」

「え？」

店長は調理帽を手に取ると、残り少ない髪を丁寧に撫《な》でつけ、再び頭に戻した。

「ちょうどわしが二回生のときだったなあ……。身内でつまらないいざこざがあってね。わしが音頭を執って、無理矢理〝第十七条〟を発議したんだ。実にそれ以来なんだよ、〝第十七条〟が発議されるのは。それで、言い出した奴がどんな顔をしているのか、見てみたくなってね」

思わぬ告白に、俺とスガ氏はつい目を見合わせた。

「おかげで座敷はただで使われるわ、これから八坂さんに行く回数も増えるわ、忙しくなって仕方がない。来年でもう七十を迎える年寄りを、少しは労《いたわ》ってくれ」

じろりと睨《にら》み上げる鋭い視線に、スガ氏と俺は慌てて「すいません」と頭を下げた。

「まあ、それはいいんだ。わしだって人のことは言えやしない。——けれど、一つだけ気をつけなくちゃいけないことがある」

店長は急に声を落とした。

「簡単すぎると思わなかったかい？」

「え？」

思わず顔を上げると、店長の視線がじっと俺に注がれていた。

「たった一つのサークル、それも五人ぽっちの賛成があるだけで、他のすべての大学が〝第十七条〟に従わなくちゃいけないなんて、条件が軽すぎると思わなかったかい？」

確かに——それは俺も感じていたことだった。だが、ハードルが低いに越したことはない。だからこそ俺も〝第十七条〟を実現しようと決意したのだ。

「つまり——」七十とは思えない、すべすべとした指先で、店長は帳簿の革表紙をこつこつ弾《はじ》いた。「お前さんは、まんまと誘われてしまったってことさ」

「誘われたって——何にです？」

スガ氏が不安げな声で訊《たず》ねたが、店長は遠くを見つめるような視線で、スガ氏の顔を眺めるばかりで、何も教えてくれなかった。

鴨川べりの道をスガ氏と自転車を並べながら、帰途についた。「べろべろばあ」を出てからずっと、スガ氏は難しい顔で何かを考えている様子だった。

丸太町の交差点でスガ氏は急に、

「安倍は、今まで店長に会ったことある？」

と訊ねてきた。

「いえ、初めてです」

「だよね……」

スガ氏は眉根《まゆね》を寄せて、蓋《ふた》のとれた自転車のベルをじりりと鳴らした。

「それがどうかしたんですか？」

「いや、妙なんだよね。僕は店長の前で、安倍の名前をこれまで一度も口にしたことがないんだ。他大学の会長にも、トラブルの元になりかねないから、誰が〝第十七条〟の発議を言いだしたかは伝えなかった。君たちにも、伏せておくよう言っておいたろ？　なのに今日、店長のほうから急に、安倍を呼んできてくれ、って言ってきたからさ……」

釈然としない表情で首を傾げていたスガ氏だったが、

「まあ、とにかく〝第十七条〟がうまくいってよかったよかった」

無理に笑みを浮かべ、俺の肩をぽんと叩《たた》いた。

厨房での店長の言葉が心に引っかかったままだったが、互いにそのことには触れず、俺はスガ氏に別れを告げ、下宿へ向かった。

＊

俺が店長の言葉の意味を知るまで、さして時間はかからなかった。

三条木屋町居酒屋「べろべろばあ」で〝第十七条〟が成立した翌日、俺は早くもその意味を思い知らされたのだ――それも、骨の髄まで。

祇園祭宵山まであと三日という夜のことだった。

ちょうど一年前、この鴨川の川べりで早良京子に出会った夜と同じように、俺はベンチで寝転がっていた。五日連続の熱帯夜に、俺はたまらず部屋を飛び出した。未《いま》だ部屋にエアコンは設置されず、頼みの扇風機も近頃めっきり効きが悪い。いよいよエアコンを買うべきか、と部屋とほとんど変わらない、川べりの湿った空気に身を横たえながら、俺は考えを巡らせた。

そのとき、妙な音を耳にした。

風に乗って届いたような、遠い余韻を残したその音は、一瞬、人の悲鳴にも聞こえ、俺は反射的に身体を起こした。俺は周囲を見回した。闇に覆われた河原に、人影は見当たらない。

まるで一年前のデ・ジャブだな、と心でつぶやきながら、俺はもう一度あたりを確認した。もちろん、隣のベンチでしくしく泣いている女性がいるはずもない。

ふと丸太町橋に目を移したとき、俺の視線がはたと止まった。

車の通りも途絶え、街灯に煌々《こうこう》と照らされた丸太町橋の真ん中に、奇妙なものが揺れていた。

ベンチから立ち上がり、目を凝らしながら、丸太町橋に向かって歩き始めた。人ほどの大きさをした黒い影が、橋の上でゆらゆらと揺れていた。時間の経過とともに、影は明らかに、その濃さを増しつつあった。その証拠に、初めはその背後に見えていた街灯の柱が、今はもう影に遮られ見えなくなってしまっている。

無性に嫌な予感がした。気づいたとき、俺は走り出していた。河原から一気に階段を駆け上った。丸太町橋に上ったところで、俺は呆然《ぼうぜん》と立ちすくんだ。

黒い炎が、燃えていた。

歩道の真ん中で、一メートル五十センチほどの高さの黒い炎がゆらゆら揺れていた。

欄干をにぎりしめ、おそるおそる足を踏み出したとき、再びすさまじい悲鳴が轟《とどろ》いた。

その悲鳴は間違いなく黒い炎から発せられていた。それは、人の悲鳴ではなかった。人よりも、もっと野太く、息づかいも荒い、「けだもの」の叫び声だった。悲鳴に呼応するかのように、黒い炎はますます激しく波打ち、叫び声はさらにけたたましく、狂気を帯びたものになっていった。

「きゃきゃきゃ……」

そのとき俺は、悲鳴に紛れさざ波のように響く、聞き覚えのある声に気がついた。

その瞬間、俺は目にしているものの正体を理解した。

それは炎ではなかった。

それは——オニだった。全身が黒に染まったオニたちが「何か」の周りを、一分の隙もなく取り囲んでいた。炎のように見えるのは、オニから逃れようと、「何か」が必死で暴れている姿なのだ。

「きゃきゃきゃきゃきゃ」

連中の声は、今や川の瀬音のようにはっきり俺の耳に届いた。

そのとき、ひと際甲高い、思わず耳を塞《ふさ》ぎたくなるような悲鳴が丸太町橋を覆った。同時に何かが一斉に引きちぎられる音、しぶきが撒《ま》き散らされる音、さらに「ごきっ」と何かが折れる鈍い音が伝わったあと——かき消えるように悲鳴がやんだ。

「きゃあきゃあきゃあ」

囃《はや》したてるようなオニたちの声に包まれ、黒の炎がゆっくりと、崩れ落ちるように歩道に広がっていった。

俺は震える足取りで歩を進めた。

黒い影は吸いこまれるように、歩道のアスファルトに消えていった。その場にたどり着いたとき、最後に残ったオニたちが地面に消えようとしていた。それは今まで俺が見てきた、どのオニとも異なっていた。大きさや形は同じだが、見たこともない深い紫色に染められた襤褸《ぼろ》を纏《まと》っていた。何よりも異なるのはその肌の色だった。手も足も顔も、まるで夜を塗りたくったように漆黒に彩られ、見るからに邪悪な雰囲気を醸し出していた。

最後の一匹が、じっと俺を見上げていた。まるで俺を挑発するかのように、〝絞り〟をふるふると震わせると、すうと夜に覆われた地面に消えていった。あとには何の変哲もないアスファルトが残されていた。

欄干にもたれかかり、顔を拭《ぬぐ》った。手のひらにべっとりと不快な汗がこびりついた。生暖かい風が、頬を不器用に撫《な》でていった。いつまで経っても動けない俺の前を、タクシーがのんびりと通り過ぎていった。

翌日、俺は一人で三条木屋町居酒屋「べろべろばあ」に向かった。

「準備中」の板がかかっていたが、入口の格子戸を引いて中に入った。玄関でいきなりビールケースを抱えた店員と顔を合わせたが、何の反応も示さず店員は二階に上がっていった。

靴を下駄箱に入れ、厨房《ちゅうぼう》に向かった。

暖簾《のれん》をくぐると、昨日と同じ風景が飛びこんできた。がらんとした厨房の中央で、店長が一人、帳簿に向かっていた。

「あの……すいません」

俺が声を上げると、店長は面を上げた。目を細め、俺が誰であるかを確認すると、

「もう、来たかい――いいとも、入りなさい」

と静かな声で手招きした。店長は帳簿を閉じると、立ち上がり、厨房の隅から丸イスを一つ持ってきた。

「まあ、座りなさい」

俺は礼を言って、店長の正面に腰を下ろした。

「あれを——見たのかね？」

調理台から麦茶のグラスを手に取り、店長は訊《たず》ねた。

「はい……」

すでに店長は俺がやってきた理由を了解している様子だった。俺は昨夜、丸太町橋で見たものを伝えた。その間、店長は両手に挟んだ麦茶のグラスをじっと見つめていた。

「わしのときと同じだな……」

ため息とともに、店長は麦茶をひと口含んだ。

「何なんですか……あれは」

「解放されたのさ」

「解放？」

「もちろん、本当のことは、誰にもわからない……他のホルモーのことと同じくな。だが、これはわしの考えだが——たぶん、〝第十七条〟というのは栓みたいなものなんだ」

「栓……ですか？」

「そう、〝第十七条〟が成立したとき、連中は解き放たれる。もっとも、連中のほうから現れたのか、それとも単にお前さんが見えるようになっただけなのかはわからんがね。まあ、どちらにしろ結果は同じことさ。お前さんは栓を抜いてしまったってことだ」

「これから、何が起きるんです……？」

「別に。何も起こらんよ」

さらりと言い放ち、店長は軽く首を振った。

「所詮《しょせん》、連中は我々の世界のものじゃない。お前さんはただ、何ものかが連中に襲われる悲鳴を、毎晩、聞き続ける——それだけだ」

俺は呆然としながら、店長の言葉を聞いた。とんでもないことをしてしまった——頭のなかをぐんぐんと痺《しび》れが広がっていった。

「店長は……もうあれを見ることはないのですか？」

「ありがたいことにね。だが、五十年経っても、未だに夢に出てくる。嫌な夢だよ」

「教えてください。俺は何をしたらいいのでしょう」

「簡単さ」

目尻《めじり》に皺《しわ》を寄せ、少しだけ店長は笑みを浮かべた。

「十七条ホルモーに勝てばいい。優勝をすれば、連中は再び封印される」

「もし、勝てなかったら……？」

「わからない——。わしは自分の知っている経験しか話せない」

俺の目をまっすぐに見据え、店長は人差し指を一本立てた。

「これだけは、肝に銘じておくことだ。ホルモーを決して甘く見てはいけない。我々は、とんでもなくおそろしい連中と付き合っているんだよ。触らぬ神に祟《たた》りなし——さ」

割烹着《かっぽうぎ》姿の男性が、食材の袋を抱え厨房に入ってきたところで、店長は「今日はここまで」と立ち上がった。

「そうだ――あと一つ、お前さんに言っておかなくちゃいけないことがある」

突然の訪問の非礼を謝り、去ろうとした俺を店長が呼び止めた。

「あれが見えるのは、お前さんだけじゃない。〝第十七条〟の発議に賛同したほかの人間も同じ目に遭う。ひょっとしたら、もう見てしまっているかもしれない。早く、仲間たちのところに行ってやりなさい」

店長は食材の袋から丸々とした賀茂茄子《なす》を取り出すと、言葉も出ない俺に向かって、「持っていきなさい」と一つ放って寄越した。

＊

京大青竜会ブルースが誕生したときと同じ風景が、目の前に広がっていた。場所は吉田泉殿町の喫茶店「ZACO」。入口脇の円形テーブルには、俺に高村、三好《みよし》兄弟、楠木《くすのき》ふみの顔が並んでいた。

「申し訳ない。このとおりだ」

二時間前、「べろべろばあ」の店長より聞かされたことを、俺は包み隠さず打ち明け、テーブルに額をこすりつけた。

「これからみんなも……さっき俺が言ったものを見るかもしれない――」

あまりにショッキングな内容ゆえか、先ほどからひと言も口をきかないメンバーに、頭を下げたまま、歯切れ悪く告げた。

「もう、見たよ」

高村がぽつりと言った。

えっ、と俺が顔を上げたところに、

「僕たちも見たよ。昨日の夜、農学部で」

と三好兄弟が続き、楠木ふみまでもが「哲学の道で見た」と小さな声でつぶやいた。

言葉もなかった。「すまない」と俺は再び額をこすりつけた。

「もう謝らなくていい。安倍だって知っててやったわけじゃないんだ。それに新しく始まるホルモーに勝ちさえすればいいんだろ。なら、勝てばいい」

俺は思わず面を上げた。強い眼差《まなざ》しで俺を見つめる高村と正面で目が合った。その凛々《りり》しいチョンマゲ顔が、ほんの一瞬、織田信長《おだのぶなが》のように見えたことを、俺は正直に打ち明けよう。

「別に僕たちに危険はないんだろ?」

「なら、騒音だと思って、我慢したらいい」

三好兄弟も笑みすら浮かべ、高村とうなずき合う。楠木ふみも硬い表情ながら、うなずいて見せる。

「ありがとう、みんな」

誰もが本当はショックを受けているはずだった。現に高村も「見た瞬間に、怖くなって全速力で逃げた」と言っていた。なのに、俺のあまりの気落ちぶりを見てか、やさしい言葉を投げかけてくれる。俺のひたすらエゴイスティックな理由に付き合わされた結果にもかかわらずだ。何という寛容さ。もしも俺が逆の立場なら、絶対に訴えるとか言い出しているだろうに――。改めてテーブルを囲む四人への懺悔《ざんげ》の気持ちと、感謝の気持ちに奮えながら、俺は三たび、テーブルに額をこすりつけた。

数日後、スガ氏より「鴨川十七条ホルモー」のトーナメント組合わせが決定したという知らせが届いた。くじの結果、初戦の相手は京産大玄武組那智黒《なちぐろ》（「那智黒」とは、我々の「ブルース」と同じセカンド・ネームのようなものだ）、ホルモー開催日は夏休み明け、九月の第二土曜日と決まった。

加えてスガ氏は、オニの総数はこれまでどおり千匹対千匹の形式を維持する、と伝えてきた。一組の使役者が十人から五人に半減する代わりに、一人が率いるオニの数を二百匹に倍増させるという（実際の調整は、〝告げ人〟である「べろべろばあ」店長の仕事になるらしいが）。

その決定を聞いて、俺が真っ先に思い浮かべたのは芦屋の名前だった。ただでさえ手のつけられない強さを誇る芦屋のオニが、一気に倍に増えるのだ。もはや敵なし、天下無双の強勢を誇ること間違いなしだろう。だが、まだしも幸いなことは、京大青竜会ブルースと芦屋との対戦は、我々が勝ち進んだ場合、トーナメントの組合せ上、最後の一位二位決定戦でしか実現しないということだった。俺は心の底から、芦屋が食中毒にでもかかって、トーナメントの途中で敗退することを望まずにはいられなかった。

「黒い連中」は相変わらず、夜な夜な京都の大路小路に出現した。百万遍の交差点に、河原町通に、京阪三条駅の入口の屋根に、ぞわぞわと蠢《うごめ》く黒い影を認めると、俺は脇目も振らず自転車を駆って逃げだした。部屋の外に出ずとも、連中に襲われる「何か」の悲痛な叫び声が、蒸した空気に乗って京都の空にこだました。眠るときの耳栓着用はもはや必須《ひっす》だった。どれほど暑くても、部屋の窓は開けなかった。闇に紛れて、連中が部屋に入ってくるような気がしたからだ。

「べろべろばあ」の店長は、〝第十七条〟により連中が新たに現れたのか、それとも、我々の目が連中を認めるようになったのかはわからない——と言っていたが、俺は後者の可能性が限りなく高いと踏んでいた。おそらく、この得体の知れない殺戮《さつりく》は、千年以上にわたって、この街で毎夜繰り返されてきた、お馴染《なじ》みの風景なのだ。ひょっとしたら、平安の昔、陰陽師《おんみようじ》などと呼ばれた人々は、不幸にも連中の姿が見えるようになってしまった、気の毒な人間たちのことだったのかもしれない。

高村によると、芦屋や早良京子ら、ほかの京大青竜会メンバーの身には、何の変化も訪れていないという。スガ氏にもそれとなく訊ねてみたが、連中の存在に気づいた様子はなかった。スガ氏を心配させないためにも（事前の警告を無視した結果なだけに、言いづらかったこともある）、「べろべろばあ」の店長には、「鴨川十七条ホルモー」が終わるまで、連中のことを伏せてもらうようお願いした。店長も「それがいい」と賛同してくれた。

八月十六日の五山《ござん》の送り火を、俺は高村とともに大学の屋上から眺めた。彼岸への送り火が、「大」の字を山肌に朧《おぼろ》に浮かび上がらせていた。湿った空気を伝って、魑魅魍魎《ちみもうりょう》たちの断末魔の叫びは、相変わらず京都の夜空にこだましていた。大文字山を見上げながら、俺と高村はその悲鳴をもはや風の音のように聞いた。

確かに、我々はこの世界の本当の姿を目の当たりにしたのかもしれない。だが、その新たな世界をこれからも見守っていくつもりは、毛頭なかった。魔界との訣別《けつべつ》を目指し、我々は貴重な青春の一コマをひたすらホルモーの訓練に注ぎこんだ。所詮は俺が率いる（正式に俺は代表に就任した）京大青竜会ブルースゆえ、その攻撃も明らかにパンチ力に欠けた。だが、まっとうな生活に戻りたいという渇望は、強い団結の気持ちを生み、ホルモーへの確かな手ごたえを感じつつ、我々は長くも短い夏休みを終えた。

台風十八号の接近により、風雨ともに激しく吹き荒《すさ》ぶ、「鴨川十七条ホルモー」初戦を二日後に控えた夕刻の出来事だった。

強まる雨風を忍び、高村は自転車で岩倉への帰途についていた。しかし、下宿まであとほんの数メートルというところで、愛車がマンホールの上でスリップ、高村は自転車ごとそばの電柱に激突してしまった。アスファルトを無情の雨がうち叩《たた》く、無人の路地裏での出来事だったという。誰も助けにきてくれる気配がないので、健気《けなげ》にも高村、自転車を起こし、自力で近所の整形外科へ向かった。到着までの間、右足は尋常ではない痛みを訴え、レントゲン検査の結果、右足の脛《すね》の骨に亀裂《きれつ》が入っていることが判明した。

以上が事故直後、病院からの高村本人による一報の内容だった。

高村によると、右足はすでにギプスで完全に固定され、松葉杖《づえ》での移動を余儀なくされているという。果たしてあさっての玄武組那智黒とのホルモーに間に合うのか訊《たず》ねたところ、まだ松葉杖の扱いにまったく慣れておらず、百％の力を出すことは難しい、と高村は正直に答えた。

「本当にごめん。どうして僕はいつもこうなんだろう」

電話口の向こうで涙声になっている高村を何とかなだめ、俺はひとまず電話を切った。

神様はどこまで意地悪なのか。まさに〝第十七条〟の呪いだな——俺は、自嘲《じちょう》交じりにつぶやいて、ベッドに倒れこんだ。

窓の外を、今夜もけだものの悲鳴が風に乗って流れていた。

＊

ここに楠木ふみについて少々記す。

これでもかというほど真夏日続きだった夏休み、楠木ふみは実家に一週間ほど帰った後は、ホルモー訓練と並行して、北白川《きたしらかわ》のイタリア料理屋でアルバイトに励んでいたという。

楠木ふみが愛想よくウエイトレスをしている姿はなかなか想像し難く、果たして彼女がフロア担当なのか、それとも厨房《ちゅうぼう》担当なのか、それとなく訊ねてみたが、何が癇《かん》に障ったのか、凡ちゃんメガネの向こうからじろりと睨《にら》んだきり、答えてくれなかった。

だが、夏休みの間、京大青竜会ブルースの面々と学生食堂等で食事の席を囲むうち、楠木ふみはこれまで決して人に見せようとはしなかった素顔を、徐々にではあるが垣間見せるようになった。

例えば、彼女が下宿にパソコンを二台所有し、数式の解を求めるためだけに、それらを二十四時間起動させ続けていることを知ったとき、メールやネット検索をする以外にパソコンの使い途《みち》を知らない男どもは、その知的な一面に感心した。例えば、京大青竜会ブルース初めてのホルモー訓練の日、彼女が手縫いのお守りを各自に一つずつ配ったとき、正直夢想だにしなかったその女性的な一面に皆、大いに感動した。例えば、夕立に降られた彼女が、食堂でふとメガネを外したとき、意外にかわいらしいその素顔に、男どもは「絶対にコンタクトにしたほうがいい」と思ったが、誰もが怖くて言いだせず、残念がった。かと思えば、今夜、盛大な獅子《しし》座流星群が見られるというニュースに話が盛り上がっているとき、「星が降ってくる」という表現は間違っている。あれは流星群の軌道に地球が突っこんでいるのだ」と身も蓋《ふた》もない表現をして、男どもは夢見る気分を粉々にされ意気消沈した。

こうして俺と楠木ふみは、京大青竜会ブルースのメンバーを交えながらも、次第にまともな会話を交わすようになった。しかし、なぜ三好兄弟を説得までして俺に協力を申し出てくれたのか、ということについては、楠木ふみは依然、何も明かそうとしなかった。俺がそのことを訊《き》こうとするたび、楠木ふみはあからさまに不興げな顔を示し、俺の質問権はいとも簡単に霧消してしまうのだ。

高村から骨折の事実を伝えられた翌日、俺は楠木ふみに電話をした。

高村は電話で、使役者にさほど動きを要求しない救援オニの指揮なら、最低限の仕事はできるかもしれない、と言っていた。俺は楠木ふみに高村との配置転換を打診するつもりだった。もはや高村がホルモーに参加するには、救援オニの指揮を執るしかない。かといって、楠木ふみと合わせて、計四百匹ものオニが補給活動をするのは、全体とのバランスから見ても数が多すぎる。

だが、俺の提案に対し、楠木ふみは激しい難色を示すと予想された。表面上は男女平等、機会均等を標榜《ひょうぼう》するホルモーだが、実際は女性とは性格的にも相容《あいい》れぬ部分が非常に多い。あの全滅したとき発せられる雄叫《おたけ》びなど、その最たるものだろう。最後尾に控える補給部隊と異なり、戦闘部隊として参加した場合、雄叫びのリスクは格段に高まる。あの楠木ふみがそのリスクを素直に受け入れてくれるとは、到底思えなかった。これはタフな交渉になりそうだ――俺は腹を括《くく》って楠木ふみとの電話会談に挑んだ。

ところが、おそるおそる切り出した俺の提案に、楠木ふみはそれこそ拍子抜けするほどの気軽さで、了解の意を示した。

「え、本当にいいの？」

「いいよ。いつも後ろから眺めてばかりで、一度くらい前をやってみたい、と思っていたし」

淡々と語る楠木ふみに、ははあ、それは楠木が実際にオニを戦わせたことがないからだよ——と、先達としてたしなめたい気持ちがむくむくと湧き上がったが、ここで余計なことを言ってはいけない。「それじゃあ、明日よろしく」と笑顔で返し、楠木ふみの気が変わらないうちにと、そそくさと電話を切った。

＊

午後二時四十分、我々は吉田神社を出発した。

下鴨神社の鳥居の前で自転車を停め、荷台に座っていた高村を降ろした。近頃ようやく見極めがつくようになった三好・兄が、松葉杖をチョンマゲ男に手渡す。

くじの結果、場所設定権を与えられた京産大玄武組那智黒が指定した場所は、下鴨神社糺《ただす》の森《もり》だった。糺の森とは下鴨神社内にある、草木豊かな、清浄の息吹漂う御神域のことだ。

鳥居をくぐり、さらさらと流れる瀬見《せみ》の小川を渡ると、河合《かわい》神社が見えた。『方丈記《ほうじょうき》』で有名な鴨長明《かものちょうめい》は、この神社の神官の家に生まれた。その河合神社の北面の開けた場所に、すでに京産大玄武組那智黒の面々が顔を揃えていた。本日の裁定人である龍大フェニックス第四百九十九代会長立花美伽《たちばなみか》さんが、我々に立ち位置を示した。松葉杖姿の高村を見て、立花さんは一瞬驚いた顔を見せたが、すぐさま表情を戻し、

「これより京大青竜会ブルースと京産大玄武組那智黒とのホルモーを始めます」

と、きびきびとした声で宣言した。

俺は向かい合う玄武組那智黒のメンバーをそっと観察した。いずれの表情からもすさまじい気迫を感じ取ることができた。四年連続の栄冠を賭け、玄武組那智黒のメンバーの瞳《ひとみ》は、激しい闘志に燃えていた。だが、この一戦を譲ることができないのは我々も同じだった。我々には「世界」が懸かっていた。我々は何としても、〝第十七条〟の呪いを解かなくてはならなかった。

諸注意を終えた立花さんが一歩足を前に進めると、改めてぴんと張り詰めた空気が場を包んだ。すでに「装備」の号令を受けたオニたちの、熊手や棍棒《こんぼう》が触れる音が静かに響き合う。

「フェアプレー精神を心がけて。悔いのない戦いを」

立花さんの手の動きに従って、我々は互いに一礼し、三丈の距離を取った。

「始めッ」

午後三時ちょうど、清涼の森を走った立花さんの声を合図に、「鴨川十七条ホルモー」初戦〝糺の森ホルモー〟の戦端は切って落とされた。

開始早々から、我々はひどい劣勢に陥った。

一斉に打ちかかってきた玄武組那智黒を、俺と三好兄弟が前線で凌《しの》いだ。これまで救援オニ以外、指揮を執ったことがない楠木ふみには、後方で高村の補給部隊の護衛を任せた。楠木ふみが積極的に戦闘に加わらないということは、俺と三好兄弟が常に多勢を相手にすることを意味していた。開始十五分、我々は早くも、スタートの場所より二十メートル近く押しこまれ、相手の勢いはいよいよ増すばかりだった。

一方で、我々の損害は思いのほか少なかった。楠木ふみが高村の隣につき、的確な補給の指示を与えていたからだ。俺と三好兄弟は陣形をこまめに変化させ、少しでも相手の圧力を正面に受けないように努めた。だが、押し包むように襲いかかる相手を前に、一方的な守勢は続き、開始二十五分、ついに俺と三好・兄との間にわずかな綻《ほころ》びが生じた。

一瞬の隙を、相手は見逃さなかった。玄武組カラーの黒の襤褸《ぼろ》をはためかせ、オニたちはここぞとばかりに攻め寄せてきた。俺と三好・兄との間は見る間に分断され、俺は三好・弟とともに、反撃を加える間もなく、ぐいぐい右翼へと押しやられた。

前線の突破に成功した〝黒〟オニの前には、孤立無援の楠木ふみと高村のオニが控えているだけだった。獲物を前にした大蛇の獰猛《どうもう》さで、玄武組那智黒は、その攻撃の矛先を躊《ちゅう》躇《ちょ》なく楠木ふみに向けた。

俺と三好兄弟に目の前の相手を撥《は》ねつけ、楠木ふみの援護に向かう余力はなかった。楠木ふみを雄叫びの危険にさらさないためにも、これは彼女のオニが囲まれた時点で終わりだな——俺はそのことを隣にいた三好・弟に告げた。暗い顔で三好・弟はうなずいた。情けなかった。優勝を目指すつもりが、たかが初戦であっさりと敗退するのだ。俺は思わずその場にしゃがみこんだ。正面の高村と目が合った。チョンマゲにギプスに松葉杖《づえ》という、「蒲田行進曲」のような取り合わせで、高村は蒼白《そうはく》な表情を俺に向けていた。

そのとき、驚くべきことが起こった。

勢いに乗って殺到する玄武組那智黒のオニが、楠木ふみのオニを取り囲もうとしたとき——それまで無言で立ち尽くしていた楠木ふみの口から、短い鬼語が発せられた。

次の瞬間、思いもよらぬ俊敏さで、楠木ふみのオニは一本の槍《やり》のような陣形に配置を変えた。間髪入れず楠木ふみから発せられた鬼語に、〝青〟オニたちは「きゅきゅきゅ」と盛大な喚声を上げ、一斉に突進を開始した。

それは絶妙のタイミングだった。楠木ふみのオニを一気呵成《かせい》に押し包もうと、左右に延びた玄武組那智黒の一瞬薄くなった中央部を、楠木ふみは電光石火の勢いで貫いた。目の覚めるような鮮かさで玄武組那智黒の前線を突破した楠木ふみは、すぐさま部隊をUターンさせ、突破された中央部を修復しようと薄くなった相手の左翼に、再び錐《きり》の一撃を見舞った。

いつの間にそんな技術を身に着けていたのか、とつい見惚《みほ》れてしまうほど、それは完璧《かんぺき》な転回攻撃だった。バランスを完全に崩した玄武組那智黒の部隊を、楠木ふみは黒雲を躍動する青竜の勢いで蹂躙《じゅうりん》した。楠木ふみを倍近い数で攻めていた〝黒〟オニたちは、今や完全な混乱状態。使役者の命令に耳を貸さず「わきゃきゃ」と右往左往する〝黒〟オニたちがあちこちで続出した。

ところが、この機に乗じて一気に攻撃を仕掛けるかと思いきや、楠木ふみは急に部隊を下げてしまった。驚嘆から一転、訝《いぶか》しがる京大青竜会ブルースの男どもに、一人ずつ指差し、楠木ふみは鋭い声で告げた。

「安倍、面前の相手を引きつけながら、背後を狙って回りこめ」

「三好の弟は右翼からいったん離れて」

「兄は左翼から、こちらにしぼってきて」

「高村は左へ展開して、レーズンを兄に補給」

京大青竜会ブルースの男どもは、一瞬、電撃を食らったかのようにその場に立ち尽くした。しかし何が起きたのかを理解した途端、誰もが弾《はじ》かれるように彼女の指示に従って動き始めていた。

そう。楠木ふみは突如として、京大青竜会ブルースの指揮を執り始めていたのだ。

ホルモー開始三十五分後の出来事だった。

＊

まさに名人芸だった。

ピエロがジャグリングをする姿を見て、自分もできそうだなと思う。しかし、いざ蜜柑《みかん》を三つ手にしてみても、一つ目を上げるタイミングすらわからない。サッカー選手がフェイントをする姿を見て、自分もできそうだなと思う。しかし、いざボールを前にしても、身体の動かし方そのものがわからない。難しいことを、どれだけ簡単に見せるかにこそ、名人芸の極意はある。

〝紅の森ホルモー〟で、楠木ふみは実に簡潔な指示を重ねることで、形勢の逆転に成功した。もちろん俺は、その経過を逐一理解していたつもりだ。だが、同じ状況を前に、楠木ふみと同じことをやってみろと言われても、俺は何もできないだろう。なぜなら、俺には楠木ふみが発した諸々の指示の、発想の源が理解できないからだ。

それほど、楠木ふみの指揮は散漫で、一見、それぞれ別の方向を示しているように思えた。しかし、それらの指示はおそろしいほど正確な軌跡を描いて、一点に収斂《しゅうれん》されていった。楠木ふみだけが一人、その完成図を理解していたのだ。

おそらく玄武組那智黒の面々も、どうしてそんな事態に自らを追いこんでしまったのか、最後まで理解できなかったのではないか。楠木ふみの指示に従って移動する我々を、激しく追い詰めていたはずが、気がついたときには、補給部隊を除くすべての部隊が中央に集結してしまっていた。

楠木ふみの指示を待つまでもなかった。目の前の柿の実をもぎ取る容易《たやす》さで、我々は玄武組那智黒を一気に包囲した。

その後、繰り広げられた包囲殲滅《せんめつ》戦は、有史に残る完全な殲滅戦、木曾義仲《きそよしなか》による倶利伽羅峠《くりからとうげ》の戦い、ヴェトナム解放軍によるディエン・ビエン・フーの戦いに匹敵するものだったという。いったん包囲されたオニが、極端にその力を失うことを、我々は高村にまつわる苦い経験から学んだ。それがどんな規模であっても、同じ結果をもたらすことを、我々はこの殲滅戦を通じ改めて思い知った。

熊手が、棍棒が激しく宙を舞い、〝黒〟オニたちの〝絞り〟は見る間に内側にめりこんでいった。一方的にぽかぽかと叩《たた》かれ、なす術《すべ》なく地面にうつ伏したオニたちは、「ぴゅろお」をそこかしこに残し、霞《かすみ》と消えた。包囲の輪はいよいよ縮まり、開始六十一分、ついに玄武組那智黒の一人から、

「ホルモオオオォォォーッ」

という断末魔の叫びが上がった。さらに二度目の、

「ホルモオオオォォォーッ」

がときを隔てずして続き、さらに三度目の雄叫《おたけ》びが紏の森に響きわたったとき、立花さんの「勝負あり、それまでッ」という鋭い声が響いた。

すなわち、京産大玄武組那智黒が降参を宣言した瞬間だった。

二週間後に話は飛ぶ。

ともに一回戦を勝ち抜いた同士、京大青竜会ブルースと龍大フェニックス歎異抄《たんにしょう》との

「鴨川十七条ホルモー」第二戦は、一千一体の千手観音で有名な蓮華《れんげ》王院《おういん》三十三間堂《さんじゅうさんげんどう》前で行われた。この〝三十三間堂ホルモー〟において、京大青竜会ブルースは、さらに冴《さ》えを増した楠木ふみの指揮のもと、絵に描いたような各個撃破を成し遂げ、開始四十六分にて龍大フェニックス歎異抄を降参させた。

翌日、裁定人の数の関係から、一日遅れで開催された、残り四つのホルモーの結果が知らされた。

「いやあ、まったく誇らしい気持ちでいっぱいだよ」

スガ氏は上機嫌な声で、二週間後の「鴨川十七条ホルモー」一位二位決定戦において、我々京大青竜会ブルースと芦屋率いる京大青竜会神撰組《しんせんぐみ》との対戦が決まったことを伝えた。

「いいホルモーを期待しているよ」

実に呑気《のんき》な言葉を残し、ハナウタ交じりにスガ氏は電話を切った。

*

俺の心は虚《うつ》ろだった。

虚ろのあまり、いわし雲の一片となって、秋の空高く飛んでいきそうだった。

だが、どれほど俺が虚ろな気持ちに沈もうと、周囲はそれに反比例して「鴨川十七条ホルモー」最終決戦を前に、ますます陽気に、騒がしくなりつつあった。

京産大玄武組那智黒と龍大フェニックス歎異抄との二戦を経て、楠木ふみの名は一気に京都じゅうに広まった。今や楠木ふみは、その軍略の妙を評価され〝吉田の諸葛孔明《しょかつこうめい》〟などと呼ばれているらしい。巷《ちまた》では今度の一位二位決定戦は〝吉田の呂布〟と〝吉田の諸葛孔明〟の対決、すなわち武略と知略の戦い、などと喧伝《けんでん》され、他大学の非常な関心を集めているという。

勝利の味とはおそろしい。三好兄弟はもちろん、高村でさえ、「芦屋の鼻をへし折る好機だ」などと言いだす始末だ。だが、俺にはどう考えても、自分たちが芦屋より勝っているとは思えない。一回戦は立命館白虎隊式部舞《しきぶまい》に二十八分、二回戦にいたっては京産大玄武組多聞天《たもんてん》にわずか十六分で勝負を決めてしまった、その人間離れした攻撃力を想像しただけで俺は憂鬱《ゆううつ》になる。

さらに俺の心を滅入《めい》らせることがある。

言うまでもない。

早良京子の存在である。

三条木屋町居酒屋「べろべろばあ」での〝第十七条〟発議集会の日より、すでにふた月半、俺は早良京子と顔を合わせていない。おかげで、心の炎もようよう鎮まってきた。このまま平穏にときが経てば、きっと彼女のことをふっきれる日も訪れるはずだ。そうすれば来年、京大青竜会の一員として、心穏やかに新歓活動等に協力することだってできるかもしれない。

なのにお天道さまは、このまま平静に心のリハビリに専念することを許してはくれなかった。それどころか、最低最悪のシチュエーションで、早良京子と再会するよう求めてきた。早良京子と芦屋が仲睦《むつ》まじくホルモーに励む様を、対戦相手としてひしひしと感じ取ってこい、と命じてきたのだ。芦屋・早良京子と訣別《けつべつ》すべく、〝第十七条〟を実現させ、頼みもしない負のおまけをわんさかいただいた結果がこれだ。何という間抜け。あまりの馬鹿馬鹿しさに、俺は言葉も出ない。

重いため息をついて、俺は左右を見回した。学生食堂のテーブルを挟み、京大青竜会ブルースの面々が食後のおしゃべりに興じている。正面では、高村が三好・兄に、まだギプスも取れていないのに、来年は自動二輪の免許を取りたい、などと話している。隣では、楠木ふみが三好・弟に向かって、この宇宙はひも理論によると十次元、M理論によると十一次元で構成されている、などと話している。

次の一戦で我々の運命が決まる、人生を左右する戦いが行われるというのに、何なのか、この緊張感のなさは。「あれこれ考えても仕方ない。僕たちは勝つしかないのだから」と高村は言う。確かに、そのとおりなのだろう。積極思考を完全に身に着けてしまった高村を見ていると、俺も一つチョンマゲにしてみようかな、と思うことがある。しかし、高村の背後で、今も指を差し笑っている女子学生の姿を見ると、その代償がとてつもなく高いことを俺は知る。

食事を終え、ほかのメンバーと別れを告げた後、俺はバス停に向かう高村を呼び止めた。

俺は手を合わせ、これから予定されている、芦屋との会合に代わりに行ってくれないか、と頼みこんだ。一週間後に迫ったホルモー最終戦の開催場所について、同じ京大青竜会同士、ここは一つ面と向かって話し合うのがいい、とスガ氏が強引に今夜の会合を設定してしまったのだ。

もちろん、少しでも俺と芦屋とのわだかまりを解そうとする、スガ氏の意図はわかる。だが、どうしても俺は、芦屋と二人きりで会う気にはなれなかった。あの日の芦屋の強襲を思い出すたび、俺は今でもむらむらと怒りが湧く。もちろん、芦屋から謝罪の言葉はない。待っていたって永遠にあるまい。

俺の表情を見て、何か感ずるところがあったのだろう。渋々ながら、高村は代理の要請を引き受けてくれた。百万遍の喫茶店「おらんじゅ」に午後七時半と伝え、俺は高村と別れた。

午後九時過ぎ、結果はメールで教えてくれたらいい、と言っていたにもかかわらず、わざわざ高村が俺の下宿にやってきた。

「どうして、今まで内緒にしていたんだ？」

玄関に足を踏み入れるや否や、開口一番、高村はずいぶんとげとげしい調子で質問を繰り出してきた。

「な、何のことだ？」

「とぼけるな。早良さんと芦屋とのことだよ」

明らかにうろたえる俺をじろりと一瞥《いちべつ》し、高村は松葉杖《づえ》を玄関脇に置くと、片足で飛び跳ねて、どしんとベッドに腰を下ろした。遅れて座布団に腰を下ろした俺を、高村は大岡《おおおか》越前《えちぜん》が如き鋭い眼差《まなざ》しで、しばらく観察していたが、

「この部屋で、芦屋に殴られただろ」

とおそるべき指摘を放ってきた。

「だ、誰からそのことを……」

「早良さんだよ。さっき『おらんじゅ』で早良さんから聞いたんだ」

「え？」

思わぬ名前の登場に、俺はつい大きな声を上げてしまった。

「芦屋も来なかったんだ。安倍と二人して、同じことを考えていたのさ。『おらんじゅ』には芦屋の代わりに、早良さんが来た」

高村の言葉に俺は激しく混乱した。

芦屋が俺を嫌って代理を送ったことは、もちろん理解できる。だがなぜ、それが早良京子なのか。まさか芦屋は、一連の出来事を忘れたわけじゃあるまい。いや、それよりも、早良京子は俺と二人きりで会うことに抵抗はなかったのか——。

泉のように湧き出る俺の疑念を見透かしたかのように、高村は大きくうなずいた。

「そう。早良さんは、芦屋の反対を押し切って、自分から行きたい、と申し出たんだ」

「自分から……？」

「早良さんは安倍にこの前のことを謝りたい、とずっと思っていたんだ。だから、安倍が来ないと知って、とても残念がってた」

謝りたい――？　俺は、高村が何か別の話をしているのだろうか、と一瞬勘繰った。なぜ早良京子が俺に謝るのか。謝るべきは、どう考えても俺だろう。

「話は早良さんから全部聞いた。確かにひどい話だよ。彼女が安倍に謝るのは当然だ。いや、遅すぎたくらいだ」

「ちょっと待て。まるで話がわからない。どうして早良さんが俺に謝らなくちゃいけないんだ？　俺には心当たりが何もない」

「彼女は安倍を利用したんだよ。早良さんは芦屋を嫉妬《しっと》させるために、わざとあの日、ここに来たんだ。芦屋が安倍のことを嫌っていることまで、ちゃんと計算して」

俺には高村の言っていることが、うまく理解できなかった。高村は俺の表情をじっとうかがっていたが、急に脇のベッドを指差した。

「ところで一つ訊《き》きたいんだけど、ちょうど三カ月前、このへんで早良さんが眠っていたんじゃない？」

「そ、そうだったかもしれない……」

俺は高村の視線から顔をそらし、うなずいた。すべてを知っているらしい高村に、あくまで曖昧《あいまい》に答えようとする自分が滑稽《こっけい》だった。

「正直に答えてほしい。あのとき、安倍は早良さんを襲おうとした？」

「まさか！　そんなこと俺がするはずないだろう。俺は、ただ……」

思わず声を荒らげながら、俺はあのときの情景をまざまざと思い出した。あんな行為に及ぼうとしたことを、俺はあれからどれだけ後悔したことだろう。

「ただ——？」

「少しだけ鼻を触ろうとした……。早良さんへの想いを断ち切るために、さよならを言おうとしたんだ。だが、おそろしく悪いタイミングで彼女が目を覚まして、そのまま走り去ってしまった……」

「やっぱり——」

高村は天井を仰ぎ、大きなため息をついた。

「そんなことだろうと思ったよ。早良さんも、本当に襲われるとは思わなかったけど、何だか得体の知れない雰囲気にびっくりして、部屋を飛び出してしまったそうだよ」

俺は改めて、あのときの早良京子の怯《おび》えた表情を思い返し、胸をえぐられるような痛みを感じた。

「謝るのは俺のほうだ。彼女は悪くない——」

喉《のど》を塞《ふさ》ぐ重い蓋《ふた》を押し退け、俺は言葉を絞りだした。

「違うんだ」

暗い表情で、高村は首を振った。

「何が違う」

「芦屋だよ。すべては芦屋なんだ。言っただろ。芦屋のことになると、彼女何をするかわからないって。ああ、僕ももっと早くに気づくべきだった。でも、まさか安倍に、その矛先が向くなんて……」

「何が言いたい、さっさと話せ」

「わかった――」

いったんは躊躇《ちゅうちょ》する様子だったが、俺の強い視線に押されるように、高村はうなずいた。視線を伏せたまま、高村は低い声で語り始めた。

「芦屋の前の彼女が、京都の大学にやって来たせいで、早良さんがとても神経質になっているることは以前話したよね。早良さんは、芦屋が今もこっそり前の彼女と連絡を取っているんじゃないか、とずっと疑っていた。早良さんの疑念に、芦屋は絶対にそんなことはない、と強く否定していた。ところが、早良さんは、新京極で芦屋が前の彼女と並んで歩いているところに、ばったり出くわしてしまったんだ。もちろん、早良さんには内緒の行動さ。早良さんはすでに、前の彼女に一度会ってるからね。出会った瞬間に、芦屋の隣にいる人物が誰かわかった。早良さんは、弁解しようとする芦屋の手を振り払って、泣きながらその場を立ち去ったそうだよ。そして……その足で、安倍の下宿を訪れた」

俺の頭は徐々に前方に向かって垂れ始め、いつの間にか、靴下の親指に空いた穴をじっと見つめていた。

「それは、完全に芦屋へのあてつけだった。早良さんには、安倍の部屋にいた、という既成事実が必要だったんだ。あの日、修学院《しゅうがくいん》の下宿に戻った早良さんは、芦屋に電話をして、それまで安倍のところにいたことを話した。そのとき、帰り際の出来事を少し誇張して話してしまったんだ。もちろん、芦屋の気を引くためにね。けれど、それを聞いた芦屋は自分のことは棚に上げて激昂《げっこう》した。早良さんは、まさか芦屋が安倍のところに行くとは思わなかったそうだよ。しかも、早良さんはつい最近まで、芦屋が安倍を殴ったことを知らなかった。芦屋から直接そのことを聞いて初めて、今回の〝第十七条〟に関する騒動の原因を理解したんだ。自分のせいで、こんなことになるとは思わなかった——って『おらんじゅ』で、早良さんは泣いてた」

俺はすっかり生地が薄くなった靴下のかかとに人差し指で触れ、そろそろこれも寿命かな、とぼんやり考えた。

「これが真相だ。安倍は何も悪くない。去り際のことも、早良さんはもう何とも思っていない」

俺は重い頭を持ち上げた。高村の立派なマゲを見つめながら、それでホルモーの開催場所はどこになったのだろう、とまったく関係ないことを考えた。

長い沈黙の間、高村はギプスの表面を撫《な》でていた。窓の外で、虫の音が話の再開を促すように、ちりりと鳴り響いた。

「それで……二人はそれから、どうなったんだ」

高村は顔を上げると、言い澱《よど》む素振りを見せていたが、

「それは……早良さんの目論《もくろ》みがずばり当たって、芦屋はその後、前の彼女とは完全に縁を切ったそうだよ」

と、歯切れ悪く答えた。

「本当に、罪深きは早良さんだよ。早良さんは安倍の想いを何も知らなかった。こんな残酷な仕打ちはない、と僕は怒りすら覚える。あの場に安倍が行かなくてよかった。もし行っていたら……」

「もう、いい」

俺は手を挙げて、高村の口を閉ざさせた。

「もう、いいんだ」

虫の音が途切れ、しんとした空気が部屋のなかに立ちこもった。

「つまり……俺は、二人の痴話喧嘩《げんか》に巻きこまれただけ、ってことだ」

俺のつぶやきに、高村は悲しそうな表情でうつむいたまま、いつまで経っても返事を寄越さなかった。

＊

ピッチャーマウンドから空を見上げると、分厚い雲がものすごい勢いで流れていた。

今夜から未明にかけて、台風がやってくるらしい。ざわざわと落ち着かない空気のなかに、俺は嵐の前の甘ったるい匂いを感じ取る。俺はこの匂いが嫌いじゃない。

場所は吉田キャンパス内の、吉田グラウンド。高村と早良京子が話し合って決めた、明日のホルモーの開催場所だった。入学以来数え切れないほど前を通ってきた場所だけに、今さら下見の必要などないのかもしれない。野球のベースが寂しげに置かれているほかは、どこまでも土が続く、何の変哲もないただのグラウンドだ。現に、三好兄弟は自動車教習所、高村は病院に行くと言って早々に下見への不参加を伝えてきた。いっそのこと俺も行かないでおこうかと思ったが、楠木ふみが律儀に見ておきたいと言うので、仕方なくついてきた。風がときおり勢いよく吹いて、楠木ふみの髪をさらっていく。楠木ふみはそれをいちいち手で押さえながら、一塁ベースから二塁ベースへと何事かを考えながら移動している。

アンダースローの真似をしてから、あくびをした。ついに京大青竜会神撰組との対決を迎えるというのに、俺の心はひえびえとしていた。芦屋や早良京子と直接対峙《たいじ》することにも、もはや何の執着もなかった。もちろん、別の理由のために、我々は勝たなくてはならない。だが、ともすれば、それすらもどうでもいいことに感じられた。何もかもが虚《むな》しく、物悲しかった。すべては早良京子が仕組んだ芝居に付き合って、俺が無用に打ち上げた、くだらない茶番の成れの果てなのだから——。

振り返ると、ジャケットのポケットに両手を入れ、楠木ふみは二塁ベースから空を見上げていた。どこに太陽があるのか、まったくわからないほど、上空には重い雲が垂れこめていた。そろそろ、雨が来るのかもしれない。

「ねえ、楠木」

俺が手招きすると、楠木ふみは二塁ベースからピッチャーマウンドに向かって歩き始めた。

「明日の相手は芦屋だ」

マウンドに上り、楠木ふみは髪を押さえながら、無言でうなずいた。

「勝てるかな」

「わからない。やってみないと。でも、勝つしかない」

偉いものだな、俺は心の底から感心した。どうして高村にしろ、楠木ふみにしろ、そんなに強い気持ちを持ち続けられるのだろう。きっと三好兄弟も、あっけらかんと同じことを言いそうな気がする。リーダーである俺が未《いま》だ芦屋の攻撃を受け止める自信を、まるで持てずにいるというのに。

「そうだよな、勝つしかないよな。でも、もし負けたらどうなるんだろう。あれが一生続くのかな。そんなの最悪だな。芦屋たちに事情を話したら、あいつらわかってくれないかな。――ああ、駄目だ。オニの連中は何でもお見通しだもの。そんなことしたら、きっと余計ひどい目に遭う」

俺の弱気な発言を、楠木ふみは足元のピッチャープレートを靴の先でつつきながら、完全に黙殺した。俺は無性に自分が情けなくなって、「そうだ、楠木に訊《き》いておきたいことがあったんだ」と無理矢理、話題を変えた。

「これまでも何度か訊いたことだけど……どうしてあのとき楠木は、三好たちを誘ってまでして、俺に協力してくれたんだ？　いや、ね……明日で『鴨川十七条ホルモー』も終わりだし、こうして楠木や三好兄弟や高村と五人でホルモーをすることも、もう二度とないかもしれない。だから、最後にその理由を知っておきたいな——とか思ってね……」

途中で顔を上げた楠木ふみの硬質な空気に圧迫されながらも、俺はあえて訊《たず》ねてみた。程度の差はあれ、反芦屋の旗印のもとに集まった男どもと違って、楠木ふみに芦屋に対する負の感情はとりわけ感じられなかった。それだけに、彼女の行動は余計に奇異に映った。己の内面をほとんど語ろうとしない楠木ふみゆえ、その意図は推して量るしかないのかもしれない。だが、物静かなその表情からは、日頃の些細《ささい》な意図を推し量ることすら困難なのだ。

今も楠木ふみは反応のない顔で、じっと俺を見つめている。もちろん、答えてくれる素振りはこれっぽっちもうかがえない。

「ひょっとして、楠木も芦屋のことが好きだったりして？」

何ちゃってねエへへ——湿った空気に漂う、乾いた雰囲気を紛らわそうと、俺は適当な言葉を重ねた。だが、もちろん楠木ふみは、俺の愚にもつかぬ冗談に、笑い声一つ上げてくれない。ああ、またくだらんことを言ってしまった、俺は失敗を早々に認識し頭を下げた。

そのとき、ふと楠木ふみの口元で視線が止まった。

固く結ばれた楠木ふみの唇の端が、細かく震えていた。

俺は、はっとして顔を上げた。

凡ちゃんメガネの奥を大きく見開いて、楠木ふみは俺を見つめていた。楠木ふみの顔は明らかに硬直していた。俺はこれまで彼女のそんな表情を、一度だって見たことがなかった。俺の背中を突き押すように吹いた強い風が、彼女の髪を乱暴にさらっても、彼女はそれを押さえようともしなかった。

「ご、ごめん——そういうつもりじゃなかったんだ。俺はただ、冗談のつもりで……その……」

突如、楠木ふみの表情が大きく崩れ、レンズの向こうに涙が浮かんだ。楠木ふみはとっさに頭を下げて顔を隠した。俺が声をかけようとするより早く、楠木ふみは俺の肩を強く突き飛ばした。俺はバランスを崩し、足をもつれさせた挙げ句、ピッチャーマウンドから無様に転がり落ちた。楠木ふみは俺には見向きもせず、バックネット脇の出口にずんずんと進んでいった。

地面に尻餅《しりもち》をついたまま、俺は呆然《ぼうぜん》と楠木ふみの後ろ姿を見送った。

雷の音が聞こえた。

空を見上げると、頬に大きな雨粒が当たった。俺はのろのろ立ち上がった。

まもなく雨が降り始めた。風に煽《あお》られた雨が、俺の横面を責めるように叩《たた》いた。薄いシャツが雨に浸されていくのを感じながら、ピッチャーマウンドに立ち尽くした。どうしようもない後悔が泥となって心を廻流《かいりゅう》した。誰にだって、触れてほしくない傷が存在することを、俺自身が痛いくらい知っていたはずなのに——。

楠木ふみも芦屋のことを想っていた——思いもしなかったことだが、確かに芦屋というキーワードを当てはめると、楠木ふみの行動がくっきりとその輪郭を現した。〝第十七条〟の発議で俺を支持した理由も、そもそも楠木ふみが京大青竜会に入ろうとした動機さえも、彼女がこれまで頑《かたく》なに語ろうとしなかったそれらの真意が、こぼれるように明らかになった。つまり、楠木ふみは俺と同じ道筋をたどっていたのだ。

そうであるなら、明日、芦屋との直接の対戦を迎える楠木ふみの胸の内には、いかなる嵐が吹き荒れていたことか。そんなことを何も知らず、俺はずかずかと彼女の心に土足で踏みこんでしまったのだ。

うつむく髪を伝って、雨滴はとめどなく流れ落ちた。俺は顔を両手で覆った。土を打つ雨音を聞きながら、どうしたら楠木ふみに謝ることができるか考えた。もはや、明日のホルモーのことなど、どうでもよかった。いや、楠木ふみの心を知った今、楠木ふみと芦屋を対決させるわけにはいかなかった。それに、彼女が俺と行動をともにすることはもうないだろう。京大青竜会ブルースは完全に楠木ふみを失ったのだ——。

「安倍のアホッ」

そのとき、突然、雨の音を破って叫び声が聞こえた。俺は驚いて顔を上げた。いつの間にか、ずぶ濡《ぬ》れの楠木ふみが目の前に立っていた。

「安倍のアホッ」

再び、楠木ふみは身体じゅうで叫んだ。

濡れたメガネを手に握りしめ、楠木ふみは俺を睨《にら》みつけた。どしゃぶりの雨を受け、彼女の髪は別人のように、圧《お》し潰《つぶ》され、しぶきを上げ、風に舞っていた。雨は彼女の顔を容赦なく洗い、果たして彼女が泣いているのか、俺には判別できなかった。

「すまない……俺が無神経だった。このとおりだ。ごめん――」

「違う」

彼女は唇を噛《か》みながら、激しく首を振った。

「何で、そんなことばかり言うの？　わ、わたしが好きなのはあ、安倍――お前なの！」

楠木ふみは一瞬、身体を大きく震わせ、叫んだ。

頭上で、ひときわ大きく雷が鳴った。楠木ふみの背後で、木々が風に煽られ、ごおっと音を立てた。

楠木ふみは髪をかき上げ、一歩、二歩、三歩と足を進め、俺の前で足を止めた。あまりのことに声も出ない俺の顔を楠木ふみは憎らしげに睨み上げ、メガネを手にしていない右手を大きく振り上げた。

次の瞬間――俺は楠木ふみの渾身《こんしん》の力をこめたビンタを食らっていた。

昔、三条木屋町居酒屋「べろべろばあ」にて、新歓期、俺が数知れず参加した新歓コンパの一つが行われた。

その席には、のちに京大青竜会に所属することになる二人の女と三人の男が参加していた。早良京子、楠木ふみ、芦屋、高村、そして俺だ。

その席で、俺は早良京子に一目惚《ぼ》れした。早良京子は芦屋に一目惚れした。これは、みなさんご存じのとおりだ。だが、ここにもう一人、登場人物が現れる。楠木ふみもまた、同じ時間、同じ空間のなかで、一目惚れをした。

その相手とは——俺だ。

雷雨降りしきる吉田グラウンドで、俺は打たれた頬の痛みも忘れ、呆然と楠木ふみの声を聞いた。

何もかも俺の知らないことばかりだった。

俺にとって、京大青竜会にいる理由が早良京子の存在にあったように、楠木ふみにとっての理由が〝俺〟だったこと。〝物忌み〟中、二度のノックが、例会に欠席した俺を心配した彼女の訪問だったこと。三好兄弟を説得してまで〝第十七条〟の発議に賛成してくれたのは、スガ氏から俺の窮状を聞き、何とか助けようという一念での行動だったこと。

もちろん楠木ふみは、俺の早良京子への想いを知らない。楠木ふみは、ただ純粋に俺を心配し、窮地から救うために無償の協力を申し出たのだ。たったひと言の、自己の行動の説明もなく。

そんなこととは知らず、どうして京大青竜会に入ったのか、どうして〝第十七条〟を支持してくれたのか、どうしてどうして？　と畳みかける俺の言葉は、どれほど彼女の心を傷つけてきたことだろう。視界が霞《かす》むほど、さらに激しく降り始めた雨のなかを走り去る、楠木ふみの小さな背中を見つめ、俺はとことん己の愚かさに打ちひしがれ、いつまでもその場に立ち尽くしたのだった。

銃弾を撃ちこまれたかのように雨で地面が躍る、誰もいないグラウンドで、俺はようやく気がついた。

高村や三好兄弟や楠木ふみが、あれほど強い気持ちを持ってるのはなぜか？

それは——彼らは信じているからだ。彼らは自分の力を信じている。何よりも、彼らは仲間の力を信じている。芦屋より強いか弱いかなどという、つまらない比較はハナからそこに存在しない。

それに比べ、俺はどうだ？　俺は自分の力をこれっぽっちも信じていない。今だって芦屋を怖れている。つまり、俺は自分の仲間を信じていない。俺のためにずっと力を貸してくれていた人のことにも、何も気づいていない。彼女だけじゃない。高村も三好兄弟もそうだ。俺を助けるため、どれだけの力を貸してくれたことか。なのに、俺だけが彼らを信じていない。

恥ずかしかった。

このまま雨に溶けて消えてしまいたかった。

俺はこれまで、ひたすら自分のためだけにホルモーをやってきた。早良京子とのこと然《しか》り。芦屋とのこと然り。個人的な理由のため、ただの人数合わせに仲間を利用し、口だけは感謝の意を示しながら、その実、まるで彼らの力を信用していなかったのだ。

雨は礫《つぶて》となって、憎しみをこめて俺の頰を叩いた。

勝ちたい――奮えるような気持ちで思った。

もちろん、我々にはどうしても勝たなくてはいけない理由がある。だが、そんなものは、もうどうでもよかった。それよりも、もっと大切なもののために戦いたかった。自分のためではなく、高村のために、三好兄弟のために、そして何よりも、楠木ふみのために勝ちたい――と思った。

空に拳を突き出した。轟《とどろ》く雷鳴に、渾身の力で吼《ほ》え上げた。

＊

台風一過、突き抜けるような青が、時計台の上空に広がっていた。

しかし、時計台の針が集合時刻の午後二時二十分を過ぎても、楠木ふみはやってこなかった。

約束の時刻から十分が経過したとき、俺は彼女の不参加を確信した。なぜなら、楠木ふみがこれまで集合時刻に遅れることなど、ただの一度もなかったからだ。

いくら電話をかけても、つながらない。これは男四人で戦うしかない、と俺が腹を括《くく》ったとき、異様にゆっくりとしたスピードで、楠木ふみが自転車に乗って正門に現れた。やけに危なっかしく自転車を操る楠木ふみは、遠目にも何かが違って見えた。違和感の理由はすぐに判明した。楠木ふみはトレードマークの凡ちゃんメガネをかけていなかったのだ。

我々の前で自転車を停めた楠木ふみに、高村がさっそく、あれ？　メガネはどうしたの？　と訊《たず》ねた。すると、楠木ふみは、

「昨日、とても腹が立つことがあって割った」

と低い声で答えた。それを完全に冗談だと捉《とら》え、けらけらと笑う三好兄弟と高村の隣で、俺は一人戦慄《せんりつ》した。

だが、楠木ふみが来てくれたことに、俺はどれほどの安堵《あんど》を感じただろう。「来てくれてありがとう」俺は楠木ふみに頭を下げた。楠木ふみは無言のまま、じっと俺の顔を見つめていたが、ポケットから何かを取り出すと、ずいと俺の目の前に突き出した。

「作ってしまっていたからあげる」

仰《の》け反《ぞ》りながら受け取るに、それは手縫いのお守りだった。この最後の決戦を前に、わざわざ作ってくれたらしい。しかも今回は、藍《あい》色のしっかりとした生地の中心に、金色の糸で五芒星《ごぼうせい》という一筆書きで描いた星形の魔除けの刺繍《ししゅう》まで施されている。

「これって、よく見たら奴らの顔みたいだな」

連中の〝絞り〟を思い浮かべながら、あの顔を戯画化したらこんな感じになるのではな

いか、と俺は五芒星を見つめた。

「違うよ。これは五行相克《ごぎょうそうこく》の相関図に由来するんだ」

隣から高村が、すぐさま賢《さか》しらに知識をひけらかしてきた。俺は大いにむっとするも、俺と高村の応答に少しだけ頬を弛《ゆる》めている楠木ふみの横顔を見て、高村のちゃちゃを不問に付してやった。メガネを外したせいか、今日の楠木ふみは、いつもより感情がうかがいやすい気がした。もっとも、それは怒りでメガネを叩《たた》き割るような、喜怒哀楽の激しい日和のせいだったのかもしれないが。

昨日のことについて何かひと言伝えたかったが、上手な言葉が見つからなかった。メガネの件については、触れることすらできなかった。俺の無様な沈黙の前で、楠木ふみは決して俺とは視線を合わせぬよう、俺の手のお守りを指差し、「せっかく作ったんだから、今日は絶対に勝って」と言った。刹那《せつな》、身体の芯《しん》を雷が走り、俺はお守りをぎゅっと握りしめた。

吉田神社にオニを迎えに行く前に、俺は京大青竜会ブルースの面々を集め、語りかけた。

「これより我々は、京大青竜会神撰組との決戦に向かう。自ら神に撰《えら》ばれし組と称するなど、何たる芦屋の増上慢《ぞうじょうまん》。その夜郎自大《やろうじだい》な自尊心に、ついに鉄槌《てっつい》を下すときがきた。これは京大青竜会ブルース最後の戦いである。皆の者、力の限りに戦え。敵を怖れるな。勝利は必ず我が手にある」

男どもは、その顔に静かな闘志を湛《たた》えうなずいた。

「そして――勝利を得たあかつきには、我々のような腑甲斐《ふがい》ない男たちに二個もお守りを授けてくれたうえ、ここまで導いてくれた楠木に、その勝利を捧《ささ》げよう」

男どもは口々に「おう」と声を上げ、誰からともなく円陣の中央に手を差し出した。どの手にも、五芒星が光るお守りがぶらさがっていた。俺は楠木ふみに目でうなずいてから、円陣の中央に手を合わせた。楠木ふみは俺の顔を無言で見上げていたが、「ありがとう」と小さくうなずき、最後に手を重ねた。

我々が到着したとき、事前の取り決めで三十分早く吉田神社に向かっていた京大青竜会神撰組の面々は、すでにグラウンドの中央で整列を終えていた。京大青竜会の二組は、裁定人のスガ氏を挟み、対峙《たいじ》した。

三カ月ぶりの、芦屋・早良京子との対面だった。列の先頭に立つ芦屋は、俺と目を合わせても、その仏頂面をぴくりとも変えなかった。一方、その隣に立つ早良京子は、俺と視線を合わせるや否や、うつむいてしまった。

以前より、早良京子は頰のあたりが少し痩《や》せたようだった。みなさんのなかには、ひょっとしたら、早良京子に非常な嫌悪感を抱いている方もおられるかもしれない。確かに俺の想いは、ずいぶんな仕打ちでもって返された。だが、俺はどうしても、彼女の行為に怒りを抱くことができなかった。それは未《いま》だたまらなく魅惑的に映る、彼女の鼻の傾きゆえではない。確かに、心の底から一度は惚《ほ》れた相手を、どんな理由であれ、悪くは思いたくないという気持ちは、俺も男だ、少しは存在する。だが、それを差し引いても、どこかおどおどした様子で地面を見つめる彼女を前に、物悲しさを感じこそすれ、責める気持ちにはなれなかったのだ。

　その気持ちは、芦屋に対しても同じだった。以前は、その傲岸《ごうがん》な面構えをほんの少し目にしただけで、いや、思い浮かべただけで心が乱れたものだった。だが、ほんの数メートルの至近で芦屋と向かい合う俺の心は、不思議なほど静寂を保っていた。

　俺は驚きとともに、自分の心理を迎え入れた。芦屋は今も嫌な奴だし、この先も嫌な奴であり続けるだろう。だが、俺は、もはや芦屋が己の争うべき相手ではないことを知った。つまりそれは、俺が早良京子というフィルターを通さず、奴を見ているということだった。

　俺はもう一度、早良京子に視線を移した。俺はじっと心の声に耳を澄ました。俺の心は静かにある事実を告げた。すなわち、早良京子および早良京子の鼻から、俺の心が解き放たれたことを告げたのだ。

　許す——。

　京大青竜会神撰組の面々を見渡し、俺は一方的に宣言を下した。俺はすべてを流し去る。己の頑《かたく》なだった心を流し去る。俺はすべてを許す。俺は空を見上げた。蒼天《そうてん》を胸いっぱい受け入れた。

　だが——俺の心に芽生えた寛恕《かんじょ》の気持ちと、これからの勝負はまったくの別物だった。

　俺は楠木ふみのため、今日の勝利を誓った。それに、許すと言った先から矛盾しているが、殴られたお礼は返さねばならない。男としての、これは大事なけじめだ。

「この一戦をもって、『鴨川十七条ホルモー』最終戦と致します。どうか正々堂々、フェアプレーの気持ちを胸に戦ってください。そして――こうして対戦することになっても、我々は京大青竜会の同じ仲間である、ということを忘れず、相手への尊敬の念と寛容の心をもって戦ってください」

スガ氏は言葉を区切ると、俺と芦屋に交互に視線を送った。俺はスガ氏に大きくうなずいて見せ、芦屋は不承不承といった様子でうなずいた。

スガ氏は両者に一礼を求めたのち、

「互いに、三丈離れて――」

と両手を左右にぴんと張った。

俺は腕の時計を確かめた。ホルモー開始の午後三時まであと三分。俺は京大青竜会ブルースの面々を呼び寄せ、第一戦、第二戦同様、楠木ふみの指示に従って動くことを確認した。男どもが無言でうなずくなかで、なぜか当の楠木ふみが困ったような顔で視線を泳がせていた。

「どうしたんだ？」

俺は楠木ふみの顔をのぞきこんだ。

「あの……」楠木ふみは視線を伏せたまま、か細い声で答えた。「その……さっきから、全然見えないんだよね」

「え？　コンタクトじゃないの？」

「そんなの持ってない」

その瞬間、俺は時計台前の集合時刻に彼女が遅れてやってきたことや、危なっかしい運転の理由を即座に理解した。

「これ、見える？」

俺は高村のパーカーを指差した。そこには胸に一文字、豪放な筆遣いで「空」と馬鹿でかく書き記されていた。ほんの二メートルの距離にもかかわらず、楠木ふみは目を細めた挙げ句、ゆっくりと首を振った。

にわかにメンバーに動揺が広がるなか、「まあまあ、みんな落ち着いて」と、高村はレーズン・パックの口を開けながら、一同に語りかけた。

「襤褸《ぼろ》の色で敵味方の区別はつくから、ちょっと見えないくらい、大丈夫だよ」

だが、その言葉を口にした途端、俺や三好兄弟はもちろん、当の高村ですら、ぎょっとした表情で、京大青竜会神撰組の面々の足元に視線を走らせた。そこには当然ながら、我々と同じ、青竜会カラーの青の襤褸を纏《まと》ったオニたちが、整然と居並んでいた。

急に頭がぼんやりとしてくるのを感じた。他の男どもも揃って蒼白顔だ。そりゃそうだ。楠木ふみの頭脳なくして京大青竜会ブルースの勝利などあり得ないことを、男ども自身が誰よりもよく理解していた。

だが、我々が対応策を検討するよりも早く、スガ氏は腕の時計を顔の前に持ってくると、ゆっくりと手を上げた。

開始を告げるスガ氏の鋭い声が、無情にもグラウンドを覆う青い空に響きわたった。

こうして「鴨川十七条ホルモー」最終戦、〝吉田ホルモー〟は、我々にとって最悪の状況で始まったのだ。

＊

もしも、芦屋がこれまでの二戦の勢いそのままに、我々京大青竜会ブルースの陣めがけ突っこんでいたなら、芦屋が打ち立てた、開始十六分にてホルモー終了という驚異的な記録をさらに短縮し、夢の一ケタ台突入の末、我々は木っ端微塵《みじん》に粉砕されていただろう。

しかし、混乱の頂点で開始を告げられ、ただ貝のように縮こまるほかなかった我々に、芦屋はいつになっても突撃を仕掛けてこなかった。それどころか、まずは我々の様子をうかがう、という非常に慎重な出方を選択してきたのだ。

それもこれも、洛中《らくちゅう》洛外にその名を広めるに至った、楠木ふみの評判がなせる業だったことは言うまでもない。まさに死せる孔明、生ける仲達《ちゅうたつ》を走らせる。沈黙の構えの裏には、何かしらの意図が隠されているはず、と楠木ふみの影が相手の心にありもせぬ疑心を生んだのだ。

だが、芦屋が我々の動きに見切りをつけるのも早かった。ホルモー開始から十分が過ぎ、一向に攻める素振りを見せない我々に、芦屋はそれまでの柄に合わぬやり方を早々にうっちゃり、自ら先陣を切って攻撃を仕掛けてきた。

我々もある程度は覚悟していたつもりだった。だが、これほどの破壊力とは誰が予想しただろうか。それほど〝吉田の呂布〟の突撃はすさまじかった。芦屋が通り過ぎた後には、「ぴゅろお」という臨終の声の大合唱とともに、オニたちが片っ端から霞《かすみ》と消えていった。芦屋の突撃を正面にまともに食らった三好・弟は、三分の一のオニを、たったの一撃で失ってしまった。

同じオニを扱っているとは、とても思えなかった。あまりにケタ外れの破壊力に、高村は「毒が塗ってあるんじゃないのか」と芦屋のオニが掲げる棍棒《こんぼう》を指差し邪推した。

芦屋がまず強烈な一撃を見舞い、立て直す間を与えず、開いた傷口に松永、坂上、紀野が突っこむ。敵ながら、それは実に見事な連携攻撃だった。固く閉ざしたはずの我々の守りは、いとも容易《たやす》くこじ開けられ、間断ない波状攻撃に、見る間に亀裂《きれつ》が広がっていった。

それでも我々は頑張った。芦屋の突撃も、二度目以降は正面で受けぬよう、陣形を変えてしのぎ、ときには押し寄せる松永や坂上のオニを撥《は》ね返すことさえあった。高村は迅速に、的確にレーズンを運んだ。楠木ふみは推定視力〇・〇四のど近眼ゆえ、戦闘にはほとんど加わらずに高村の援護に回っていた。たとえ軍師不在でも、互いに励まし合い、京大青竜会ブルースの男どもは実に勇敢に戦った。これまで二度の戦いを糧に、楠木ふみに頼らずとも、そこそこやれることを、立派に証明して見せたのだ。

だが、そこまでだった。

我々凡人の粘りも、鬼神の攻撃を前に、もはや劣勢の挽回《ばんかい》は望むべくもなかった。相手の攻撃を撥ね返すことがあっても、辛うじて最後の一線を死守している、というのが現実だった。誰もが口にはせずとも、一箇所でも防御線が破られたが最後、一気に崩壊に向かうことは明らかだった。ホルモー開始からすでに三十分が経とうとしていた。公平に見ても我々は健闘したと思う。ただ、相手が強すぎた。

「すまない——もう限界かもしれない。せっかくお守りまで作ってもらったのに……、申し訳ない」

俺は楠木ふみの隣に場所を移動し、正直に戦況を伝えた。結局、俺は楠木ふみの涙に何一つお返しをすることができなかったのだ。

「仕方ないか」

楠木ふみは、小さくため息をついてつぶやいた。

「面目ない。みんな頑張ったと思う。俺の力が足りないばっかりに——」

「違う、そうじゃない」

楠木ふみは首を振ると、ジャケットのポケットから、ハンカチに包まれたものを取り出した。

「うそ」

こんだ。

「え？」

「ううん、見えないのは本当だけど——」

楠木ふみが何を言っているのかわからず、前線の動きから目を離し、彼女の顔をのぞきこんだ。

「怒って割った、ってのはうそ。本当は今日、下宿のエントランスから出るときに、思いきり転んで割った。ちょうどメガネを拭《ふ》きながら歩いてたら、足元のタイルが昨日の雨で濡《ぬ》れていて——」

楠木ふみは手にしたハンカチを開いた。そこには、片目に大きくひびが入った凡ちゃんメガネが、空のお陽さまを反射させていた。

「転んだ？」

「そう。メガネだけ、飛んでいった」

楠木ふみはうなずくと、手の甲の傷と、ジャケットの裾《すそ》のしみを見せた。

「こんなの、恥ずかしくてかけられない」

楠木ふみはこわごわと、ひびの入った右目のレンズに触れた。中心から斜めにずれた、ひびの集中する場所で、レンズが小さく欠けていた。

「ねえ——一つだけ、お願いがあるんだけど」

楠木ふみはぽそっとつぶやいた。

ただでさえ小さな普段の声より、さらにか細い、ほとんど聞き取れないくらい微《かす》かな声だった。

「え？　何？」

俺は思わず引きこまれるように彼女の顔に耳を近づけた。

「今度……」手元を見つめたまま、楠木ふみはかすれた声を発した。「どこか遊びに……連れてって……くれない？」

「え？」

俺はまじまじと楠木ふみの顔を見つめた。顔じゅうを真っ赤に染め、楠木ふみはうつむいていた。彼女の視線の先で、凡ちゃんメガネが、透き通った青い空を映し出していた。

「もちろん――よろこんで」

何の躊躇《ちゅうちょ》もなく、自分でも驚くほど素直に言葉が喉《のど》から飛び出した。

「えっ？」

楠木ふみはびっくりした表情で、顔を上げた。

「本当だよ」

俺は彼女の視線を正面に捉《とら》え、うなずいた。

一瞬、楠木ふみの口元に小さなえくぼが浮かび、

「――仕方がないなあ」

という微かなつぶやきが聞こえた。

楠木ふみは、無事だったレンズをハンカチで拭くと、おもむろにうつむいた。顔を上げ

たとき、片目のレンズに大きくひびが入った、凡ちゃんメガネが戻っていた。

「あんなバヵ男に負けてたまるか」

楠木ふみは低い声でつぶやいた。それは後にも先にも、俺が唯一聞いた楠木ふみの芦屋評だった。

「高村、二人の三好、安倍——」

楠木ふみは男どもの名を次々と呼びつけた。

我々の軍師は、ようやく吉田グラウンドに降り立ったのだ。

両脇に呼び寄せた男どもに、楠木ふみは手短に作戦を説明した。

「どうして、そんなことがわかるの？」

高村が作戦の「根拠」への率直な疑問を唱えると、楠木ふみは、その理由を簡潔に説明し、最後に、

「確証はない。でも、やるしかない」

と付け加えた。

全員の視線が俺に集まっていた。

「やろう——俺は楠木を信じる」

俺の声に、三好兄弟は強いうなずきで返した。高村もしばらく考えている様子だったが、

「わかった、やろう」とゆっくりうなずいた。

「チャンスは一度きり」

作戦の説明を終えると、めずらしく緊張した声で、楠木ふみは男どもの顔を見回した。

時刻は午後三時四十分、ホルモー開始から四十分が経とうとしていた。

＊

我々は一斉に退却を始めた。

もちろんそれは楠木ふみの作戦に従っての行動だった。グラウンドには、昨日の台風の置き土産である水溜《たま》りが、あらゆるところに点在していた。スガ氏がグラウンドの中央をホルモー開始場所に選んだのは、周辺に水溜りが少なかったためだ。だが、我々は水溜りを求め移動を開始した。

我々が目指す先は、グラウンド南東の隅だった。そこには昨日の台風の雨をなみなみと湛《たた》え、巨大な水溜りができていた。俺と高村が大の字になっても、すっぽりと入ってしまうくらいの大きな水溜りは、オニたちの目からすれば、まさに「池」ほどの広さに見えただろう。

ともすれば、本当の敗走につながりかねない、危険と隣り合わせの作戦だった。実際、芦屋は我々の行動を見て、一気に片をつけようと、すさまじい勢いで追撃を開始した。

重要なことは、いかに追い詰められたかのようにグラウンド南東隅の「池」まで到達するか、ということだった。その点、我々の演技は完璧《かんぺき》だった。実際、芦屋の追撃から死に物狂いで逃げながら、我々はやっとのことで「池」の前までたどりついたのだ。

あとは、広大な「池」に行く手を阻まれ、立ち往生する我々を見て、芦屋がとどめの一撃を加えるのを待つだけだった。

「大丈夫、あの男ならやってくれる」

果たして芦屋が誘いに乗るかどうか、不安そうな面持ちの高村に、俺は押し殺した声で告げた。俺には肌から感じる確信があった。頭に血が上った末、ことの真偽も確かめず、人様の下宿に殴りこみにくる、その短慮のほどを俺は信じた。

俺の予想は当たった。

我々の動きに不審を感じた松永と坂上が声をかける間もなく、芦屋は猛《たけ》り狂った心そのままに突撃を開始した。しかも、俺が真正面でその勢いを受け止めようとしていることに気づくと、果たしてオニにこんな動きができたのか、というほどのすさまじい速さで、我々の陣に突っこんできた。

俺と三好・兄は、ぎりぎりまで芦屋を引きつけてから、オニを後退させた。いや、正確には後方の「池」へ向け、全速で駆けさせた。少しでも動き出しの遅れたオニたちは、芦屋の突撃の前に踏み潰《つぶ》されるように消えていった。

「池」のふちにさしかかったところで、俺と三好・兄は左右へ一斉に転回の命令を放った。だが、急な転回についていけないオニたちが、次々と「池」に投げ出されていった。俺と三好・兄は躊躇せず、ターンを強行した。

そのときになってようやく、芦屋は自分が罠《わな》にはめられたことを悟った。芦屋は必死でオニを停止させようとした。しかし、加速をつけすぎたオニは、塊となって「池」の泥水に突っこんでいった。すぐさま「池」からの脱出を図ろうとした芦屋だが、そのときにはすでに楠木ふみが「池」にオニを展開させ、その退路を完全に遮断していた。

芦屋の窮地を救おうと、松永・坂上・紀野が殺到した。だが、ターンを終えた俺と三好・兄がその前面に立ちはだかり、芦屋への救援を断固として阻止した。

芦屋と楠木ふみ、ついに両雄は「池」のなかで対峙《たいじ》した。

しかし、いつになっても戦いは始まらなかった。なぜなら、芦屋のオニが一歩も動けなくなってしまっていたからだ。

いつの間にか、芦屋のオニたちの顔から、〝絞り〟が消えていた。芦屋のオニは今や立っていることすらおぼつかず、鬼の形相で鬼語を叫ぶ芦屋の声も、まるで届かない。一方、楠木ふみは芦屋が動けなくなったのを見て、悠然と「池」からの退却を始めた。楠木ふみのオニも軒並み〝絞り〟をへこませていたが、両手にレーズンを抱えた高村の救援オニが果敢に水を掻《か》き分けて進み、楠木ふみのオニに一粒、同じく〝絞り〟がへこんでしまった自分自身に一粒、素早く補給を行った。

「すぽん」「すぽん」「すぽん」「すぽん」「すぽん」

盛大なレーズンが吸い込まれる音に包まれながら、楠木ふみのオニは無事、土の上に帰還を果たした。反対に、芦屋のオニが泥水に音もなく倒れこんでいく様子を、我々は言葉もなく見つめた。

今や、芦屋の率いるオニは、そのほとんどが、〝絞り〟を内側にねじりこませていた。すべては楠木ふみの狙いどおりだった。連中は水に弱い。信じられないような連中の弱点を、楠木ふみは見事に利用したのだ。我々は改めて畏敬《いけい》の念をもって、凡ちゃん頭に視線を送った。ひび割れたレンズを陽に反射させ、楠木ふみは静かに戦況を見つめていた。野性味あふれるその姿は、さながら独眼竜政宗《どくがんりゅうまさむね》が如き眺めだった。

もっとも、この作戦を聞かされたとき、誰もが初めは面食らった。すぐさま高村が、連中が水に弱いと言うが、我々は実際に雨のなかでオニを指揮した経験もあるし、それに、雨の夜でもお構いなしにあの悲鳴は聞こえてくるじゃないか——と的確な反論を放った。

それに対し、楠木ふみは先日、木屋町で目撃したという出来事を口早に語った。

楠木ふみ曰《いわ》く——木屋町でのクラス会の帰り道、連中に襲われた「何か」が、暴れながら、歩道から高瀬川《たかせがわ》に落ちていく瞬間を偶然目撃した、と。そのとき、彼女の目には、まるで「何か」がわざと高瀬川に飛びこんだように見えたという。普段なら走り去るところをつい足を止め、楠木ふみは三条小橋より川の様子を見守った。すると、川面《かわも》を転げまわる「何か」の身体から、オニたちが次々と剝《は》がれ落ちていった。そして、ものの数十秒と経たぬうち、連中はすべて川面に沈んでしまったのだという（連中が剝がれた下には、何もなかったらしい）。

高名な高瀬川だが、その水位は普段五センチから十センチほどしかない。雨に降られてもへっちゃらなオニが、どうしてせいぜい腰くらいまでの水位に浸かったくらいで、命を落としてしまったのか？

楠木ふみ曰く――それは襤褸《ぼろ》の内側に水が入ったためではないか、と。みなさんもご存じのとおり、「装備」の命令を受けるや否や、連中は膝丈《ひざ》まである襤褸の下から一斉に武器を取り出す。どう考えても襤褸の中には納まるはずのないものが、自在に飛び出してくる。この世のものではないところに、この世のものが紛れこんだとき、連中の身体に異変が起きたのではないか、と楠木ふみは語った。

もちろん、楠木ふみ自身も認めるように、どれも推測の域を出ない話だった。そもそも、あの黒いオニと、我々がホルモーで使役するオニが「同じ」であるという保証すらどこにもない。だが、我々は楠木ふみの作戦にすべてを賭《か》けた。そして見事、我々は賭けに勝ったのだ。

いくらだだっ広い水溜りとはいえ、その水位はせいぜい芦屋のオニたちの腰あたりまでしかない。だが、誰からの攻撃も受けていないにもかかわらず、オニたちの顔の中央には、くっきりと深い渦が刻みこまれていた。オニたちは次々と崩れ落ちるように澱《よど》んだ水面に消えていった。暗い泥の底で、連中ははかなく「ぴゅろお」と発したのかどうか。

ホルモーの勝敗は、以下の二通りの結末を経て決定される。一つは相手側のオニを一匹残らず全滅させること、もう一つは、相手代表者に降参を宣言させることである。

開始の合図から五十八分、芦屋の率いる最後のオニが泡と消えた。

我々は固唾《かたず》を吞《の》んで待った。芦屋の口から、「ホルモー」の絶叫が響きわたる瞬間を。

そして、スガ氏の口から我々の勝利が宣告される瞬間を。

しかし、雄叫《おたけ》びはいつになっても聞こえてこなかった。

誰もが呆気に取られながら、芦屋の顔を見つめていた。

芦屋の顔は真っ赤だった。顔じゅうに血が巡り、もはやその色はどす黒く染まっていた。

太い首筋には血管が浮かび上がり、固く握り締められた両の拳が震えていた。

考えられない精神力、もしくはあごの力だった。そう、芦屋はこみ上げる「ホルモー」の雄叫びを、必死で堪《こら》えていたのだ。

もはや人間とは思えない形相で、芦屋は屈辱のときを一秒でも遅らせようとふんばった。

だが、雄叫びはすぐ喉元《のど》まで来ている様子で、俺は芦屋のプライドの高さ、負けん気の強さに、ほとんど賞賛の念すら抱きながら、まもなく訪れるであろう終結のときを待った。

ふと——芦屋の身体に影が差した。

日が翳《かげ》ったのか、と俺は思わず空を見上げた。しかし、空には一片の雲もない。

見間違いかと視線を戻した瞬間、俺はぎょっとしてその場に硬直した。

「お、おい安倍——あれって……」

高村が震える声で芦屋を指差した。

芦屋の身体を、ゆらゆらと影が包みこもうとしていた。影は見る間に漆黒の色を帯び、ものの数秒と経たぬうちに、全身を黒く彩られたオニたちの姿が一匹一匹確認できるまで、輪郭を整えていった。

「きゃきゃきゃ……」

地獄の底から這《は》い上がってきたかのようなささやきが聞こえた。芦屋の下半身には、すでに連中がみっしりとしがみつき、ジーンズのシルエットは完全に覆われてしまっていた。残る上半身が急速に影に包まれようとしたとき——俺はわけもわからぬまま、弾《はじ》かれたように走り出していた。

視界に映るすべてが、スローモーションとなって流れた。

地面を覆う〝青〟オニたちが、頭上を飛び越えていく俺を不思議そうに見上げていた。指を差し向け、何かを叫んでいる松永と坂上を突き飛ばした。スガ氏はぽかんと口を開け、早良京子は大きく目を見開いて、走り抜ける俺を見送った。

「芦屋っ！　叫べっ！　早く『ホルモー』って叫ぶんだ！」

止まったような時間のなかで、俺は唐突に理解しようとしていた。「ホルモー」という言葉の意味を、そして「ホルモー」そのものの意味を。

以前、スガ氏は言っていた。「ホルモー」の雄叫びは、オニを全滅させたことに対するペナルティだと。だが、それは違ったのだ。そうじゃない。あの雄叫びはペナルティなんかじゃない。確かにペナルティは存在する。だが、それは一回きり。高村がチョンマゲにされた、あの冗談のような仕打ちだけだ。「ホルモー」の雄叫びはペナルティじゃない。

むしろ、あの雄叫びは、人間のために用意された〝安全装置〟だったのだ。「ホルモー」と叫ぶことによって、我々は連中のゲームから解放される。〝十七条〟を発動してから、夜な夜な聞かされた悲鳴——おそらくあれは、連中のゲーム（もちろん、どんなゲームかはわからない。単なる殺戮《さつりく》を目的とした「狩り」かもしれない）に負けた「何か」に科せられた「本物のペナルティ」だったのだ。一方、我々がホルモーと呼ぶ、この奇妙な競技は、人間と連中にとっては遊びのようなものなのだろう。いや、そもそもこのホルモー自体が、人間と連中の共通の遊び場として作られたものだったのかもしれない。だが、それは、我々が「ホルモー」と叫ぶことによって初めて成り立つのだ。もしも我々が叫ぶべきときに、叫ばなかったら？　その場合——連中は我々を本気と見做《みな》し、「本物のペナルティ」を与えようとするのではないか？

泥に靴を取られ、もつれそうになる足を叱咤《しった》し、俺は必死で芦屋めがけ突き進んだ。今、この状況で、俺ができることは何か？　それはたった一つしかない。

「わあっしぃやあぁっ——」

わけのわからぬ叫び声を上げながら、俺は渾身《こんしん》の力ですでに巨大な黒い繭《まゆ》と化した芦屋にぶつかっていった。

「きゃあきゃあきゃあきゃあきゃ——」

視界が一瞬黒に染まり、連中の抗議を示すような声が耳元でこだました。

ちょうど芦屋の腰にタックルを浴びせたような形で、俺は芦屋とともに、奴の背後に広がる水溜《たま》りに突っこんでいった。

派手な水しぶきに、口の中に流れこむ泥の味。視界がぐるぐる回り、ようやく身体の動きが止まると同時に、俺は反射的に身体を起こした。

ちょうど目と鼻の先に、泥だらけの芦屋の顔があった。

俺と目が合うと、「ぶはっ」という河馬《かば》のような音が、奴の鼻の穴から洩《も》れた。次の瞬間、

「ホルモオオオォォォーッ」

という盛大な雄叫びが、吉田グラウンドを包む青空いっぱいに響きわたった。

＊

服を着替えるためいったん部屋に帰ったのち、午後七時前に再び部屋を出た。待ち合わせ場所の三条京阪土下座像前で、京大青竜会ブルースの面々と合流し、我々は三条河原に向かった。

鴨川に面した川べりの石畳に、五人は横一列になって座った。誰もが口数少なく、ネオンが瞬く川面を見つめていた。

「負けちゃったかあ——」

高村が重いため息とともにつぶやいた。

高村のつぶやきに誰も言葉を返さない。三好兄弟は揃って足元を、楠木ふみは三条大橋をぼんやりと見つめている。楠木ふみの顔に凡ちゃんメガネは見当たらない。

そう——我々京大青竜会ブルースは敗れた。「鴨川十七条ホルモー」覇者の栄誉は、我々の〝反則負け〟により、京大青竜会神撰組に授けられたのだ。

「〈ホルモー〉ニ関スル覚書」禁止事項第一条にも記されているとおり、ホルモーにおいて競技者同士の肉体的接触は厳重に禁じられている。その大原則を破り、あろうことか芦屋にタックルを仕掛けた俺の暴力的な行為に対し、裁定人のスガ氏は、勝敗に関わる重大な違反として、即座に京大青竜会ブルースの失格を宣言したのだ。

異議を唱えようとする高村を、俺は泥だらけの顔で制した。たとえ異議を申し出たところで、スガ氏に有効な説明をすることはできそうになかった。なぜなら、あのグラウンドで黒い連中の姿が見えていたのは、我々京大青竜会ブルースの五人だけだったからだ。

「安倍は芦屋を助けたのにさ——」

高村の不満げな声が、川の瀬音に虚《むな》しく掻《か》き消されていく。

だが、必ず成し遂げなければならない、「鴨川十七条ホルモー」の優勝を逃してしまったにもかかわらず、俺はまだ一縷《いちる》の望みを抱いていた。

確かに、オニの全滅のタイミングは、使役者が「ホルモー」の雄叫びを発したときとされている。だが、もしも俺の「ホルモー」という言葉に対する解釈が正しければ、芦屋のオニが全滅した時点で勝敗はすでに決していたのではないか？　なぜなら、あとに残る

「ホルモー」の雄叫びは、もはや勝敗とは関係のない、「言うか」「言わないか」という人間側の都合にすぎないからだ。現に芦屋は勝負に「敗北」したからこそ、あの黒い連中が現れたのではないか。

「そろそろだな――」

腕の時計はまもなく午後八時を示そうとしていた。〝第十七条〟の発議翌日から、この三カ月間、夜に響きわたる悲鳴は、常に午後八時を過ぎたあたりから聞こえ始めた。

大きく深呼吸をして、耳を澄ました。我々はじっとその場に座り続けた。ちょっとした風の響き、三条大橋を歩く若者の影が川面《かわも》を走るだけで、我々はびくりと身体を震わせ、緊張の表情であたりを見回した。深夜に一度、木屋町に全員でラーメンを食べに行ったのち、再び河原に戻り、東山の空が白み始めるまで座り続けた。

午前五時、朝の訪れとともに、我々はようやく立ち上がった。

結局――ただの一度も、悲鳴は聞こえてこなかった。

三カ月ぶりに訪れた、静寂の夜だった。我々は静かに輪になって抱き合った。輪のなかで高村が、「誰か足を踏んでる」と本当に痛いのか、それともうれしいのか、涙を浮かべ笑っていた。

三条大橋の上で、京大青竜会ブルースは解散した。

三好兄弟との別れ際、実は夏休み明けまでどちらがどちらかわからなかった、と思い切って打ち明けると、二人は「仕方ないよ。ウチの親だって未《いま》だ間違うんだ」と朗らかに笑い、揃いの自転車に乗って去っていった。

高村がコンビニで買い物をしているのを待つ間、俺は楠木ふみと一昨日以来、初めて二人きりで話をした。

「あの——さっきのデートの話だけど……」

それまで三条大橋西詰にある弥次喜多《やじきた》像を静かに撫《な》でていた楠木ふみだが、俺の言葉を聞いた途端、急に弥次さんの頭を叩《たた》き始めた。

「な、何言ってるの——ただ遊びに連れてって、って言っただけで、だ、誰もデートにだとか言ってな……」

「よかったら今度、俺とまさしのコンサートに行かないか——。あ、まさしって、さだまさしのことだけど」

俺の申し出を、ぼんやりとした表情で聞いていた楠木ふみだったが、急に「メガネ直さなきゃ」と落ち着きない様子でぶつぶつとつぶやき始めた。俺はほんの数秒、すさまじく逡巡《しゅんじゅん》した挙げ句、「コンタクトにしなよ。そっちのほうが絶対に……かわいい」と伝えてみた。楠木ふみは、一瞬大きく目を見開いたが、すぐさま険しい表情に変わって「悪かったわね。今まで変なメガネかけてて」と低い声で返してきた。

「い、いや、そういう意味じゃなくって、その——」

余計なことを口走ったと早くも後悔する俺に、楠木ふみが「だいたい、そっちが……」

と刺々しい口調で話し始めたとき、俺はとっさに手を伸ばした。気がついたとき、俺の右手は楠木ふみの口を塞《ふさ》いで……はおらず、なぜか、小ぶりな楠木ふみの鼻をぐいとつまんでいた。

「きゃっ」

楠木ふみが短い悲鳴を上げて後退《あとずさ》った。

俺は間違いなく自分の意志とは無関係に動いた右手を啞然《あぜん》として見つめた。次いで楠木ふみの顔におそるおそる視線を移した。おそらくそこには侮蔑《ぶべつ》と憎悪の眼差《まなざ》しが待ち受けているはず——と思いきや、楠木ふみは妙な顔つきで俺を見つめていた。

「わかってる」

楠木ふみはこくんとうなずいた。

「え？」

「だからメガネのこと。ありがとう。考えておいてやる」

少しだけ左頰にえくぼができる笑みを浮かべ、楠木ふみはまるで何事もなかったかのように、鼻の先を指でこすった。高村が戻ってくると、楠木ふみは我々二人に別れを告げ、危なっかしい運転とともに自転車で去っていった。

「ああ、眠い」大きなあくびをする高村を自転車の荷台に乗せた。「やっと終わったよ」とつぶやく高村の声にうなずいて、丸太町の下宿に向け、俺は自転車のペダルに足をかけた。

この日を境に、俺の身の回りに、大きな変化が二つ起きた。

一つは夜中の悲鳴が、二度と聞こえなくなったこと。

もう一つは、女性の鼻に何ら関心が向かなくなってしまったこと、である。もちろん、美しい鼻を素直に美しいと愛《め》でる気持ちは、自然な感情の一つとして残っている。だが、単に鼻の形だけで、心がぐいぐい引き寄せられるようなことはぱたりとやんだ。やはり〝反則負け〟は有効で、俺は大事なものを連中に奪われてしまったのだろうか。それとも、俺の頑張りを認めてくれた吉田の神様あたりが、楠木ふみの鼻に触れさせることで、俺の鼻へのいびつな想いを落としてくれたのか。

真相は誰にもわからない。

エピローグ

　大学の時計台の前にそびえ立つ、巨大なクスノキの下で、植え込みの段に座り、ぼんやりと人の流れを眺めていた。行き交う人々の向こうで、木々の新緑が陽を受けて、瑞々《みずみず》しく光り輝いている。

「どうも、こんにちは」

　急に声をかけられ視線を上げると、降り注ぐ太陽に圧倒され、いかにも眩《まぶ》しそうな顔でスガ氏が立っていた。

「あれ、どうしたんです？」

「いや、きっとここにいるんじゃないのかな、と思って来てみたんだ」

　スガ氏はこの春から、理学部の院生になった。研究室で何をしているのかと訊《たず》ねると、真の統一理論を探していると言う。何ですかそれ？　と重ねると、宇宙の自分探しみたいなものだとスガ氏は答えた。どうやら果てしなく難しい問題に取り組んでいるらしい。

「聞いたよ。最近、他の大学によく顔を出しているそうじゃない」

「前から『べろべろばあ』の店長に言われていたんです。〝第十七条〟に大事なのは後始末だって。だから、勝手なことをして迷惑かけましたと謝って回ってます。だって、宵山のときには、みんなで仲良く、どんちゃん騒ぎがしたいでしょう」

スガ氏は目を細め、うんうんとうなずくと、俺の隣に腰を下ろした。

「これから吉田神社に行くのかい？」

「いえ、先に行ってもらっています。もう帰ってくる頃かと——あ、帰ってきた」

ちょうどいいタイミングで、正門に現れた人影を俺は指差した。スガ氏はしばし、きょとんとした様子でその人影を眺めていたが、

「あ、ああ——」

と、胸の底から絞り出すような驚きの声を上げた。

「あれが楠木《くすのき》さんかあ……。あんな可憐《かれん》な女性になってしまって——ちっともわからなかった。先月会ったときは、メガネはもうかけないんだ、と思っていたけど……。ああやって髪型まで変えると、まるで別人だねえ——いやはや、大したもんだ」

学部まで自転車を取りに行く、とオニを我々の前で整列させたまま、すぐに立ち去っていった楠木ふみの後ろ姿を見つめ、スガ氏は感に堪《た》えないといった様子でつぶやいた。

「楠木さんと二人で行くのかい？」

「いえ、高村《たかむら》と三人です。授業が終わったら、あいつもここに来るはずです」

「もう二年かあ……早いもんだなあ」

「もう三回生です。三度目の葵祭です」

「ビラは作ったかい？」

「はい。でも、どう書いていいかわからなくて、結局、二年前にもらったビラの文章をそのまま使いました」

「あ、そうなの？　実はあれ、僕も、前の代のやつを使い回したんだよね。こうやって、これからも、ずっと使われていくんだろうなあ……」

スガ氏は感慨深げにうなずき、一人むふふと笑っていたが、

「そうだ。また忘れるところだった」

と、脇に置いたショルダーバッグから、一冊の小冊子を取り出した。

見覚えのあるそのくたびれた表紙には、やはり「〈ホルモー〉ニ関スル覚書」と達者な筆書きで記されていた。

「この前、『べろべろばあ』で渡すはずだったんだけど、すっかり忘れちゃって。これ、安倍がこれから持っておいて」

「そんなの困ります。何だか大事そうだし。失くしてしまったりしたら大変だ」

「そこはきっちり保管しておいておくれよ——というより、決まってるんだよね。ほら、この総則の最後のところ……」

スガ氏は冊子をぱらぱらとめくり、あるページのところで俺に差し出した。

「ここ、読んでみて」

俺はスガ氏の指が押さえる場所に視線を落とした。

第十八条　コノ覚書ハ、青竜《せいりゅう》、朱雀《すざく》、白虎《びゃっこ》、玄武《げんぶ》ソレゾレノ長ガ保管スベシ。

反論の理由を失った俺は、黙って「〈ホルモー〉ニ関スル覚書」を受け取り、鞄《かばん》にしまいこんだ。

「本当に、俺が会長でいいんですかね――」

「いいんじゃないの」

「自信ありません」

「大丈夫だよ。みんなで選んだんだ」

スガ氏は俺の肩をぽんと叩《たた》くと、「知らないうちに何とかなるもんだ」と改めて何のあてにもならないアドバイスを授けてくれた。

まったく不可解なことだった。

そう――俺は京大青竜会第五百代会長になってしまったのだ。

すべては、先月、三条木屋町居酒屋「べろべろばあ」の二階座敷にて行われた、会長選挙によって決められたことだった。

スガ氏を立会人として、一人一票の無記名投票が行われた。俺の予想では、会長最有力候補は、言うまでもなく芦屋《あしや》だった。俺はたとえ芦屋が会長になっても黙って従うつもりだったが、かといって芦屋に投票するのも癪《しゃく》なので「高村」と書いて投票した。

一回目の投票結果は芦屋五票、俺四票、高村一票だった。どうやら、元京大青竜会ブルースの面々は、揃って俺に投票してくれたらしい。その律儀さに俺は思わず、涙してしまうところだった。

当選に必要な票数は六票とあらかじめ決められていたので、最多得票でも芦屋の当選は決まらず、俺と芦屋の決選投票に突入した。俺の名前を書いてくれた人々のためにも、ここで「芦屋」と書くわけにはいかず、仕方なく自分の名を記入して投票した。もっとも、決選投票で同数の場合は、一回目の得票で上位の者を当選とする、という取り決めだったので、どちらにしろ結果はすでに決まっていたのだが。

ところが、なぜか俺は京大青竜会第五百代会長に当選してしまった。

決選投票の結果は俺が六票、芦屋が四票だった。つまり、元京大青竜会神撰組の誰かが、俺に一票を投じたのだ。高村は、早良京子《さわらきょうこ》がその一票を投じたのではないか、と推察していたが、もちろん真実はわからない。ちなみに、芦屋と早良京子は今も付き合っている。高村によると、喧嘩《けんか》が絶えないらしいが、もはや俺にとっては完全な対岸の火事だった。

エンジンの音が近づいてきて、高村かと顔を上げたが、違うバイクが走り去っていった。再び視線を落とすと、そこには、燦々《さんさん》と降り注ぐ太陽を浴びながら、楠木ふみが置いていった百匹のオニが、〝絞り〟を突き出し空を見上げている。

「二年前――この連中を連れていたんですね」

「そうだね。〝路頭《ろとう》の儀〟に参加して上賀茂《かみがも》神社に着いた後に、〝匂い〟のある新入生のあとを追えって命令してね」

　スガ氏は身体を乗り出して、オニの顔をのぞきこむ。いったんはスガ氏に〝絞り〟を向けたオニだが、すぐにぷいと別の場所を向いてしまう。

「そこへ、俺と高村が来たと」

「そうだね。まあ、あまりいい反応はしていなかったけど」

「どういうことです？」

「相性が合う相手だと、後ろをついている最中に踊りだしたりするんだよ。だから、芦屋や楠木さんのときは、それはもう大はしゃぎだった」

「そんなことまでわかるんですか」

「そうだよ。まあ、ウチの大学は頭でっかちな人間が多いからか、ほとんどいい反応はしないんだよね」

　そろそろ授業が終わったのだろう、急に人通りが増えてきた正門の様子を眺めながら、スガ氏は悠然とつぶやいた。

「それで、芦屋とはどうなの？」

　スガ氏は俺に身体を向けると、単刀直入に訊ねてきた。

「うまくいってるのかい？『鴨川十七条ホルモー』をしたから、今年の〝路頭の儀〟はないけど、絶対に来年の最前列を狙ってほしいな。何せ、ウチには楠木さんと芦屋がいるから。こんなチャンスそうはないよ。で、芦屋とはどうなの？」

「まあ、何とかなるんじゃないですか。最近は、あいさつくらいはするようになりましたから。合わないなりにもやっていけるでしょう」

「そんなもんだよ。僕だって大丈夫だったもの」

「え、そんな人がいたんですか？」

「いたよ。口もきかないくらい仲が悪いやつが一人いたけど、安倍たちには全然わからなかったでしょ？　だから、何とかなるもんだよ」

スガ氏はそう言って呵々《かか》と笑った、俺も釣られて、一緒に笑う。

「そうそう、この前、『べろべろばあ』の店長からおもしろい話を聞いたんだ——聞きたい？」

何かを含むような声に顔を向けると、スガ氏がやけに、にやにやしながらこちらを見ている。

俺が曖昧《あいまい》にうなずくと、

「店長がね……安倍だったんだよ」

スガ氏はきょとんとする俺の表情を楽しむように、間を置いてから続きを話し始めた。

「店長の名前がね——安倍だったんだよ。実は今まで、ずっと店長とばかり呼んでいて、名前を聞いたことがなかったんだ」

これまでの経験から言って、スガ氏が唐突な話をするときは、十中八九、碌《ろく》な結末にならない。俺は早くも警戒の念を抱きながら、スガ氏の話の行方を見守った。

「しかも五十年前、店長が〝第十七条〟を発議したときのホルモーの名前も、『鴨川ホルモー』だったらしいよ。いやはや、偶然ってやつは、おそろしいねぇ」

ちっともおそろしそうには見えない顔で、スガ氏は重々しくうなずいた。

「さらにだよ——店長の前に〝第十七条〟によるホルモーが行われたのも五十年前。言いだした人間の名前も安倍。ホルモーの名前もやっぱり『鴨川ホルモー』だってさ。安倍は覚えてるかなあ？　初めて安倍を店長のところに連れて行ったときのこと。きっとあのとき、店長はもう安倍のことを知っていたんだろうな。ひょっとしたら安倍が大学に入学する前から——いや、五十年前から知っていたのかもね」

こわいねぇ、とつぶやいて、スガ氏はさらに言葉を続けた。

「ちなみに、店長の知る限り、歴代の〝告げ人〟は全員、〝第十七条〟を発議した人間が就いてきたらしいよ。だから〝告げ人〟の名前は、どれもみんな——」

「やめてください」

俺は手を上げて、スガ氏の話を強引に遮った。

「そんなこと知りません——俺は俺です」

睨《にら》みつける俺の視線に、スガ氏は肩をすくめ、「だよね……偶然だよね——僕だって何も考えずに『鴨川ホルモー』ってつけたもの」と取り繕うように言葉を連ね、それっきりその話題は立ち消えになった。

授業は終わったのに、何をしているのか、高村は一向にやってこない。植え込みの内側の芝に手をついて、クスノキを見上げると、どの枝葉の合間からも、木の精のようにか細い若葉がのびのびと芽吹いている。

「どうして——俺たちは今もホルモーなんてものを、やっているんでしょう」

俺はふと浮かんだ疑問を、スガ氏に投げかけた。

「さあねえ」

スガ氏は、俺と同じ姿勢になってクスノキを見上げていたが、

「連中の暇つぶしに付き合わされてるんじゃないの。きっと、賭《か》けとかして、楽しんでるんだよ」

と呑気《のんき》な声で続けた。

それから何度か質問を重ねたが、〝連中〟というのが何を指しているのか、スガ氏は結局教えてくれなかった。俺は自分なりに考え、全国に八百万《やおよろず》おわすとされる方々のことを何となく思い浮かべたが、もちろん確認する術《すべ》はどこにもない。推論は永遠に推論のままだ。しかし、俺はクスノキを見上げながら、スガ氏の言葉はそこそこ真実をついているのではないか、という不思議な確信を抱いた。

やがて、高村がバイクに乗って登場し、楠木ふみも自転車に乗って帰ってきたところで、「気楽に行っておいで。結局、なるようになるんだから」と残して、スガ氏は研究室に戻っていった。

「楠木さん、乗っていく？　ヘルメットならあるよ」

高村は買ったばかりのオフロード・バイクの後部座席を指差した。座席の下には、近頃噂になっている、高村の彼女のヘルメットがぶら下がっていた。実はその彼女というのは、立命館白虎隊の新しい第五百代会長だった。何でも、二輪免許取得のため通い始めた西院《さいいん》の教習所で、たまたま普通自動車教習に来ていた彼女と出会い、送迎バスの待合時間を利用して親睦《しんぼく》を深めたらしい。ちなみに、高村はチョンマゲをやめた。交際の条件として、彼女が真っ先に挙げたチョンマゲとの訣別《けつべつ》を、泣く泣く受け入れたのだ。坊主頭になってしまった高村の頭を見ていると、それはそれで前のマゲ姿が懐かしく感じられる。だが、高村の御母堂のためにも、京都の安寧のためにも、これでよかったのだ。

「じゃ、一の鳥居の前で待ってるから」

楠木ふみから後部座席への乗車をあっさり拒否された高村は、「そりゃそうだよね」と俺と楠木ふみをにやにや見比べ、エンジンをかけ、颯爽《さっそう》と走り去っていった。

＊

下鴨《しもがも》神社付近はすでに葵祭〝路頭の儀〟の行列が通過した後で、係員が片付けを始めていた。

出町橋のふもとから川べりの道に下り、柔らかな瀬音に包まれながら、賀茂川《かもがわ》沿いに上賀茂神社へ自転車を走らせた。振り返ると、楠木ふみの自転車の後ろをぴったりと連中がついてきている。

「ああ、何も知らない無垢《むく》な若者を、勧誘してもいいのかな。罪悪感を感じる」

肩から提げた鞄《かばん》に収まった、薄青の紙に印刷した五十枚のビラをやけに重たく感じながら、俺は楠木ふみに話しかけた。

「大丈夫だよ。変なことも多いけど、きっと楽しいことも多いはず」

「そうかなあ」

「私はそう思う」

楠木ふみは小さくうなずいて、ふいと川に視線を向けた。緩やかにウェーブのかかった髪が、風を受けて靡《なび》いていた。高村のマゲではないが、かつての凡ちゃん頭が懐かしく感じられるときもあるから不思議だった。もっとも、凡ちゃん頭との訣別は俺の強いリクエストであり、あれはあれで味があってよかったね、などと今さら決して洩《も》らすことはできないのだけれど。

北大路《きたおおじ》橋《ばし》を越えると、川の西岸に沿って走る加茂街道を、〝路頭の儀〟の巡行の最後列が進んでいた。上賀茂神社に行列が到着するまでまだ時間がありそうなので、俺は自転車を停め、新入生に声をかける予行演習をした。ビラの説明の順序を考えながら、ふと顔を上げると、楠木ふみは川の流れをじっと見下ろしていた。周囲にオニたちの姿が見当たらないので訊《たず》ねると、楠木ふみは黙って川の流れを指差した。

俺は驚いてベンチから立ち上がった。楠木ふみの隣から慌てて川をのぞきこんだ。水面は太陽の光を受けて、銀のしぶきを弾《はじ》き飛ばしていた。連中の姿はどこにも見えない。

「連中は？」

「泳がせる方法がわかった」

「え？」

「跳ばせる方法もわかったかも」

「何言ってるの？　連中はどこ？」

楠木ふみは俺の問いに答える代わりに、これまで聞いたことのない鬼語を静かに発した。

突然、川面《かわも》から魚が跳ね上がった。一匹ではない。何十匹もの魚が、しぶきを上げて、一斉に跳ね上がった。

だが、次の瞬間、俺はとんでもないことに気がついた。川面から軽々と十メートルは飛び上がる魚がいようはずがない。そう——それはオニたちだったのだ。

楠木ふみは鬼語を発しながら、手を上下に振った。徐々にオニたちとのタイミングが合い始め、やがて百匹のオニが、楠木ふみの手の動きと同時に、一斉に川面から飛び出し空高く舞い上がった。俺はその様子をあんぐりと口を開けて見上げた。

「何……これ？」

「跳べって鬼語を伝えた」

「み、みんな水の中に落っこちてるじゃない」

「大丈夫、泳げって命令したから」

どこで覚えたの？　だいたい連中って泳げるの？　という俺の問いに、楠木ふみは

「できそうな気がして、やってみたらできた」と淡々とした表情で答えた。ひょっとして連中と話せるの？　おそるおそる訊ねた俺に、楠木ふみは小首を傾げたまま「わからない」と答えた。

ビラの説明の仕方などに頭を悩ませている自分が、急に馬鹿馬鹿しく思えてきて、俺は抱えたビラを鞄にしまった。

見上げた青空を、高らかとオニが横切っていった。

襤褸《ぼろ》をはためかせ、〝絞り〟をふるふるさせながら、オニは気持ちよさそうに放物線を描き川面に消えていく。

楠木ふみの手の動きに合わせ、再び一斉に舞い上がったオニたちの向こうに、御薗橋《みそのばし》を上賀茂神社に進む巡行の列が見えた。きっとあの行列のどこかで、まだ見ぬ〝第五百一代〟の連中は、つんと澄ました顔をして歩いているのだろう。

艶《あで》やかな、〝匂い〟立つようないでたちで。

あとがき

先日、京都市左京区にある吉田神社の境内で、私は鬼に会った。

節分祭でごった返す境内を、袴《はかま》姿の鬼が稚児を引き連れ、練り歩いていた。「笑鬼来福」と記された笏《しゃく》を頭にかざしてもらおうと、鬼の正面には大変な人だかりができていた。私も人の列に加わり順番を待ちながら、ふと、一年前この場所で出会った小さな兄弟のことを思い出した。

この作品を書き始める少し前のことだった。ここを作品の舞台に使うべく私は下見に訪れた。新年明けて早々の厳しい底冷えのする日で、すでに陽は傾き、夜が這《は》うように吉田山を押し包もうとしていた。

本殿に向かう長い石段を見上げたとき、幼い兄弟が段の途中で立ち止まっているのが見えた。

何に機嫌を損ねたのか、小さな弟はうえんうえんと泣きじゃくり、その横で幼稚園の年長ほどの兄が、風呂《ふろ》敷《しき》包みを片手に提げ、途方に暮れていた。

石段の先では父親らしき体格の良い男性が、「早く来い」と手招きをしている。兄は父と弟を交互に見比べ、どうしたものか迷っている様子だったが、父親がさっさと石段の向こうに姿を消してしまうと、慌てて弟の手を取って段を上り始めた。

相変わらず泣きじゃくりながら、兄に引かれてふらふらと上っていく弟の背中を見上げ、私も石段を上る。

ちょうど石段が終わろうとするところで、私は幼い兄弟に追いついた。やはり弟のほうは泣き続けたままだったが、境内に入ろうとしたとき、兄が押し殺した声で弟の耳元にささやいた。

「そんな泣いてたら、神サン来るぞ――」

その瞬間、隣にいた私がびっくりするくらい、ぴたりと弟の泣き声がやんだ。

思わず顔をのぞくと、頬に小さな涙を貼っつけたまま、弟は大きく目を見開いて、兄の顔を見上げていた。

風呂敷包みを片手に、もう片方の手で弟を引き、兄は社務所の前で宮司と話をしている父親のもとへと駆けていった。兄から風呂敷包みを受け取った父親は、それを宮司に手渡し、親子三人で頭を下げた。

玉砂利を踏み鳴らし、私は賽銭箱《さいせんばこ》の前に進んだが、ついさっきの兄のささやきが耳から離れなかった。幼い兄弟の間ではっきりと、「神サンは怖いもの」と認識されていることが、とても強く印象に残った。

私は賽銭箱に硬貨を放って、これから上手に書き上げることができますように、とお願いした（今でも私は、この賽銭箱の前に立つと、決まって昔のことを思い出す。ここで踊った夜は雪が降っていて寒かったなあとか、脱ぎ散らかされた他人の下着を間違えて履いてしまった奴がいたなあ――とか）。

結局、すっかり日が暮れてしまったこともあって、碌《ろく》に下見をすることもできぬまま、私はすごすごと退散した。社務所の前でまだ宮司と話をしている、親子の笑い声が境内に響いていた。

鬼から福を授かる順番が回ってきて、私は頭を下げた。稚児の歌声に包まれて、鬼はそっと笏をかざしてくれた。

人にやさしい鬼もいれば、怖い神様がいることも私は知っている。

私はふいと顔を上げた。

目の前に、とても怖い鬼の顔があった。

万城目　学

解説

金原瑞人

え――っ、『鴨川ホルモー』？　え――っ、どんな本だったっけ？……などという人はいない。もしいるとしたら、読んでない人くらいだろう。一度でも手にとって、一部でも目にしたことのある人なら、まちがいなく、どんな本だったか覚えているはずだ。いったん読み出せば、悲しいことに、最後まで読まないとお稲荷《いなり》さんの罰が当たりそうで恐いくらい、おもしろいんだから。

だいたい、「ホルモー」だし。

はいはい、「ホルモン」じゃありません、「ホルモー」です。それも舞台は京都。そう、京都なのにホルモー。そのうえ、中心になるのが京大青竜会で、「曰く、対戦に際しては、幾多の式神や鬼を用いる」という「戦国時代の合戦図屏風」の戦いが繰り広げられるというのに、ホルモーなのだ。

この舞台の雰囲気とも、戦いの内実とも、まったく相容《あいい》れない、不協和音としか思えない「ホルモー」という言葉……というより音を発案し、なおかつそれを作品に実際に使ってしまった万城目学という人物は、およそ人をばかにしている……というか、もしかしたらそんな自分自身をばかにしているのかもしれないが……じつにユニークである。

ちなみに英語で'unique'というと「唯一無二の、無類の」といった意味が強く、英語圏では人に対してむやみに「あなたって、ユニークね」とはいわない。それは「あなたって、すっごく変」といっているようなものなのだ。そしてもちろん、「……じつにユニークである」といった、その真意は'You are unique.'である。

万城目学は「ユニーク」というよりは'unique'と形容したほうがずっと正しい。おそらく、おもしろさの限界ぎりぎりのところにいて、あと一押ししたら、人でなしの世界に落ちてしまいそうなほどの異才なのだと思う。

そういえば、この『鴨川ホルモー』という作品がボイルドエッグズ新人賞を受賞して出版の運びになったとき、帯の推薦文を依頼されて、校正の段階で読ませてもらったのだった。ところが、読み終えて、軽いパニックに襲われた。

そのときの正直な感想はこうだった。

「すっごくおもしろいんだけど、これをおもしろいと思う自分って変?」

かなり悩んだ。いや、かなりなんてもんじゃない。というのも、発想にまったくついていけないくせに、ぐっと心をつかまれてしまう自分って、なによ？

そんな気持ちと不安を持て余しつつ、まあいいじゃん、おもしろいんだから（少なくとも自分にとっては）と居直って、それじゃあと、推薦文を考えてみた。こんな感じだ。

・読んでいて青筋が立つほどばかばかしい戦いを核に展開する、のびやかでさわやかな青春小説。このおもしろさ、このエネルギー！
・ばかばかしいほどにおもしろく、極限的に青春的で、青春そのもののエネルギーと可能性に満ちている。
・おもしろいくらいにばかばかしく、ばかばかしいくらいに青春的な、非本格戦闘ゲーム小説。並の天才に書ける作品じゃない。
・鬼や式神を使って、大学生が戦争ごっこ？　おいおい……と思っていたら、驚くほどあざやかな青春小説だった！

編集者が、どれをどんなふうに切り貼りして帯に使ったのかは覚えていないが、四つのうち三つに共通している言葉は「ばかばかしい」だ。

しかし、このとき、こんなに「ばかばかしい」作品を面白く読んでしまえる自分が、じつをいうと、いとおしかった。いってしまえば、「あれ、おまえ、けっこうイケてる？」という感じ。

さて、これが縁となって、『鴨川』に続いて『鹿男あをによし』もゲラで読ませてもらった。うむ、これは女子高で短期間教えることになった大学院生が主人公の小説で、本物の鹿から「さあ、神無月だ——出番だよ、先生」とかいわれ、「目」の運び役をいいつけられ、それもその理由が、ナマズ封じのためだとかで、どうやらその「目」というのは近々行われる剣道の試合の優勝トロフィーみたいなものらしく……え、意味不明？　まあ、そんな、とてもおもしろい小説なのだ。

そして、新作の『プリンセス・トヨトミ』。これもすごい。なんといっても、タイトルがすごい。くり返すけど、『プリンセス・トヨトミ』なのだ！

この『プリンセス・トヨトミ』は万城目学の新境地といっていいくらいに、破壊力、遠心力、投擲《とうてき》力、求心力、親和力すべてにおいて卓越した作品だと思う。が、底の底のところでは、『鴨川ホルモー』と通底している、というか、煎《せん》じ詰めれば『鴨川』なのだ。というか、やはり、『鴨川』はあくまで作者自身なのだと思う。その作者が徐々に、たまに突然、変身し、変貌《へんぼう》し、変容し、変になっていく……このだいごみは、まさに万城目学ならではのことではないだろうか。そしてなおかつ、すべては『鴨川』に帰結していく。

おそらく、『鴨川』には、並大抵のデビュー作にはあり得ないほどの起爆力が秘められていたのだろう。しかしそれは、起爆力であると同時に呪縛《じゅばく》力でもあった。そしてまた、その呪縛力とは、作者を縛るものであるとともに読者をも縛ってしまう。

この楽しさ、この面白さをぜひぜひ、万城目ファンには味わっていただきたい。そして『鴨川』の呪縛に捕らわれて、囚《とら》われて、閉じこめられて、もがいてもらいたい。そう、この快感を味わってもらわなくちゃ。万城目ワールドはここから始まり、結局はここにもどってくるのだ。釣りが鮒《ふな》で始まって鮒にもどってくるのとまったく同じだ。

『鴨川』を読んで『プリンセス』を読むか、『プリンセス』を読んで『鴨川』を読むか、その違いはじつに、じつに大きいのだ！
と書いてはみたものの、両方読んでもらえば、それでいいような気もする。

本書は第四回ボイルドエッグズ新人賞受賞作（二〇〇五年十一月発表）です。
二〇〇六年四月、産業編集センターより刊行された単行本を文庫化したものです。

尚、この作品はフィクションであり、実在の組織、個人とは関わりのないことを
明記いたします。（編集部）

鴨《かも》川《がわ》ホルモー

万《ま》城《き》目《め》 学《まなぶ》

平成21年 2月25日　初版発行
平成26年 5月30日　16版発行

発行者●山下直久

発行所●株式会社KADOKAWA
〒102-8177　東京都千代田区富士見2-13-3
電話 03-3238-8521（営業）
http://www.kadokawa.co.jp/

編集●角川書店
〒102-8078　東京都千代田区富士見1-8-19
電話 03-3238-8555（編集部）

角川文庫 15579

印刷所●旭印刷株式会社　製本所●大口製本印刷株式会社

表紙画●和田三造

ISBN978-4-04-393901-5　C0193

JASRAC 出　0900585-416

角川文庫発刊に際して

角　川　源　義

第二次世界大戦の敗北は、軍事力の敗北であった以上に、私たちの若い文化力の敗退であった。私たちの文化が戦争に対して如何に無力であり、単なるあだ花に過ぎなかったかを、私たちは身を以て体験し痛感した。西洋近代文化の摂取にとって、明治以後八十年の歳月は決して短かすぎたとは言えない。にもかかわらず、近代文化の伝統を確立し、自由な批判と柔軟な良識に富む文化層として自らを形成することに私たちは失敗して来た。そしてこれは、各層への文化の普及滲透を任務とする出版人の責任でもあった。

一九四五年以来、私たちは再び振出しに戻り、第一歩から踏み出すことを余儀なくされた。これは大きな不幸ではあるが、反面、これまでの混沌・未熟・歪曲の中にあった我が国の文化に秩序と確たる基礎を齎らすためには絶好の機会でもある。角川書店は、このような祖国の文化的危機にあたり、微力をも顧みず再建の礎石たるべき抱負と決意とをもって出発したが、ここに創立以来の念願を果すべく角川文庫を発刊する。これまで刊行されたあらゆる全集叢書文庫類の長所と短所とを検討し、古今東西の不朽の典籍を、良心的編集のもとに、廉価に、そして書架にふさわしい美本として、多くのひとびとに提供しようとする。しかし私たちは徒らに百科全書的な知識のジレッタントを作ることを目的とせず、あくまで祖国の文化に秩序と再建への道を示し、この文庫を角川書店の栄ある事業として、今後永久に継続発展せしめ、学芸と教養との殿堂として大成せんことを期したい。多くの読書子の愛情ある忠言と支持とによって、この希望と抱負とを完遂せしめられんことを願う。

一九四九年五月三日

角川文庫ベストセラー

ホルモー六景　万城目　学

あのベストセラーが恋愛度200%アップして帰ってきた！……千年の都京都を席巻する謎の競技ホルモー、それに関わる少年少女たちの、オモシロせつない恋模様を描いた奇想青春小説！

かのこちゃんとマドレーヌ夫人　万城目　学

元気な小1、かのこちゃんの活躍。気高いアカトラの猫、マドレーヌ夫人の冒険。誰もが通り過ぎた日々が輝きとともに蘇り、やがて静かな余韻が心に染みわたる。奇想天外×静かな感動＝万城目ワールドの進化！

蜘蛛の糸・地獄変　芥川龍之介

地獄の池で見つけた一筋の光はお釈迦様が垂らした蜘蛛の糸だった。絵師は愛娘を犠牲にして芸術の完成を追求する。両表題作の他、「奉教人の死」「邪宗門」など、意欲溢れる大正7年の作品計8編を収録する。

海と毒薬　遠藤周作

腕は確かだが、無愛想で一風変わった中年の町医者、勝呂。彼には、大学病院時代の忌わしい過去があった。第二次大戦時、戦慄的な非人道的行為を犯した日本人。その罪責を根源的に問う、不朽の名作。

堕落論　坂口安吾

「堕ちること以外の中に、人間を救う便利な近道はない」。第二次大戦直後の混迷した社会に、かつての倫理を否定し、新たな考え方を示した『堕落論』。安吾を時代の寵児に押し上げ、時を超えて語り継がれる名作。